Adam war ein Mensch:
er wollte den Apfel nicht des Apfels wegen,
sondern nur, weil er verboten war.

(Mark Twain, 1894,
Pudd'nhead Wilson's Calendar)

Das Titelbild steht in keinem Zusammenhang mit dem Inhalt des Buches.

3. Auflage 03/2010

Schäferweg 14, 24941 Flensburg

E-Mail: info@stephenson.de
Internet: www.stephenson.de
Druck: Norhaven A/S, DK-8800 Viborg
Printed in Denmark

ISBN 978-3-7986-0237-3
0140350 0000 • 336 Seiten

VERBOTENE ORGASMEN

VERBOTENE ORGASMEN

30 Storys

Inhalt

Flugangst

Dave Vandenberg

Die Maschine hob sich sanft in den Himmel. Unten am Boden war es grau und nieselig gewesen. Aber man konnte schon ahnen, dass es über den Wolken hell und freundlich sein würde.

Als das Flugzeug durch die Wolkendecke durchgeflogen war, wurde alles in helles Blau getaucht. Er war immer wieder fasziniert von dem Anblick. Egal, wie oft er flog. Der Flieger hatte die endgültige Flughöhe erreicht. Miquel lehnte sich genüsslich zurück und betrachtete seine Sitznachbarin aus den Augenwinkeln.

Die zierliche Frau südländischer Abstammung war genau nach seinem Geschmack. Er würde bis zum Ende des Fluges in cirka sechs Stunden wissen, ob es ein Glücksfall gewesen war, neben ihr gesessen zu haben oder nicht. Obwohl sie in eine Zeitschrift vertieft war, hatte er das Gefühl, sie hatte ihn im Blick.

Als er, wie immer als letzter, in die Maschine gestiegen war und sie bitten musste, kurz aufzustehen, damit er auf seinen Platz konnte, hatte ihre Brust für einen Moment seine gestreift, was ihm sehr gefallen hatte. Ihre Augen waren von einem tiefgründigen Dunkel, das ihn in einen erregenden Bann zog. So unauffällig wie möglich musterte er sie. Ihrer Kleidung nach schien sie auf einem Geschäftstrip in Deutschland gewesen zu sein. Das helle Kostüm mit den schwarzen Streifen unterstrich ihre elegante Erscheinung. Das dunkle Haar war perfekt frisiert, das Gesicht zurückhaltend, aber effektvoll geschminkt. Und der Duft, der sie umgab, hatte durchaus berauschende Ansätze.

Da sie auf ihn einen absolut selbstsicheren Eindruck machte, war Miquel etwas irritiert, als sie sich beim Start mit beiden Händen heftig in die Armlehnen krallte und krampfhaft in die Zeitschrift blickte. Ganz offensichtlich litt sie unter Flugangst. Zumindest beim Start. Ihre Gesichtszüge entspannten sich erst ein wenig, als das Flugzeug durch das Blau über den Wolken glitt.

Mittags kamen sie sich endlich näher. Sie hatte ihn gebeten, mit ihr den Platz zu tauschen. Sie gab zu, unter Flugangst zu leiden und wurde zumindest durch den Blick aus dem Fenster ein wenig davon abgelenkt. Das Essen schien sie etwas zu beruhigen. Er konnte sie sogar zum Lachen bringen und beobachtete fasziniert, wie sich der schöne Mund verzog. Langsam, aber spürbar, veränderte sich ihr Verhalten. Er begann ihr ganz offensichtlich zu gefallen. Miquel bestellte für beide ein Glas Sekt und stieß mit ihr an. Nach dem zweiten Glas fing sie heftig an, mit ihm zu flirten. Er genoss die Situation und merkte, wie ihn ihre Mimik und Gestik erregte. Als sie aufstand, um auf die Toilette zu gehen, sah er sehnsuchtsvoll ihrem Po hinterher, der in dem engen Kostümrock gut zur Geltung kam.

Als sie zurückkam und sich wieder neben ihn setzte, war etwas anders. Die beiden obersten Knöpfe ihrer Bluse waren geöffnet. Miquel erlaubte sich einen intensiveren Seitenblick und verschluckte sich an einem Schluck Kaffee. Unter ihrer Bluse trug sie keinen BH. Und garantiert hatte sie noch einen angehabt, bevor sie zur Toilette gegangen war. Er hatte fast das Gefühl, die Augen würden ihm stehenbleiben, wenn er sie noch länger so verrenkte. Durch den geöffneten Blusenspalt konnte er zumindest eine Brust ausmachen. Sie schien perfekt geformt zu sein. Nicht besonders groß, aber auch nicht zu klein. Genau richtig eben. Ihr kurzer Rock war wie zufällig hochgerutscht, so dass er für einen Moment etwas Verheißungsvolles, Schwarzes aufblitzen sah.

Er fing an zu schwitzen, lockerte die Krawatte und rutschte im Sitz ein wenig zurück, um den Druck, den er vom Stoff der Hose auf seinem anschwellenden Glied spürte, ein wenig wegzunehmen. Prüfend sah sie auf die Ausbuchtung seiner Hose herab. Mit einer fast lässigen Bewegung strich sie kurz über die nun nicht mehr zu übersehende Wölbung. Miquel zuckte zusammen wie unter einem elektrischen Schlag. So viel Frechheit hätte er ihr nun doch nicht zugetraut.

„Du Armer, ich glaube du brauchst etwas Entspannung, was machen wir denn da bloß?“, hauchte sie ihm ins Ohr.

Der Platz neben ihnen war zum Glück nicht besetzt. Atemlos wartete er ab, was sie als Nächstes tun würde.

Sie glitt mit der Hand unter ihren Rock und steckte sich einen Finger in ihr Höschen. Schloss die Augen und bewegte leicht die Hand zwischen ihren Beinen hin und her. Fasziniert sah er ihr dabei zu. Ihr Gesicht schien in Sekundenschnelle völlig entrückt. Sie hatte den Kopf zurückgelehnt und die Augen geschlossen. Der Mund war leicht geöffnet und zuckte verräterisch. Ihre dunkelrot geschminkten Lippen luden zum Küssen ein. Miquel sah mit wachsender Anspannung und Verwunderung zu, wie sie sich geschickt aus ihrem Slip befreite. Ohne zu überlegen rutschte seine Hand nach rechts, landete auf einem kühlen, glatten Schenkel und suchte sich langsam den Weg zu diesem noch fremden und unentdeckten Intimbereich. Sie zuckte zusammen, als er ihren stimulierenden Finger mit seiner Hand beiseiteschob, um ihn abzulösen. Vorsichtig fühlte er die ungeheure Feuchtigkeit, die sich unter seinen sanften Streicheleien bemerkbar machte. Die Frau, die er verwöhnte, seufzte leise, aber nicht minder lustvoll auf. Ihre Brüste spannten durch den Stoff der Bluse hindurch. Zu gern hätte er sie angefasst. Aber das traute er sich dann doch nicht …

Sie sah ihn verführerisch an.

„Ich müsste nochmal auf die Toilette, mich etwas frisch machen!“ Ihre Augenlider flatterten kaum merklich. „Mir ist unglaublich heiß geworden …“ Ihre Stimme klang heiser vor Erregung.

Sie schob seine Hand sanft, aber bestimmt aus ihrem Slip und leckte sie trocken. Eine Geste, die ihn unwahrscheinlich anmachte. Dann glitt sie an ihm vorbei, geschmeidig wie eine Raubkatze und warf ihm noch einen verlangenden Blick zu. Miquel sah ihr wieder hinterher, wie sie den Gang zur Toilette langschritt. Ihr knackiger Hintern zeichnete sich provozierend unter dem dünnen Stoff des Rockes ab. Bevor sie die Tür zum WC öffnete, warf sie ihm noch einen auffordernden Blick zu. Er wartete eine ewig lange Minute ab, schob sich etwas hölzern von seinem Sitz und ging ihr nach.

Das Flugzeug war nur mäßig besetzt. Die meisten Passagiere dösten vor sich hin oder lasen in einer Zeitung. Unbemerkt gelangte er zu ihr in das winzige WC. Er verriegelte die Tür. Sie schob ihn an sich vorbei und deutete ihm an, sich auf den Toilettensitz zu setzen. Breitbeinig stellte sie sich vor ihn. Miquel schob ihren Rock hoch und starrte direkt auf eine einladend schimmernde Vagina, die feucht und bereit für ihn war. Bevor er irgendetwas anfangen konnte mit dieser Perle der Glückseligkeit, kam ihm seine Flugnachbarin zuvor. Blitzschnell öffnete sie seine Hose, prüfte kurz und mit wollwollendem Blick die Konsistenz seines Gliedes, um ohne zu zögern und ohne nennenswerten Schwierigkeiten daraufzugleiten. Sie war so einladend feucht, dass sein Penis augenblicklich den richtigen Platz gefunden hatte. Er umfasste ihren Po, hob sie abwechselnd an den festen Hinterbacken an und ließ sie langsam, aber sehr intensiv an seiner harten Erektion wieder hinabgleiten.

Das gleichmäßige Motorengeräusch konnte kaum sein heftiges Herzklopfen und ihr sinnliches Stöhnen übertönen. Miquel konnte sich an keine sexuelle Situation erinnern, die ihn jemals derart erregt hatte. Sie hielt sich gleichzeitig am Waschbecken und an seinem Hals fest und stieß immer heftiger auf ihn herab. Ihr Atem ging kurz und heftig. Fasziniert beobachtete er ihre unmittelbaren Reaktionen auf seine Bewegungen. Sie schien in wirklicher Ekstase zu sein. Ihre Augenlider flatterten extrem. Die Lippen zuckten und sie biss sich darauf, ohne dass es ihr wehzutun schien. Er spürte, wie sich ihre langen Fingernägel durch sein Hemd in seine Haut bohrten. Mittlerweile lief ihm der Schweiß die Brust herab und sammelte sich in kleinen, langsam dahinfließenden Bächen. Ihr Höhepunkt kam viel zu schnell für ihn. Er musste sich richtig Mühe geben, obwohl er so erregt war, ihr auf den Gipfel der Lust zu folgen. Nach einer kurzen Ewigkeit, als er endlich und glücklich gekommen war, schob sie sich von ihm. Sie vergeudete keine unnötige Zeit, spritzte sich etwas kaltes Wasser zwischen die Beine, zog ihren Slip an, warf sich einen kurzen Blick in den Spiegel und ihm eine Kusshand zu und schlüpfte aus der Tür.

Miquel saß da wie betäubt und schaffte es gerade noch, die Tür wieder zuzusperren. Dann brauchte er einige Minuten, um diesen Akt seelisch und körperlich zu verdauen. Er schloss seine Hose und erfrischte sein rotes, erhitztes Gesicht mit einer kalten Ladung Wasser. Schwer atmend sah er in den Spiegel. Alles an ihm schien zu glühen, sogar seine Augen.

Als er endlich fähig war, das WC zu verlassen, sah er auf dem Weg zu seinem Platz verstohlen nach rechts und links zu den anderen Passagieren. Niemand schien etwas bemerkt zu haben. Er ließ sich neben ihr auf den Platz fallen und starrte sie an. Sie hatte vollkommen ihre Fassung wiedererlangt und nichts deutete darauf hin, dass sie gerade mit ihm auf der engen Toilette während des Fluges nach New York Sex gehabt hatte. Nur ein sehr genauer Beobachter hätte die vom Schweiß leicht verklebten Schläfenhärchen wahrgenommen und die sich etwas intensiver hebende und senkende Brust bemerkt. Ein betörendes Lächeln ihrerseits bezauberte ihn schon wieder völlig. Er schluckte und brauchte eine Weile, um sie wieder ansprechen zu können. Sie saß da und schaute ganz relaxed aus dem Fenster.

„Ich möchte mit dir heute Abend essen gehen!“

Miquel hatte plötzlich Angst, dass sie verschwinden könnte, sobald sie gelandet waren. Er wollte ja nichts wirklich Ernsthaftes von ihr, aber zumindst diesen Abend noch oder vielleicht doch auch noch die Nacht? Sie sah ihn bedauernd an.

„Tut mir leid, aber mein Mann holt mich ab.“

Die Stewardess machte sie gerade darauf aufmerksam, dass sie nun zum Landeanflug ansetzen würden.

„Dein Mann … warum …, tust du so etwas öfter?“

Er starrte sie entgeistert an. Wenn er darüber nachgedacht hätte, wäre ihm wohl klar gewesen, dass so eine Frau wahrscheinlich nicht alleine durchs Leben geht. Aber dass ihr Mann sie abholen würde … Circa eine halbe Stunde später, nachdem sie ihren Gatten auf solch abenteuerliche Art und Weise betrogen hatte. Das war nicht ohne. Fast ein wenig respektvoll sah er sie an. Sie lachte.

„Wenn möglich schon. Ich habe panische Flugangst. Nur so gelingt es mir, sie einigermaßen zu verdrängen. Mein Mann hat leider selten Zeit, mich auf meinen Flügen nach Hause zu begleiten. Aber vielleicht sitzen wir ja zufällig mal wieder im selben Flieger!"

Ein Ruck ging durch die Maschine, als sie aufsetzten. Miquel war sprachlos.

Sobald die Maschine zum Stehen gekommen war, drängte sie etwas ungeduldig an ihm vorbei.

„Adiós, que te vaya bien!" Auf dem Gang drehte sie sich nochmal zu ihm um. „Ach, übrigens, tust du so etwas eigentlich öfter?"

Feierabend-Intermezzo …

Miriam Eister

Erschöpft fiel ihm der Autoschlüssel aus der Hand, die Jacke in die Ecke und er selber auf die Couch. Er war völlig ausgepumpt und dabei richtig glücklich. Was er eben erlebt hatte, war einfach nur heiß gewesen. Er machte es sich bequem und ließ sich den Nachmittag noch einmal durch den Kopf gehen …

Der Tag war eigentlich wie immer gewesen. Sie verließen gemeinsam das Haus, gaben sich einen Kuss zum Abschied und fuhren jeder zur Arbeit. Sie, das waren Eileen und Andreas. Sie waren schon seit drei Jahren ein Paar und kamen wunderbar miteinander aus. Es lief super. Sie verstanden sich sehr gut, hatten selten Streit und der Sex ließ so manche Nacht mit einem Minimum an Schlaf ausklingen. Eileen arbeitete in einer Zahnarztpraxis als Assistentin, trainierte an mehreren Nachmittagen in der Woche ihren Körper im Studio und sah mit ihren langen dunklen Haaren einfach süß aus. Andreas hatte einen ganz normalen Bürojob in einer Versicherung und trainierte ebenfalls. Dort hatten sie sich auch kennengelernt. Heute allerdings hatten sie verschiedene Fitness-Clubs. So konnte jeder in Ruhe seine Übungen machen und falls sie sich doch mal nach einem Streit austoben mussten, würden sie das nicht in dem gleichen Studio tun. Er war glücklich mit ihr und sie mit ihm und sie zeigten sich das auch gegenseitig.

Am Vormittag hatte er den größten Teil seiner Büroarbeit geschafft. Der große Posthaufen war abgearbeitet und er gönnte sich eine Pause. Ein kurzer Blick auf sein Handy zeigte eine neue Nachricht. Die Nummer kannte er nicht, aber der Text war eindeutig auch nicht für ihn gedacht.

„Ich hatte heute Nacht einen heißen Traum von einem Ritt auf dir. Ich brauche einen großen starken Hengst."

Nochmals las er sich die SMS durch. Er vermisste im Bett mit Eileen nichts. Trotzdem hatte er ab und an den Wunsch nach einem besonderen Kick. Irgendwie war ihm aber nie eine schöne Idee gekommen und so war dieser Wunsch immer wieder in den Hintergrund getreten. Wie glücklich musste sich dieser Mann schätzen können, dem diese SMS eigentlich galt? Ein Klick auf die Löschen-Taste und weg war sie. Er wollte sich gerade wieder auf seine Arbeit stürzen, als sein Handy schon wieder blinkte.

„Ich bin erregt. Heute morgen habe ich mich zwischen den Beinen rasiert und nur einen kleinen Haarstreifen übriggelassen. Ich möchte deine Zunge auf der glatten Haut spüren!"

Andreas war jetzt doch ein wenig verunsichert und überlegte, was er tun sollte. Ok, vielleicht sollte er ihr doch schreiben, dass sie sich in der Nummer geirrt hätte. Vielleicht aber auch nicht. Er war neugierig, was sie noch schreiben würde. Er stellte sich vor, dass diese SMS von Eileen kommen würden. Er würde wahrscheinlich ihre Mittagspause für einen Quickie nutzen. Aber die wirkliche Absenderin kannte er ja nicht. Das Telefon brummte.

„Ich brauche dich. Streichle mich, berühre mich, kitzel meine Erregung aus mir heraus. Ich bekomme eine Gänsehaut bei dem Gedanken an deine gierigen Augen."

Er hatte genug gelesen. Es war Zeit, die Frau zu erlösen, denn schließlich erwartete sie bestimmt eine Antwort. Er antwortete: *„Hallo, du hast dich bestimmt in der Nummer geirrt. Ich bin nicht der, den du meinst. Lieben Gruß Andreas"*

Schade, damit hatte er das schöne Spiel beendet.

Als sich sein Feierabend näherte, war er in Gedanken immer noch bei der unbekannten Frau. Die Idee mit den sinnlichen SMS war eigentlich gar nicht so schlecht. Wie wohl Eileen darauf reagieren würde? Ein kurzes Vibrieren in seiner Tasche kündigte eine neue Nachricht an.

„Doch Andreas, du bist gemeint. Du sitzt jetzt in deinem Büro und hast gleich Feierabend. Ich habe Lust auf dich!"

Er fasste nicht, was er dort las. Er kannte die Nummer nicht und war sich unsicher. Ob seine Freundin dahinter steckte? Aber ihre Nummer wurde nicht angezeigt. Dieses Spiel war sehr anregend, aber er würde seine Freundin nicht betrügen. Auf keinen Fall. Er schrieb zurück.

„Sorry, aber ich kann gar nicht gemeint sein. Ich bin glücklich mit meiner Partnerin. Deine Nummer ist mir unbekannt. Und Tschüss."

So, das sollte der Absenderin eigentlich klar machen, dass sie sich verwählt hatte. Aber ein erneutes Brummen war seine Antwort. Fast verärgert fing er an zu lesen.

„Ich habe mir heute morgen ein neues Handy gekauft und eine neue Nummer dafür bekommen. Daher kannst du diese auch noch nicht kennen. Dankeschön für den Hinweis, dass du glücklich mit mir bist. Eileen."

Ups, na da hatte er sich aber ganz schön in die Nesseln gesetzt. Trotzdem, sie hatte es geschafft, dass er Lust auf sie bekommen hatte. Er griff zu seinem Telefon und schrieb ihr: *„Das waren aber ziemlich unartige SMS. Das gefällt mir. Ich habe auch Lust auf dich bekommen. Und du hast dich rasiert?"*

Nun gut, die kleine Wartezeit auf ihre Antwort hatte er sicherlich verdient. Nach einigen Minuten erhielt er seine Antwort.

„Ja, ich bin seidenglatt zwischen den Beinen und fasse mich gerade an. Und du?"

Zaghaft schaute er sich um. In seiner Nähe war kein Kollege zu sehen. Er griff sich in den Schritt und drückte leicht zu.

„Mein bestes Stück fängt an, hart zu werden. Wenn mich hier einer erwischt! Was genau möchtest du?“

Er schickte den Text los und ein paar Sekunden später hatte er die Antwort.

„Ich treffe mich heute Abend mit alten Freundinnen und werde dort auch schlafen. Du wirst die Nacht heute leider allein verbringen müssen. Aber vorher möchte ich dich noch etwas reizen. Fahr nachher nicht gleich nach Hause, sondern bieg in den kleinen Feldweg vor dem Park ein. Ich werde dort auf dich warten.“

Er war verblüfft. Sie war auf einmal so energisch und dominierend. Sein Handy vibrierte erneut.

„Beeil dich. Ich will dich!“

Eine kurze Notlüge in Richtung platter Reifen am Wagen seiner Freundin und sein Chef genehmigte den etwas verfrühten Feierabend. Er fuhr in Richtung Park, bog vorher in den kleinen Seitenweg ein und folgte diesem. Dort stand der kleine Corsa seiner Freundin.

Sie stieg aus, und er war völlig von den Socken. Sie hatte sich beim Friseur die Haare machen lassen und er fand ihren Anblick nie verführerischer. Ein luftiger Rock und eine helle Bluse hoben ihre Kurven noch hervor. Er hielt neben ihr an. Eine Handbewegung bedeutete ihm, im Auto zu bleiben. Sie machte die Tür ihres Autos zu und kam langsam auf ihn zu. Beim Gehen öffnete sie drei Knöpfe ihrer Bluse und er konnte ihren BH erkennen. Betont langsam setzte sie sich in seinen Wagen.

„Schön, dass du da bist.“

Ihre Stimme klang rau wie immer, wenn sie Lust hatte. Sie spielte mit einem Knopf an der Bluse. Sein Blick blieb in ihrem Ausschnitt hängen.

„Du wirst heute Nacht leider alleine schlafen müssen. Aber vorher möchte ich dir ein unvergessliches Erlebnis schenken. Wir sind hier ungestört.“ Verschwörerisch blickte sie ihn an und öffnete die restlichen Knöpfe auch noch. „Schau mir etwas zu und lass mich machen.“

Andreas glaubte nicht ganz, was er zu sehen bekam. Seine Freundin hob tatsächlich ihre Brust aus ihrer Unterwäsche und fing an, sich zu streicheln. Vor seinen Augen zog sie leicht an ihren Brustwarzen, die sofort hart wurden. Er spürte, wie sich in seiner Hose wieder was regte. Dieser Anblick war unglaublich sinnlich und in ihrem Dekolleté zeigte sich eine leichte Rötung. Ein sicheres Zeichen ihrer Erregung. Plötzlich griff sie nach seiner Hose und öffnete seinen Reißverschluss. Deutlich wölbte sich die Erregung in seinem Slip. Sie schob auch diesen tiefer.

„Oh, sieht das scharf aus! Genauso mag ich das.“

Gekonnt nahm sie seine Männlichkeit in die Hand und umfasste ihn. Das war eine süße Folter. Er legte den Kopf nach hinten und gab sich ihrer Hand hin. Immer wieder veränderte sie den Takt ihrer Bewegungen, nahm ihn in eine Hand oder schloss ihn mit beiden Händen ein. Noch ein schneller Blick aus den Fenstern, ob sie auch wirklich allein waren und er schloss die Augen. Die „Handarbeit“ von Eileen war einfach perfekt.

Plötzlich merkte er ihre Wärme direkt vor sich.

„Nein, lass die Augen geschlossen!“, kam ihr Befehl. Sie küsste ihn auf die Lippen, ganz leicht erst, dann immer fordernder. Ihre Zunge leckte über seine Unterlippe. Sie presste sich ganz nah an ihn, und er spürte ihren nackten Busen über seinen Oberkörper reiben. In diesem Moment verfluchte er seine Kleidung. Zu gern hätte er ihre nackte, heiße Haut auf der seinen gespürt. Und heiß war sie im wahrsten Sinne des Wortes.

Bedächtig veränderte sie wieder ihre Position. Ihre Wärme wanderte an ihm tiefer.

„Nun darfst du die Augen wieder aufmachen. Sieh mir hierbei ganz genau zu!“

Sie schaute an ihm hoch, direkt in die Augen und lächelte. Seine Erregung war steinhart. Sie fuhr sich mit einer Hand unter den Rock zwischen die Beine und stöhnte auf.

„Oh, das tut gut, aber erst bist du an der Reihe.“

Sie zog die nassen Finger hervor und strich damit über sein drängendes Glied. Andreas sah, wie sie sich vorbeugte und ihn mit der Zungenspitze kostete. Stück für Stück nahm sich ihr Mund, was sie wollte. Was, wenn doch Leute vorbeikommen würden? Aber das machte das Ganze noch reizvoller. Er spürte ihre feuchten Lippen an sich auf- und abgleiten.

„Nicht so schnell Süße, sonst komme ich gleich.“

Ein Kichern kam von unten. „Ach schon so geil, ja? Na dann lass mich einfach mal weitermachen.“

Und sie machte weiter. Diese Lippen machten ihn wahnsinnig. Eileen hatte gleichzeitig mit einer Hand auch wieder die Streicheleinheiten an seiner Erregung aufgenommen. Was nicht alles in den Mund passt, wurde halt mit der Hand weiter verwöhnt. Wie zufällig streiften ihre Finger seinen weichen Hoden.

„Bitte nimm ihn in die Hand!“

Andreas konnte nur noch flüstern. Er fühlte, wie sie ihm diesen Wunsch erfüllte. Ganz leicht zog sie an seinem weichen Hodensack und klopfte sich mit seiner Eichel gegen ihre Wange. Woher kannte sie nur diese Handgriffe? Er konnte und wollte auch nicht wirklich darüber nachdenken, denn diese intensive und ausgiebige Behandlung trieb ihn immer näher in einen heftigen Höhepunkt.

„Schatz, gleich ist es so weit. Gleich kommt es mir. Wenn du deinen Kopf nicht sofort hebst, komm ich dir in deinem Mund …“

Aber Eileen dachte gar nicht daran, den Kopf zu heben. Lustvoll stöhnend leckte und saugte sie weiter. Ab und zu setzte sie kurz ab, um ihre Hand an seinem harten Penis in Aktion zu sehen. Aber dann stülpten sich ihre Lippen wieder über ihn. Andreas konnte nicht mehr warten. Alles zog sich zusammen und er ejakulierte in ihren Mund. Er spürte, wie sie versuchte zu schlucken. In dieser leicht schrägen Position und dann auch noch ohne ihn loszulassen, also quasi über Kopf, keine leichte Aufgabe. Das empfand er als das Intimste, was sie tun konnte. Sie hielt ihn so lange zwischen ihren warmen Lippen gefangen, bis der letzte Tropfen auf seiner Eichel glänzte. Ihre Massage war in ein leichtes Streicheln übergegangen. Sie schaute Andreas an und wischte sich mit der Hand über ihr Kinn.

„Für den Anfang gar nicht mal schlecht. Nur die Schluckposition ist unvorteilhaft." Sie grinste schelmisch, als sie hinzufügte: „Aber so kann ich dich ja nicht in deinen wohlverdienten Feierabend entlassen."

Wieder beugte sie sich vor und nahm seinen schlaffer werdenden Penis in den Mund. Ihre Zunge kreiste um die Spitze und leckte jeden noch vorhandenen Rest seiner Lust ab.

Andreas schaute sie fragend an. „Und was ist mit dir? Dich hat das Ganze hier auch nicht kalt gelassen. Was ist mit deiner Befriedigung?"

Bedächtig knöpfte sie sich die Bluse wieder zu, schüttelte ihre Haare zurecht und lächelte zufrieden.

„Gut erkannt. Aber meine Befriedigung lege ich morgen in deine Hände. Ich bin sicher, dass dir etwas sehr Schönes für die Nacht einfallen wird. Und ich freue mich schon darauf. So, jetzt muss ich aber los."

Damit stieg sie aus dem Auto und wollte gehen, aber so leicht ließ Andreas sie nicht entkommen! Schnell war er hinter ihr und schob ihr die Hand zwischen die

Beine. Sie war nass und schlüpfrig. Willig stöhnte sie unter ihm auf.

„Das ist unfair, ich muss doch los."

„Aber nicht, ohne dir auch den größten Druck zu nehmen!"

Andreas schaute sich schnell um. Dieser Nebenweg schien tatsächlich menschenleer zu sein. Er öffnete die Hintertür des Autos, legte Eileen auf die Rückbank, kniete sich in die Tür und spreizte ihre Beine. Was für ein aufregender Anblick! Der Slip war schnell zur Seite geschoben. Er senkte seinen Kopf und seine Zunge fand, wonach sie suchte. Eileen keuchte auf. Sie schmeckte köstlich. Er leckte ihre Schamlippen, fuhr über die kleine sensible Perle und kostete sie immer wieder. An ihrem Atem und den leisen Schreien merkte er, dass sie auch nicht mehr weit von einem erlösenden Orgasmus entfernt war. Ohne sein Zungenspiel zu unterbrechen, schob er ihr zwei Finger in ihre Mitte und übte nach oben leichten Druck aus. Das brachte sie völlig zur Raserei. Ein paar Bewegungen in ihr, die Zunge weiter an ihrer Klitoris und sie konnte sich nicht mehr zurückhalten. Heftig und laut kam sie. Seine Finger in ihr wurden auf einmal noch feuchter. Er liebte es und es zeigte ihm immer, dass es ein starker Orgasmus war. Sie bog den Rücken auf der Bank durch und gab sich ganz ihrer Lust hin. Langsam und behutsam legte er ihren Slip wieder an seinen richtigen Platz und stand auf. Etwas erschöpft stieg auch Eileen aus dem Wagen. Er küsste sie.

„Nun darfst du fahren. Und morgen wirst du mir erzählen, wie du auf diese Idee gekommen bist."

Sie ordnete schnell noch einmal ihre Kleider.

„Du Schuft! Jetzt sehen mir doch alle gleich an, was ich gerade getrieben habe. Aber egal. Ich hoffe, wir finden öfter mal einen ruhigen Feldweg."

Lange hatte er ihren Rücklichtern hinterhergeschaut und sich schließlich auch auf den Weg nach Hause gemacht. Und hier lag er nun, völlig entspannt. Heute Nacht würde er sicherlich von seiner verführerischen Frau träumen, wie sie sich wieder über sein bestes Stück hermachte. Für den morgigen Abend würde er sich was ganz Aufregendes und Neues ausdenken für den schärfsten Sex, den seine Frau jemals mit ihm erlebt hatte. Und er hatte auch schon genaue Vorstellungen ...

Der Frauenarztbesuch

Priska Apple

Als sie in das warme Wasser der Badewanne glitt, stöhnte sie wohlig auf. Mit geschlossenen Augen genoss sie das weiche Nass, das sie umgab. Schließlich setzte sie sich auf, bedeckte ihre Achseln mit Rasiercreme und begann, die kurzen Stoppeln zu rasieren. Später folgten die Beine. Besonders große Mühe gab sie sich mit der Scham. Dort sollte es so glatt und weich wie möglich sein – schließlich hatte sie heute ihren Termin beim Frauenarzt.

Nachdem sie sich die Haare gewaschen hatte, stieg sie aus der Wanne, wickelte sich in ein großes Handtuch und machte sich auf den Weg ins Schlafzimmer. Mit Bedacht wählte sie ihre Unterwäsche aus. Sie legte sich einen schwarzen Spitzen-BH und den dazu passenden Slip zurecht, suchte nach ihren Netzstrümpfen und dem Strumpfhalter und legte beides dazu. Dann wählte sie ein weich fließendes Sommerkleid, zu dem hohe Stiefel gut passen würden, aus. Schließlich lief sie zu ihrem Nachttisch, nahm die Körperlotion und cremte ihren gut gebauten Körper sorgfältig mit der wohlriechenden Creme ein. Dabei betrachtete sie sich im Spiegel, ließ ihren Blick über ihre vollen, runden Brüste wandern und strich sich über den flachen Bauch. Schließlich besah sie sich ihre langen, schlanken Beine. Zufrieden beendete sie das Eincremen und setzte sich an ihren Schminktisch. Sie trug Make-up auf und verstrich ein wenig Rouge auf ihren Wangen. Ihre Lider bekamen ein dezentes, elfenbeinfarbenes Schimmern und ihre Wimpern tuschte sie schwarz. Dann betonte sie ihre vollen Lippen mit einem matt rosa Lippenstift. Eine Weile sah sie sich kritisch an und vollendete ihr Werk dann mit einem schwarzen Kajalstift. Sie trat wieder vor den großen Spiegel und zog sich langsam an. Als sie fertig war, holte sie die langen, hohen Stiefel und betrachtete dann stolz ihr Aussehen. Sie konnte zufrieden sein. Wenn ihr Frauenarzt davon unberührt blieb …

„Frau Kramer, Sie können gleich zum Doktor durchgehen", sagte die Arzthelferin und lächelte sie freundlich an. Freudig erregt betrat sie das Sprechzimmer und schloss die Tür hinter sich.

„Frau Kramer, schön, Sie wiederzusehen", sagte der Doktor lächelnd und reichte ihr die Hand.

Sie erwiderte das Lächeln und schaute dann in die Richtung seiner Assistentin. Er folgte ihrem Blick. „Frau Schneider, Sie können jetzt die CTGs überwachen", ordnete er an. Erstaunt verließ Frau Schneider den Raum.

Er wandte sich ihr wieder zu, ließ seinen Blick bewundernd auf ihr ruhen und räusperte sich. „Was für ein Problem führt Sie denn heute hierher?", fragte er dann.

Sie errötete, aber ihre Stimme zitterte nur leicht, als sie antwortete: „Ich dachte, es wäre an der Zeit mal einen Check zu machen." Sie warf ihm einen verlockenden Blick zu, senkte die Augen aber sofort schamhaft.

„Dann fangen wir am besten mit der Brustuntersuchung an. Bitte machen Sie sich frei." Doch anstatt den Blick von ihr zu wenden, sah er zu, wie sie sich elegant aus dem Kleid herauswand. Sie führte sie ihre Hände nach hinten, um den BH-Verschluss zu öffnen, doch er hielt ihre Hände fest. „Ich helfe Ihnen", sagte er mit rauer Stimme, die ihr wohlige Schauer über den Rücken jagte.

Langsam drehte sie sich um. Er legte ihr seine warmen Hände auf die Schultern, wo sie kurz ruhten, bevor er langsam an ihrem Körper herabstrich, bis er den Verschluss öffnen konnte. Mit geübtem Griff gelang ihm dies auch sofort und er schob ihr die Träger die Arme hinunter. Der BH fiel auf den Boden und sie drehte sich wieder um. Vor Erregung waren ihre Nippel spitz und hart geworden.

„Heben Sie bitte ihre Arme hoch, Frau Kramer", sagte der Doktor leise und sie gehorchte sofort.

Er fuhr mit seinen Fingern an den Achseln entlang und sie bekam eine Gänsehaut. Dann berührte er zum ersten Mal ihre Brust und die Brustwarzen versteiften sich noch mehr.

„Nun wollen wir mal sehen, ob Flüssigkeit abgesondert wird", sagte der Arzt und nahm ihre Nippel zwischen seine Finger. Ihr entfuhr ein leises Stöhnen. Er schaute ihr lächelnd in die Augen und sie errötete erneut. Sanft massierten seine Hände ihre Brüste. Sie schloss die Augen und genoss die Berührung.

Plötzlich brach er die Untersuchung ab und sie ließ enttäuscht die Arme sinken. Der Arzt räusperte sich und sagte: „Sie haben wirklich wundervolle, ähm … gesunde Brüste. Beide musterten sich einen Augenblick. Dann wandte er seine Augen von ihr ab.

„Wenn Sie sich jetzt bitte Ihren Slip ausziehen würden. Ich möchte gerne die Spekulumuntersuchung vornehmen", sagte er.

Lasziv wand sie sich aus ihrem Slip, legte den Strumpfhalter ab und ging zum Behandlungsstuhl. Sie trug nur noch ihre Stiefel und darunter, kaum zu sehen, die Netzstrümpfe. Dann setze sie sich auf den Untersuchungsstuhl und spreizte ihre Beine. Der Arzt sog hörbar die Luft ein und sie lächelte. Er nahm das Spekulum und ließ die Finger seiner linken Hand leicht über ihre Innenschenkel wandern. Sie entspannte sich sofort merklich.

Er führte das Spekulum behutsam ein und streichelte mit der anderen Hand weiter ihre Schenkel. Plötzlich führte er einen Finger ein und sie zuckte zusammen. Ihre schwere Atmung schien das ganze Sprechzimmer auszufüllen, doch auch er atmete hörbar. Langsam zog er seinen Finger ein Stück raus, stieß wieder zu, nahm noch einen Finger zu Hilfe und sah befriedigt, wie sie die Augen schloss. Ihr Unterleib kam ihm näher, sie wollte mehr, doch er ließ sie zappeln, nahm seine Finger aus ihr heraus und wandte sich seinen weiteren Instrumenten zu. Sie öffnete die Augen und versuchte, wieder ruhiger zu atmen. Doch das gelang ihr nicht, als sie sah, dass er zur Ultraschall-Vaginal-Sonde griff. Zu sehr erinnerte sie der Anblick an einen Vibrator und in Erwartung des Kommenden ergriff sie große Erregung.

Der Arzt lächelte ihr wissend zu, zog ein Kondom über die Vaginal-Sonde und führte sie sanft ein. Das Ultraschallgerät blieb jedoch ausgeschaltet. Er bewegte das Gerät aufreizend langsam in ihr und seine freie Hand glitt hinauf zu ihrem entblößten Busen. Er nahm ihre spitzen Knospen zwischen seine Finger, rieb sie und hörte dabei nicht auf, sie mit der Sonde zum Orgasmus zu treiben. Sie keuchte, zuckte und wand sich, doch wann immer er merkte, dass sie kurz vor dem Höhepunkt stand, hörte er auf und lächelte nur.

„Bitte komm zu mir“, bat sie leise.

Er schaute ihr lange in die Augen, bevor er unmerklich nickte und aufstand. Mit schnellem Schritt ging er zur Tür und drehte den Schlüssel herum.

„Wir wollen doch nicht gestört werden“, meinte er.

Auf dem Rückweg zu ihr öffnete er den Knopf seiner Hose, zog den Reißverschluss herunter und ließ sie hinuntergleiten. Als sie seine Erregung sah, stand sie auf, kam zu ihm und drängte ihn zu seinem Stuhl. Dann sank sie auf die Knie, streichelte seinen Penis und nahm ihn dann in den Mund. Sie schloss ihre Lippen fest um seinen Schaft und saugte ihn dann tief in sich hinein. Als er stöhnte, lächelte sie befriedigt, wandte sich aber dann mit noch höherer Intensität seinem Penis zu. Sie saugte erst sanft, wurde dann aber immer schneller und veranlasste den Arzt zu lautem Stöhnen. Erschreckt hielt sie inne, aber sein beruhigender Blick fiel zu der gepolsterten Tür und sie begann erneut. Als er kam, schluckte sie begierig sein Ejakulat, hörte aber nicht gleich auf. Lustvoll wand er sich hin und her. Plötzlich schob er sie von sich weg.

„Jetzt bist du dran“, sagte er heiser.

Er leitete sie zurück zum Untersuchungsstuhl und ließ sie sich setzen. Sie legte ihre Füße auf die Beinhalter und gewährte ihm erneut einen tiefen Einblick. Er neigte seinen Kopf zu ihrem Schoß und schloss seine Lippen um ihren Lustknopf. Erregt stöhnte sie auf und ließ sich entspannt zurückgleiten. Er verwöhnte sie mit seiner Zunge, als wüsste er genau, was sie brauchte und als sie kam, schrie sie laut auf. Erschöpft und schweißgebadet ließen beide voneinander ab. Kurze Zeit später sah er ihr in die Augen.

„Mehr?“, fragte sein Blick.

Sie nickte lächelnd. Er streichelte behutsam ihre Perle und drang mit dem Finger in sie ein. Er merkte, wie sich sein Penis erneut voller Lust erhob, zog seinen Finger aus ihr und nahm sie voller Leidenschaft. Sie stöhnte, krallte ihre Fingernägel in seinen Rücken und wölbte ihm ihren Unterleib entgegen. Er küsste sie hart auf den Mund, glitt dann hinunter zu ihren Brüsten und leckte und biss leicht in ihre Nippel. Auf dem Höhepunkt ihrer beider Ekstase umklammerten sie sich und flüsterten sich zärtliche Worte ins Ohr. Schweißgebadet wie sie waren, klebten ihre Körper aneinander und wollten sich nicht lösen. Immer wieder streichelten ihre Finger sein Haar und er küsste ihre Brüste. Als es an der Tür klopfte, fuhren sie erschrocken auseinander.

„Herr Doktor? Frau Müller möchte nicht länger warten", sagte die Arzthelferin leise durch die Tür.

Bedauernd erhob er sich. „Ich komme gleich zu ihr", rief er und zog sich an. Auch sie stand auf und sammelte ihre verstreuten Kleidungsstücke, um sich anzuziehen. Er umfasste ihren Kopf mit seiner Hand und gab ihr noch einen langen Kuss. Schon mit der Hand auf der Klinke drehte er sich noch einmal um und sagte: „Was gibt es heut zum Abendessen, Schatz?"

Sie lächelte. „Dich sollte lieber das Dessert interessieren", antwortete sie.

„Doktor Kramer!", hörten sie die Arzthelferin ungeduldig rufen.

Sie liefen aus dem Sprechzimmer und unter den wissenden und missbilligenden Augen der Arzthelferin verließ sie die Praxis ihres Mannes. Er war immer so beschäftigt und gestresst! Da muss man doch als liebende Ehefrau helfen …

Anita

Karsten Schulz

„Komm schon Bernd, sie ist die Freundin deiner Tochter ...“, sprach ich zu mir selbst, als ich unter der Dusche stand. Meine Gedanken drehten sich schon wieder nur um Anita. Anita war vor einem halben Jahr an die Schule meiner Tochter Melanie gewechselt und die beiden verstanden sich prima. Seit einiger Zeit trafen sie sich immer wieder in unserem Haus, um für das Abitur zu lernen.

Ich kann nicht leugnen, dass Anita mich interessierte. Sie war recht groß, schlank und hatte wunderschönes, haselnussbraunes Haar. Immer wenn sie bei uns war, schenkte sie mir ihr Lächeln, das mir die Knie weich werden ließ.

Es war zwar unvorstellbar, dass sie sich auch für mich interessierte, aber dennoch war ich jedes Mal beinahe aufgeregt, wenn sie sich angemeldet hatte.

Heute war es wieder so weit. Die beiden wollten für Ihre Englischklausur lernen und hatten sich für den Nachmittag hier einquartiert.

Ich trocknete mich ab und kleidete mich sorgsam an. Für mein Alter hatte ich mich eigentlich noch recht gut gehalten. Die meisten Männer, die sich der 50 näherten, nahmen es nicht mehr auf sich, sich fit zu halten oder dergleichen. Bei mir war das anders. Schon mein Job als Fitnesstrainer brachte es mit sich, dass mein Körper trainiert war. Weiterhin hatte meine Ex-Frau immer dafür gesorgt, dass ich „vernünftige“ Kleidung in meinem Schrank hatte, was mir jetzt zugute kam.

Ich stand also vor dem Spiegel und überlegte, was bei jungen Frauen ankam. Ich hatte mich schnell für eng sitzende Jeans entschieden, doch war ich noch unsicher, was ich dazu tragen sollte. Als es an der Haustür klingelte, schnappte ich mir irgendein Hemd und knöpfte es auf dem Weg zur Tür zu.

„Oh, hallo Anita. Melanie ist noch gar nicht da.“

Da stand sie und lächelte mich auf ihre unvergleichliche Art an. Meine Knie drohten beinahe unter mir nachzugeben und ich war nicht im Stande, zur Seite zu treten, um sie hereinzulassen.

„Ja, ich weiß. Ich bin etwas zu früh dran. Kann ich drinnen auf sie warten?“

„Oh, ja klar, komm doch herein.“ Ich versuchte, mir meine Aufregung nicht anmerken zu lassen.

Ich riss mich zusammen und ließ sie herein. Anita schlenderte an mir vorbei und nahm direkt Kurs auf das Wohnzimmer, an welches sich unsere offene Küche anschloss. Diese betrat ich nun und ich rief zu ihr herüber: „Möchtest du etwas trinken?“

„Gerne, hast du Orangensaft da?“

Wir hatten begonnen, uns zu duzen, als sie und Melanie sich immer häufiger trafen und Anita beinahe schon zur Familie gehörte. Mit einem kleinen Unterschied: Ich sah in ihr keine Tochter, sondern eine junge Frau, eine wunderschöne, liebreizende Frau von 18 Jahren.

Ich brachte ihr den Saft ins Wohnzimmer und setzte mich zu ihr. Sie saß auf der Sofakante und hatte die Beine übereinandergeschlagen. Ihr Rock war hochgerutscht und gab den Blick frei auf herrlich geformte Beine. Mein Blick schweifte von ihren Sandalen herauf bis zu ihren Knien. Dann trafen sich unsere Blicke und ich fühlte mich wie ertappt. Doch bevor ich mich rechtfertigen konnte, klingelte Anitas Handy. Sie stellte das Glas ab und angelte das Handy aus ihrer Tasche.

„Oh … Ja … da kann man nichts machen … nein ich bin schon da …. Hm …. Okay dann warte ich … nein, das geht schon okay, kein Problem, danke … bis heute Abend dann."

Sie klappte das Handy zu und schob es zurück in die Tasche. „Das war Melanie … sie verspätet sich."

„Oh, das tut mir leid." Aber in Wirklichkeit freute ich mich.

„Och, das ist schon okay." Wieder dieses umwerfende Lächeln. „Wir bekommen die Zeit schon herum, meinst du nicht?"

Dieser Augenaufschlag, wollte sie mir etwas sagen, dass sie … ich meine … das konnte doch nicht sein, oder doch? Irgendwie wusste ich nicht, was ich sagen oder machen sollte und stand erst einmal auf. Ich griff nach ihrem leeren Glas. „Ich hole dir noch einen Saft."

„Nein, schon okay.“ Sie fasste nach meiner Hand und hielt sie fest. „Ich möchte jetzt nichts mehr trinken. Warum setzt du dich nicht zu mir?“ Sanft zog sie an meiner Hand und ich konnte gar nicht anders, als mich zu setzen.

Nun saß ich also neben dieser atemberaubenden Frau und fühlte mich wie ein kleiner Schuljunge. Ich wusste noch immer nicht, was ich sagen sollte, geschweige denn traute ich mich, etwas zu tun. Ich legte meine Hände in den Schoß und sicher war ich auch rot geworden. So dicht war ich noch nie bei ihr gewesen. Anita rutschte nun von der Sofakante weiter nach hinten und verringerte so noch die Distanz zwischen uns.

„Anita, ich …“ Meine Unsicherheit und Erregung ließen sich kaum noch verbergen.

„Scht!“ Sie legte einen Finger auf meine Lippen und legte eines ihrer herrlichen Beine über meines. „Du brauchst nichts zu sagen.“ Ihre Hände fuhren sanft durch mein Haar.

„Das geht doch nicht. Das dürfen wir nicht, Anita!“

Ich versuchte, sie von mir zu schieben und der Versuchung zu widerstehen, doch sie gab sich alle Mühe, das zu verhindern. Sie setzte sich auf meinen Schoß, und ihre zarten Finger streichelten mein Gesicht.

„Ich weiß doch, dass du es genauso sehr willst wie ich, Bernd.“

Sie lächelte wieder und es war, als würde dieses Lächeln alle Bedenken, alle Angst von mir nehmen. Ganz sachte legte ich die Arme um sie und streichelte ihren Rücken. Sie beugte sich leicht vor und küsste mich auf die Stirn. Ich schloss die Augen und nahm ihren süßen Duft war. Ich spürte ihre Nähe und schließlich fühlte ich ihre warmen weichen Lippen auf den meinen. Ich erwiderte ihren Kuss und zog sie dichter zu mir heran. Unsere Zungen fanden sich in einem leidenschaftlichen Spiel miteinander, und schon nach kurzer Zeit fanden sich meine Hände unter ihrer Bluse wieder. Ihre Haut war warm und weich und fühlte sich unglaublich gut an. Sanft streichelte ich über ihren Rücken, während sie flink mein Hemd öffnete, um dann mit beiden Händen über meine Brust zu fahren. Ich genoss ihre sanften Berührungen und streichelte weiter über ihren Rücken und ihre Seiten entlang bis nach vorn über ihren Bauch.

Ihre forschen Hände hatten sich über meine Brust und meinen Bauch bis hinab an den Hosenbund getastet. Sie öffnete meine Hose und schob ihre zarte Hand hinein. Ich seufzte, als ich ihre Finger nach meinem Glied tasten spürte. Ich öffnete meine Augen und sah wieder dieses unglaubliche Lächeln. Ich musste sie einfach küssen. Dabei drehte ich sie ein wenig und legte sie auf das Sofa.

Es war ein wundervoller Anblick, der sich mir darbot. Ihre geöffnete Bluse war auseinandergerutscht und gab den Blick frei auf zwei volle, wohlgeformte Brüste. Ich streckte meine Hand danach aus und strich sanft mit den Fingerspitzen über ihre knackigen Kurven. Ich umfuhr die rosafarbenen Höfe und umspielte ihre hart werdenden Knospen. Sanft zwirbelte ich sie zwischen den Fingerspitzen und nahm ihr erregtes Keuchen nur am Rande wahr. Während meine Hände nun dazu übergingen, ihre Brüste zu massieren, beugte ich mich vor und leckte über ihre Knospen, die sich mir keck entgegenreckten. Meine Lippen schlossen sich darum und ich begann an ihnen zu saugen. Anita hatte die Augen geschlossen und immer wieder stahl sich ein Seufzen oder leises Keuchen über ihre Lippen. Ihre Arme hatte sie nach oben gereckt und räkelte sich wohlig vor mir. Scheinbar schien sie nicht nur die Liebkosungen zu genießen, sondern auch meine bewundernden Blicke. Ihr langes Haar floss um ihr Gesicht, welches einen entspannten und fast verzückten Ausdruck trug.

Ich wanderte mit meinen Lippen weiter abwärts und küsste über die warme weiche Haut an ihrem Bauch. Ich schob meine Zunge in ihren süßen Bauchnabel und leckte ihn, bis sie leise kicherte. Ich hielt inne und schaute sie an. Sie schenkte mir ein Lächeln und griff mit beiden Händen nach meinen Schultern. Sanft brachte sie mich dazu, mich wieder ihrem wundervollen Körper zuzuwenden. Ich rutschte ein wenig tiefer und schob ihren Rock hoch. Mir stockte fast der Atem, als ich bemerkte, dass sie nicht mal ein Höschen trug. Ich schaute zu ihr hoch und sie zwinkerte mir aufmunternd zu.

Sanft strich ich mit meinen Händen von ihren Fesseln ihre Beine hinauf. Ich küsste ihre Knie und leckte über die Innenseite ihrer Oberschenkel. Bereitwillig nahm sie ihre Beine auseinander und legte den Blick auf ihr Schmuckstück frei. Sie stellte den einen Fuß auf den Boden und ich strich mit der Hand über ihren Schenkel, den Blick auf ihren Schoß gerichtet. Kein einziges Härchen versperrte mir die Sicht. Rosa und glänzend lag sie da vor mir. Beinahe ehrfürchtig strich ich ganz sanft über ihren Venushügel hinab. Sie hob ihr Becken leicht an und schien wortlos um weitere Berührungen zu bitten. Ich ließ sie nicht lange warten, sondern senkte meinen Kopf zwischen ihre Schenkel und leckte über ihre Vagina. Meine Zunge zwängte sich zwischen ihre Lippen und ich kostete ihre Erregung. Meine Hände hatten ihre Hüfte umfasst, während ich nun begann, mit meiner Zunge ihre Liebesknospe zu umspielen. Ich schloss meine Lippen darum, saugte und knabberte sanft mit den Zähnen daran und leckte immer wieder mit sanftem Druck darüber.

Ich musste meine Position ein wenig verändern, um auch mit den Händen ihr Wertvollstes erreichen zu können. Während ich weiterhin mit meiner Zunge ihre Perle umspielte, schob ich ganz sanft einen Finger in ihre heiße Mitte. Ihre Nässe strömte mir entgegen und benetzte schon bald meine Haut. Ich nahm einen zweiten Finger dazu und begann, sie weiter zu erregen. Anitas Leib drängte sich mir entgegen und ihr Atem ging heftig. Ihre Hände waren in das Sofa vergraben und ihre Augen geschlossen. Unruhig bewegte sie ihren Kopf hin und her. Sie schien immer mehr zu wollen und ich gab es ihr gern. Mit Freude leckte ich sie und massierte abwechselnd mit Zunge und Daumen ihre kleine harte Klitoris. Ihr Keuchen wurde lauter und stachelte mich weiter an. Ich wollte, dass dieses wunderbare Wesen den Genuss bekam, der ihr zustand.

Ich legte eine Hand auf ihren Bauch und drückte Anita sanft gegen das Sofa. Ich konnte ihren stoßweisen Atem hören, der immer wieder von leisem Stöhnen unterbrochen wurde. Beinahe schien es mir so, als könnte ich spüren, wie sich die Muskeln in ihrem Unterleib zusammenzuziehen begannen. Ich hielt nicht inne und schon bald spürte ich ihren Leib, der sich ekstatisch unter meinen Liebkosungen zu winden begann. Es war offensichtlich, dass sie den Höhepunkt ihrer Lust erklommen hatte und ich erfreute mich an ihrem Ausdruck. Das selige Lächeln und das erschöpfte Gesicht. Zarte Schweißperlen auf ihrer Haut glitzerten im Licht, das durch die Fenster hereinfiel. Diese junge Frau war zum Verlieben schön.

Anita öffnete ihre Augen und schaute mich an. Sie streckte die Hände nach mir aus und zog mich zu sich heran. Zärtlich trafen sich unsere Lippen zu einem nicht enden wollenden Kuss.

Plötzlich spürte ich Anitas Hände in meine offene Hose wandern. Sie streichelte meinen Po und schob spielerisch meine Hose von meinen Hüften. Ich richtete mich auf, zog mich aus und setzte mich dann zurück auf das Sofa. Anita hatte sich inzwischen ebenfalls aufgerichtet und kaum, dass ich saß, hatten ihre Hände begonnen, mein Glied zu streicheln. Sanft umfasste sie es und massierte es gekonnt, so dass es sich schon bald ihren Liebkosungen entgegenstreckte. Sie beugte sich in meinen Schoß und ich spürte ihre weichen Haare auf meinen Schenkeln und meinem Bauch. Ich fuhr mit einer Hand in ihr Haar, kraulte sanft ihren Nacken, während sich ihre Lippen um mein Glied schlossen und daran herabglitten. Sie begann zu saugen und ich konnte das Stöhnen nicht zurückhalten. Zu schön war das Gefühl ihrer Lippen an meinem prallen Penis. Als mein Glied hart zwischen ihren Lippen lag, löste sie diese davon und lächelte mich an. Ohne ein Wort zu sagen, setzte sie sich auf meinen Schoß und umfasste meine Männlichkeit mit einer Hand. Mit der anderen stützte sie sich an meiner Brust. Sie hob ihr Becken an und dirigierte mein pochendes Glied in ihre feuchte Lust. Ganz langsam ließ sie sich in meinen Schoß sinken und ich spürte, wie ich immer tiefer in sie drang. Ich legte meine Hände an ihre Hüften und sie schmiegte sich dicht an mich. Ihre Lippen küssten über meinen Hals. Sie knabberte behutsam daran und saugte sanft. Fast unmerklich bewegte sie ihr Becken in meinem Schoß und ich musste mich in Geduld üben, um sie nicht einfach wild zu nehmen.

Anita ließ schließlich von meinem Hals ab und beugte sich nach hinten. Ihre Hände an meinen Schultern gaben ihr Halt. Sie bot mir wieder diesen erregenden Ausblick auf ihren perfekten Körper, auf dem noch immer die kleinen Schweißperlen von vorher glitzerten. Ich strich mit einer Hand von ihrem Hals über ihre Brust an ihrem Körper hinab bis in ihren Schoß. Mein

Daumen fand ihre Perle fast wie von selbst und ich massierte sie sanft und gleichmäßig. Wie als Antwort auf meine Liebkosungen ließ sie nun ihr Becken kreisen und presste immer wieder ihren Leib in meinen Schoß. Sie richtete sich wieder etwas auf und küsste mich. Jedoch nur kurz, immer wieder zwischen dem leisen Stöhnen und Keuchen, das ihre Bewegungen begleitete. Sie hob ihr Becken an und drängte es leidenschaftlich in meinen Schoß. Ich begann ihre Bewegungen mit sanften Stößen meines Beckens zu unterstützen. Anitas Stöhnen zeigte mir an, dass es ihr zu gefallen schien und ich erhöhte das Tempo. Sie wurde immer wilder und ihre Bewegungen wurden immer heftiger.

Ich konnte mich nun nicht mehr beherrschen und drängte ihr immer wieder heftig und lustvoll meinen Penis in ihre willige Mitte. Mein Stöhnen vermischte sich mit ihrem und unsere Leiber waren wie einer. Ich spürte schon das Ziehen in meinen Hoden und konnte mich nicht mehr zurückhalten. Ich war zu erregt, um jetzt noch zu stoppen. Heiß pochend drang mein Glied immer wieder in sie ein, bis es schließlich in heißen Stößen aus mir herausschoss. Ich verströmte mich bis zum letzten Tropfen in ihr und keuchte heftig, während sie ihren Leib wieder nach hinten reckte und das Gefühl genoss, welches ich ihr bereitet hatte. Ich streichelte sie sanft und zog sie dann zu mir, um sie ganz dicht bei mir zu spüren. Ich konnte beinahe ihren Herzschlag hören und spürte ihren heißen Atem an meiner

Brust. Nach endlos scheinenden Minuten löste sie sich von mir, stand auf und zog sich wieder an. Ich bewunderte ihren zarten, filigranen Körper, der mir so viel Lust bereitet hatte.

„Melanie kommt gleich“, sagte sie leise und küsste mich noch einmal.

Das Seminar

Miriam Eister

Also an manchen Tage mag ich meinen Job nicht. Und heute war mal wieder einer dieser verdammten Tage. Ich war schon etwas spät dran, meine Frisur sah zum Fürchten aus und auf meinem Schreibtisch lag ein Zettel, dass ich mich bei meinem Chef melden sollte. Na super! Ich arbeitete seit circa drei Jahren bei einer kleinen regionalen Zeitung. Mein Chef hielt es immer mal wieder für nötig, dass jeder Mitarbeiter ab und zu eine Schulung erhält. Und genau dieser Moment war nun auch für mich gekommen.

Als ich im Büro stand, teilte mir mein Chef mit, dass ich mit einem Kollegen aus einem anderen Büro gemeinsam nach Köln fahren sollte. Der Firmenwagen war schon für uns zurückgestellt worden. Wie viel schlechter konnte der Tag noch werden? Es sollte sich herausstellen, dass noch einiges schief gehen sollte.

Besagter Kollege war ein Schönling, wie er im Buche steht und sich dessen auch bewusst. Okay, zugegeben, ich hatte ihm auch schon mehr als einmal auf den Hintern geschaut. Welche Frau würde das bei einem gut aussehenden, großen Mann mit einer geheimnisvollen Ausstrahlung nicht auch tun? Nur kam er immer so kühl rüber, so unnahbar. Mit ihm sollte ich also in zwei Tagen zu diesem Lehrgang fahren. Augen zu und durch …

Zwei Tage später bog der Firmenwagen in meine Straße ein. Ich wartete schon unten vor der Haustür. Ich hatte mir mir vorgenommen, das Beste aus diesem Tag zu machen. Zugegeben, die dünne Bluse, die meine Unterwäsche etwas durchscheinen ließ und der luftige Rock waren als kleine Provokation für Chris gedacht. Der bedachte mich auch mit einem anerkennenden Blick und ich stieg ein. Die Fahrt war angenehm. Ich hatte genug Zeit, um mir eine gründliche Meinung von ihm zu bilden. Er war eigentlich gar kein übler Typ.

„Sag mal Melanie, wie kommt es, dass wir uns nicht schon vorher über den Weg gelaufen sind? Ich muss dir doch irgendwann schon einmal im Büro begegnet sein!“ Ich lachte.

„Wir sind uns auch schon im Büro begegnet. Nur haben dort die kurzen Röcke der Damen sehr schnell deine Aufmerksamkeit auf dich gezogen. Sonst hättest du mich sicherlich auch schon einmal bemerkt.“

Er wurde doch tatsächlich rot! Das machte ihn noch sympathischer für den Augenblick.

„Oh, also das Bild habe ich dir von mir gegeben? Nun ja, ich hoffe, dass ich das vielleicht ändern kann und du mich doch für einen netten Typen halten könntest.“

Vertraulich legte ich ihm meine Hand auf seinen Arm und bewunderte dabei seine Muskeln.

„Danke, aber das Bild von dir habe ich schon zum Positiven abändern können.“ Ein schneller Blick aus seinen grünen Augen schickte eine Gänsehaut über meinen Körper. Auch über meinen Arm. Und er sah es! Nun war es an mir, zu erröten und an ihm, zu lachen. So verging die Fahrtzeit mit recht anregenden Gesprächen.

Der Lehrgang ging länger als wir erwartet hatten und erst abends gegen 19 Uhr stiegen wir wieder ins Auto. Um meine Pechsträhne von vor ein paar Tagen wieder aufzunehmen, sagten sie genau für unsere Richtung auf der Autobahn einen langen Stau im Radio durch. Ich seufzte tief. Chris war auch nicht gerade begeistert.

„Wie es aussieht, würden wir für die Heimfahrt ziemlich viel Geduld brauchen. Was hältst du von dem Vorschlag, dass wir uns für die Nacht eine Unterkunft suchen und morgen früh weiterfahren?“

Ich war einverstanden. Aber die Pension hatte (wie sollte es anders sein?) nur noch ein Zimmer mit einem Doppelbett und einer Couch zur Verfügung. Ich war trotzdem einverstanden. Es war den ganzen Tag heiß in diesem Schulungsraum gewesen und ich wollte duschen und es mir bequem machen. Egal wo.

Eine gute Stunde später – Chris war schon fertig geduscht und machte es sich auf dem Bett bequem – zog sich ein ziemlicher Sturm zusammen. Ich war verschwitzt und wollte auch noch schnell duschen. Am Waschbecken lag eine Probepackung von einem einfachen Duschgel. Dankbar stellte ich mich unter den kühlen Wasserstrahl. Bevor ich mich richtig entspannen konnte, ging mit einem Schlag das Licht aus. Erschrocken schrie ich auf. Es war stockdunkel. Es klopfte leise an der Tür.

„Melanie? Alles in Ordnung?“

Meine Wut gewann die Oberhand.

„NICHTS ist in Ordnung. Es ist dunkel hier drin und ich habe mir nicht gemerkt, wo die Handtücher hängen. Verdammt noch mal …!“

Ein heiseres Lachen war zu hören. Der Mann fand das auch noch lustig.

„Kleines, ich habe eine Kerze gefunden und ich komme jetzt rein. Falls ich was sehe, was ich nicht schon einmal woanders gesehen habe, dann lass ich es dich wissen. Und wehe du beißt …“

Und wieder dieser lachende Unterton.

Die Tür ging auf und ein sanfter Kerzenschein war zu sehen. Chris hatte nur seine Hose an. Er sah aus wie ein Athlet, in dessen leichter Behaarung sich das Licht spiegelt. Mein Ärger war wie weggeblasen. Trotzdem war ich nackt. Er schaute mir die ganze Zeit tief in die Augen und reichte mir ein Handtuch.

„Besser so?“

Ich nickte, schlang es mir um den Körper und ging zurück ins Zimmer. Etwas Knisterndes hing in der Luft. Irgendwie war ich befangen. Ihm ging es genauso.

„Es ist schon spät geworden. Ich denke, wir sollten uns hinlegen“, sagte er.

Er rollte sich auf dem Bett zusammen und war kurze Zeit später eingeschlafen. Ich leider nicht. Mir ging sein Anblick im Kerzenschein nicht aus dem Kopf. Da ich eh nicht einschlafen konnte, setzte ich mich auf und betrachtete ihn beim Schlafen. Die Kerze hatten wir angelassen. Dunkle Haare, ein sinnlicher Mund, markante Gesichtszüge, breite Schultern, kräftige Arme und einen dichteren Haarstreifen ab dem Bauchnabel, der sich tiefer zog.

„Gefällt dir, was du siehst?“ Seine Stimme schreckte mich hoch. Er war ja wach! „Tja Kleines, ich muss die Augen nicht geöffnet haben, um zu merken, dass du mich beobachtest. Gefällt dir, was du siehst?“

Seine Augen gingen auf und schauten mich direkt an. Ich konnte nur nicken und rot anlaufen. Auf frischer Tat ertappt sozusagen. Schnell legte ich mich hin. Durch die Lehne konnte er ja nicht durchschauen. Ich hörte aber dieses leise Lachen, bevor wieder regelmäßige Atemzüge kamen. Irgendwann schlief ich dann doch ein.

Am nächsten Morgen erwähnte er es nicht mit einem Wort. Wir frühstückten und ich huschte noch schnell mal in die Drogerie wegen eines Deodorants, bevor wir wieder Richtung Heimat losfuhren. Es war eine schweigsame Fahrt. Nach einigen Kilometern riss mich seine Stimme aus meinen Gedanken.

„Du bist so still. Was beschäftigt dich denn?“

Ich schaute hoch. „Nichts eigentlich.“

Plötzlich legte sich seine warme Hand auf mein Knie. „Und uneigentlich?“

Also gut. Augen zu und raus mit der Wahrheit.

„Du hast gestern Abend so unheimlich schön ausgesehen. Ich habe dich einfach ansehen müssen. Tut mir leid, falls dich das störte.“

Seine Hand drückte leicht zu. „Ich habe nie gesagt, dass es mich gestört hat! Ganz im Gegenteil. Mir ging dein Anblick unter der Dusche auch nicht aus dem Kopf, aber ich hatte nicht den Mut, um dir näher zu kommen.“

Wieder war diese Spannung zwischen uns.

„Ich hatte den Mut auch nicht.“

Das schien für ihn das Signal zu sein. Er blinkte, nahm die nächste Ausfahrt runter von der Straße, bog in einen Seitenweg ein und lenkte den Wagen an eine entlegene Stelle, an der so schnell keiner vorbeifahren würde. Ich konnte nichts sagen. Er hielt, stieg aus, öffnete meine Tür und zog mich aus dem Wagen.

„Möchtest du mich?“

Ich nickte. Sanft, aber stürmisch öffnete er meine Bluse, ich sein Hemd und seine Hose. Mein Slip wurde über den Po gezogen. Mir fiel was ein und sagte: „Setz dich hinten auf die Rückbank …!“

Er tat es und ich griff schnell in meine Handtasche. Er war erstaunt. „Hattest du die gestern schon dabei?“

Ich lächelte schüchtern. „Nein, die Kondome lagen in der Drogerie so einladend neben dem Regal mit den Deo-Sprays.“

Ich setzte mich neben ihn auf die Rückbank und nahm seine Männlichkeit in die Hand. Schnell wurde er größer und hart. Ich beugte mich vor und leckte sanft über die Kuppe. Ein tiefes Stöhnen war meine Belohnung und Ansporn, noch mehr zu nehmen. Ich mag es, Männer auf diese Art und Weise zu verwöhnen. Die Macht der Hände und eines warmen weichen Mundes wird oft unterschätzt. Und welcher Kerl lässt sich das nicht gern gefallen? So tief es ging, nahm ich ihn in meinem Mund auf. Gleichzeitig beendete ich die Bewegung mit meiner Hand ganz unten an seinem Schaft. Dass ich dabei seinen Hoden streichelte, quittierte Chris mir mit tiefen Seufzern. Sein männliches Aroma machte mich unheimlich an. Meine Zunge spielte über seine Eichel, und ich schmeckte die ersten Tropfen seiner Lust. Und immer wieder legten sich meine Lippen um sein bestes Stück.

Irgendwann zog Chris meinen Kopf hoch, griff nach dem Kondom und zog es sich über.

„Ich brauche dich jetzt Melanie!"

Ich stieg über ihn. Seine heiße Spitze berührte meine Mitte. Auch ich war bereit. Langsam ließ ich mich auf ihn nieder. Ich wollte jeden Zentimeter spüren, den er in mich eindrang. Nun stöhnte ich. Er füllte mich voll aus. Sein Mund fand meine Brustwarzen und saugte daran. Das leichte Knabbern machte mich wahnsinnig vor Lust. Ich ritt ihn, mit kreisenden Hüften, zog immer mal wieder meine Muskeln innen zusammen, um ihm ein noch engeres Gefühl zu geben. Seine Hände kneteten meinen Po und frech wanderte sein Finger über die kleine Rosette. Der Gedanke, dass er jederzeit mit seinem Finger dort noch eindringen könnte, war absolut berauschend! Ich stahl mir einen tiefen Zungenkuss und entzog mich seinem Finger aber etwas. Er hob meine Hüfte an. „Leg dich auf den Rücken!"

Ich tat es. Sein Kopf verschwand auf einmal zwischen meinen Beinen. Er hatte sich in die offene Tür gekniet und seine Zunge verwöhnte nun meine Perle nach allen Regeln der Kunst. Ich schrie leise auf.

„Oh, bitte, ich kann nicht mehr lange … Chris … komm wieder in mich. Bitte!"

Dann drang er mit einem kräftigen Stoß bis zum Anschlag in mich ein. Nun gab er den Takt an und dieser trieb uns beide einem intensiven Höhepunkt entgegen. Ich biss ihm leicht in den Hals und zog meine Fingernägel vorsichtig über seinen Rücken. Chris keuchte auf.

„Oh Gott. Melanie du machst mich wahnsinnig." Immer wieder stieß er in mich hinein und immer wieder hob ich meine Hüfte ihm entgegen. Bis ich nicht mehr konnte. Ich kam zum Höhepunkt. Ich stöhnte auf, meine Muskeln zogen sich fest um seine Männlichkeit. Meine Brustwarzen zogen sich steinhart zusammen. In diesem Moment biss Chris leicht in eine davon. Der leichte Schmerz verstärkte meinen Orgasmus noch. Ich stieß Geräusche aus, die mir in einem Raum mit dünnen Wänden sicherlich peinlich gewesen wären. Aber ich konnte hier nicht anders. Meine Lust war größer als mein Schamgefühl, und das brachte ich lautstark zum Ausdruck.

Chris war auch fast so weit. Ich erinnerte mich an den kleinen zusätzlichen Reiz, den er mir vorhin mit seinem Finger an meiner Rosette verschafft hatte. Ich hob meinen Oberkörper an und ließ meinen Finger durch seine Pospalte gleiten. Dabei strich ich auch über seine Rosette. Das brachte Chris zum Höhepunkt. Heiß und kräftig schoss es aus ihm heraus. Er brach auf mir zusammen.

Einen kleinen Moment blieben wir so liegen, dann musste er sich zurückziehen. Ich ordnete meine Kleider etwas, fuhr mir durch die Haare und setzte mich brav wieder vorn auf den Beifahrersitz. Kurze Zeit später saß Chris wieder neben mir, machte aber keine Anstalten loszufahren. Er schaute mir tief in die Augen.

„Melanie. Das war unbeschreiblich schön, mir fehlen die Worte."

Nun legte ich ihm die Hand auf das Knie. „Vielen Dank. Mir geht es genauso. Vielleicht sollten wir das trotzdem erstmal für uns behalten." Er nickte.

Ich beschloss, die Führung zu übernehmen. „Wenn du mich nachher zu Hause absetzt, vielleicht darf ich dich dann ganz nackt ausgiebig betrachten?"

Ein tiefer Kuss war Antwort genug. Da sag noch einmal einer, dieser Lehrgang hat sich nicht positiv ausgewirkt …

Yvonne sucht Nachhilfe

Hamilkar Barkas

Uwes Blick schweifte ab, bis er schließlich gedankenverloren aus dem Fenster sah. Eine Amsel hüpfte mit kleinen Sprüngen in dem Garten umher, als hätte sie kleine Sprungfedern unter den Füßen und kein Eigengewicht. Plötzlich tat sie einen letzten Hüpfer, breitete ihre Flügel aus und flog mühelos auf einen niedrigen Ast. Einen winzigen Moment lang fragte sich Uwe, was es wohl für ein Gefühl sein mochte zu fliegen.

„Das ist alles, bloß nicht richtig!"

Im selben Augenblick landete ein Bleistift klappernd auf der Tischplatte. Aus seinen Gedanken aufgeschreckt, drehte sich Uwe zu Yvonne um.

„Die blöde Gleichung geht nicht auf", sagte sie und zog dabei eine Schnute, wie sie es jedes Mal machte, wenn sie nicht weiter wusste.

Wenn sie diese Grimasse zog, wirkte sie jünger als sie tatsächlich war, nicht mehr wie eine Oberschülerin, also praktisch eine junge Frau, sondern wie eine 15-Jährige, eben erst der Zahnspange entwachsen.

Uwe warf einen flüchtigen Blick auf das Blatt, das fast gänzlich mit Yvonnes großer Schrift bedeckt war. Resigniert strich er sich über den Bart.

„Ich dachte, du hättest es verstanden“, sagte er sanft.

„Dachte ich auch – eigentlich,“ erwiderte sie verunsichert und blickte verlegen zu Boden.

„Das hier macht aber nicht so den Eindruck. Soll ich es noch einmal erklären?“

„Oh, nein. Bitte nicht.“ Yvonne spielte mit einer Haarsträhne und wickelte sie sich um den Finger. „Stellen Sie doch eine leichtere Aufgabe und dann gehen wir sie zusammen durch.“ Dabei klimperte sie mit den Augenlidern, was verführerisch wirken sollte.

Wenn sie es nicht so übertreiben würde, würde es sogar seine Wirkung zeitigen, dachte er. Nicht zum ersten Mal fiel Uwe auf, dass seine Nachhilfeschülerin eine Schönheit war, beziehungsweise eine Schönheit werden würde, wenn sie erst aus ihrem kindlichen Gehabe herausgewachsen wäre.

„Bei der Arbeit werde ich auch nicht neben dir sitzen und die Aufgaben mit dir zusammen durchgehen können“, wandte Uwe ein. Dabei hatte er sich schon den Bleistift genommen und konstruierte rasch im Kopf eine simpler strukturierte Gleichung, die er dann mit Yvonne zusammen lösen würde. Im Prinzip hat sie es ja verstanden, redete Uwe sich ein. Sie braucht bloß mehr Übung, ein wenig mehr Selbstbewusstsein.

„Gut“, sagte Uwe und schob Yvonne das Blatt zu. „Also, was war noch einmal der erste Schritt?“

Die sah ihn mit großen Augen an, machte aber keine Anstalten, nach dem Stift zu greifen. Stattdessen berührte ihn Yvonne mit dem Fuß an der Wade. Der

Kontakt dauerte gerade so lange an, dass Uwe sich unsicher war, ob es Zufall oder Kalkül gewesen war.

Keine Reaktion in Yvonnes braunen Rehaugen. Sie sah ihn aufmerksam an, als warte sie darauf, dass er zu erklären begann. Dann berührte sie ihn wieder am Bein. Mit dem Fuß strich sie über Uwes Schienbein und den Schuh und ließ ihn dabei keinen Augenblick aus den Augen.

„Sind Sie nicht von der Schule geflogen, weil sie eine Affäre mit einer Schülerin hatten?“, fragte Yvonne unvermittelt.

„Woher weißt du das?“, entfuhr es Uwe. Sofort hatte er sich wieder im Griff. „Nein, bin ich nicht“, sagte er bestimmt. „Und ich habe keine Lust, das mit dir zu diskutieren.“

„Ich hab’s von meiner Cousine. Die war mit dem Mädchen befreundet, mit dem sie was hatten, und sie war mit ihr in einer Klasse.“

Im nächsten Augenblick stand Yvonne auf und ging zur Küche. Im Türrahmen wandte sie sich noch einmal Uwe zu und sagte: „Michaela Kumpfmüller, so heißt meine Cousine.“

Uwe saß regungslos auf seinem Stuhl und war blass um die Nase herum geworden. Michaela Kumpfmüller war also die Cousine seiner Nachhilfeschülerin und natürlich hatte sie ihren Mund nicht gehalten. Das hatte sie ja schon damals nicht. Wer weiß, wenn sie damals nicht gequatscht hätte, wäre es vielleicht doch noch zum Happy End gekommen. Das Märchen vom trockenen Oberstudienrat mit dem eisgrauen Bart und der blutjungen, ebenso hübschen, wie intelligenten Klassenbesten.

Gedankenverloren strich er sich durch den Bart, als er sich fragte, was wohl aus Rebekka geworden sein mochte, die wenige Wochen nach Bekanntwerden des Skandals mit ihren Eltern aus der Stadt gezogen war. Tatsächlich war er nicht der Schule verwiesen worden. Er hatte es vorgezogen, den Dienst zu quittieren.

Yvonne erschien wieder mit ihrem roten Faltenrock in Uwes Wohnzimmer. Aus irgendeinem Grund hatte sie sich in der Küche ihrer Schuhe entledigt und war jetzt barfuß.

„Haben Sie sie geliebt?“, fragte sie vom Türrahmen her und blickte ihn provokant an.

Uwe räusperte sich. „Jedenfalls war die Sache bestimmt nicht so, wie sie dir deine Cousine erzählt hat.“

Yvonne machte zwei, drei Schritte, dann saß sie plötzlich auf seinem Schoß, eine Hand auf seiner Schulter. Uwe zuckte zurück, aber Yvonne drängte nach. „Ich finde dich sehr attraktiv“, erklärte sie mit komischem Ernst. „Fand ich schon, ehe Michaela mir alles erzählt hat.“

„Nein, nicht.“

„Weißt du eigentlich, warum sie euch damals verraten hat?“ Yvonne genoss die Situation, weil sie das Gefühl hatte, Herrin der Lage zu sein.

Uwe schüttelte kurz den Kopf, ließ dabei Yvonnes Hand auf seiner Schulter nicht aus den Augen. Schatten der Vergangenheit, die ganze Affäre war jetzt vier, fünf Jahre her. Uwe hatte versucht, das alles hinter sich zu lassen und nicht mehr daran zu denken.

„Weil sie eifersüchtig war. Sie wollte auch so einen Liebhaber, der einfühlsam und erfahren ist und sie bei der Hand nimmt, um mit ihr die ersten Schritte auf einer großen Entdeckungsreise zu gehen. Sie war neidisch, dass du sie nicht zur Frau gemacht hast.“ Wie in Zeitlupe fuhr Yvonnes Hand über seinen Arm.

„Das ist ein Fehler“, sagte Uwe und wollte seine Hand unter der ihren hervorziehen, aber Yvonne schüttelte entschieden den Kopf. Sie führte seine Hand über ihre Hüfte, ihren Oberschenkel, bis sie zwischen ihren Beinen zu liegen kam. Uwes Fingerspitzen ertasteten unter dem dünnen Stoff ihres Rockes Yvonnes Schamlippen und ihr Intimstes dazwischen. Mit der anderen Hand begann Yvonne ihren Rock hochzuziehen. Gebannt, als wäre der Rocksaum eine giftige Schlange, beobachtete Uwe, wie er Yvonnes Knie freilegte und unaufhaltsam höher glitt. In wenigen Augenblicken würde er unter seinen Fingerkuppen hinweggleiten und seine Hand läge auf Yvonnes entblößtem Venushügel.

„Ich mache das nicht“, sagte Uwe und seine Stimme klang überlaut in seinen Ohren, aber Yvonne hielt ihn weiter fest. Gleichzeitig beugte sie sich vor, so dass ihr Mund dicht an seinem Ohr war.

„Du willst es doch auch. Außerdem hast du gar keine andere Wahl. Entweder du machst mich zur Frau oder ich erzähle allen Leuten, was ich weiß. Dann kannst du deinen kleinen Nachhilfebetrieb hier vergessen.“

Das Letzte hatte sie ihm förmlich ins Ohr gezischt, dass es Uwe kalt den Rücken herunterlief. Er zweifelte keinen Augenblick daran, dass sie ihre Drohung wahr machen würde. Mit der Rachsucht Postpubertierender hatte er seine Erfahrung.

„Gefalle ich dir denn überhaupt nicht oder warum willst du mich nicht?“, fragte Yvonne plötzlich in einem weinerlichen Tonfall. Bei diesen Worten hatte sie ihren Rock ganz hochgezogen, und Uwes Blick fiel auf ihre nackte Scham.

Yvonne musste sich erst vor kurzem rasiert haben. Kein Haarstoppel war zu sehen und ihre Haut schien samtweich zu sein. Als sie ihre Beine spreizte, um Uwe einen besseren Einblick zu gewähren, bemerkte er, dass es zwischen ihren Schamlippen glitzerte. was für ein Anblick! Unwillkürlich setzte sich Uwes Hand in Bewegung.

„Willst du mich?“, hauchte Yvonne.

Uwe nickte. Er hörte jemanden „Ja“ sagen, begriff aber erst einen Augenblick später, dass die raue Stimme seine eigene gewesen war.

„Dann nimm mich“, flüsterte sie kaum hörbar. „Mach mit mir, was du willst.“

Die Kuppe seines Mittelfingers glitt ihre Scheide entlang, so sanft, dass er sie kaum berührte. Yvonne hielt ihren Kopf so nah an Uwes Gesicht, dass er das Aroma ihres Shampoos riechen konnte. Er wendete den Blick ab und sah direkt in ihre Augen. Yvonne hatte tiefbraune Augen. Wenn man sie länger ansah, begann einem das Herz so laut zu schlagen, dass man es selber hören konnte. Uwe blickte unverwandt in ihre Augen, als seine Finger zwischen ihre Schamlippen glitten. Sofort wurde sie feucht. Uwe sah das Glitzern in ihren Augen und wie Yvonnes Mund einen lautlosen Seufzer formte. In diesem Augenblick beugte er sich vor und küsste sie. Ihre Lippen schmeckten mädchenhaft nach Lipgloss oder einem Pflegestift. Er hatte einen Nachgeschmack von Erdbeeraroma auf der Zungenspitze.

Yvonne sog gierig an seiner Unterlippe und wollte seinen Mund mit der Zunge erobern. Uwe kam diese Leidenschaft zu früh und zu ungestüm. Er versuchte sich ihr zu entziehen, aber Yvonne drängte sich sehr eng an ihn, je mehr er versuchte, sich ihrem Zugriff zu entziehen.

Da glitt Uwes Finger ganz in sie hinein. Yvonne hielt inne und rang einen Moment nach Luft. Diesen Augenblick der Überraschung nutzte Uwe und begann den Finger in ihr zu bewegen. Langsam erkundete er die Tiefe ihrer Scheide und Yvonne, unbeweglich und mit geschlossenen Augen, erforschte die Gefühle, die sein Finger in ihr auslöste. Als Uwe noch den Zeigefinger folgen ließ, begann sie ihre Hüfte kreisen zu lassen. Vor und zurück, nach links und nach rechts bewegte sie ihr Becken, sich auf Uwes Schultern abstützend. Wie in Trance blickte er auf seine Hand herab, die ihm wie die

Pranke eines Riesen vorkam. Zwei seiner Finger verschwanden in ihrer glatt rasierten Scham und wurden von Yvonne mit wachsender Leidenschaft geritten.

Plötzlich schlug sie ihre Augen auf und nahm die Hände von seinen Schultern. Jetzt bewegte sie ihr Becken langsam, genießerisch, während sie sich am Verschluss seiner Hose zu schaffen machte. Nach kurzem Kampf mit Reißverschluss und Slip sprang ihr sein pralles Glied entgegen und drängte sich gegen ihren Bauch, die Eichel auf der Höhe ihres Nabels.

Überrascht sahen Uwe und Yvonne einander in die Augen. Sie nahm sein Glied in ihre Faust und begann mit der anderen Hand ihre Perle zu streicheln.

In Yvonnes festem Griff schien sein Glied zu pulsieren, als begänne es jeden Augenblick ein Eigenleben zu führen, und Uwe begann sich an ihrer Handfläche zu reiben. Die Eichel zielte nach ihrem, unter ihrem T-Shirt verborgenem Nabel. Gleichzeitig bewegte er seine Finger immer heftiger in Yvonne, bis sie immerzu aufstöhnte und den Eindruck machte als versuche sie seinen Finger auszuweichen und sie zur gleichen Zeit herbeizusehnen. Der Anblick der elfengleichen Gestalt, die sich auf seinem Schoß vor Lust wandt, brachte Uwe noch um den Verstand. Plötzlich hielt er in der Bewegung inne, packte sie mit beiden Händen an der Hüfte und hob sie an. Yvonne verstand augenblicklich und richtete sein Glied aus. Langsam ließ Uwe sie wieder herunter. Als die Spitze seines Gliedes in ihr verschwand, schloss Yvonne wieder die Augen und hielt gespannt den Atem an. Langsam glitt Uwe tiefer in sie, bis er sie schließlich völlig ausfüllte.

Sofort begann Yvonne ihn wild zu reiten, ließ ihr Becken unkontrolliert rollen. Uwes Penis drohte wieder aus ihr herauszurutschen. Er packte sie an den Schultern.

„Warte", sagte er. „Nicht so hastig. Lass dir Zeit."

Yvonne gehorchte und bewegte sich nun langsamer auf und ab. Uwe bat sie, sich ein wenig zurückzulehnen und spürte, wie er noch tiefer in sie eindrang, was Yvonne mit einem wohligen Seufzer quittierte. Dann ließ sie ihre Hüften wieder schneller kreisen. Als Uwe seiner Hände von ihren Schultern nahm, wurde sie mutiger. Schon bald ritt sie ihn mit überwältigender Leidenschaft. Yvonnes Gesicht, mit den geschlossenen Augen und dem halb geöffnetem Mund, war beredtes Zeugnis ihrer mitreißenden Ekstase. Ab und an gab Uwe ihr einen anfeuernden Klaps auf den Hintern, worauf Yvonne jedes Mal mit einem lustvollen Seufzer reagierte. Schon bald näherte sich der Ritt seinem finale furioso. Er konnte spüren, wie sich der Orgasmus in Yvonne aufzubauen begann, eine Spannung, die mit jedem Stoß stärker wurde, bis sie von selbst zur Explosion kommen würde. Yvonne spürte es auch. Sie wurde ungeduldig und verlor ihren Rhythmus.

„Weiter", spornte Uwe sie an. „Jetzt nicht nachlassen." Mit dem Daumen suchte er nach ihrer Perle und stimulierte sie. Yvonne setzte von Neuem an und Uwe gab ihr mit seinem Streicheln das Tempo vor, so dass sie schon bald seinen Schoß mit ihrem Orgasmus überschwemmte.

Yvonne sank in sich zusammen und lehnte sich gegen Uwe, der ihre festen Busen an seiner Brust spürte.

„Das war wunderbar“, flüsterte sie. Nach einem tiefen Seufzer: „Wunderschön.“ Anstelle einer Antwort küsste Uwe zärtlich und sanft ihren Nacken.

Nur ein paar Augenblicke saß das ungleiche Paar so da, das elfengleiche Mädchen und der ehemalige Oberstudienrat mit dem eisgrauen Bart, in atemloser Erinnerung, Uwes erschlaffendes Glied noch immer in Yvonne. Dann sprang sie förmlich auf, ließ ihren Rock fallen und strich ihn wieder glatt. Überrascht blickte Uwe in ihr lachendes Gesicht.

„Du bist gefeuert“, sagte Yvonne fröhlich, „als mein Nachhilfelehrer; jedenfalls in Mathe. Mathematik wähle ich sowieso ab, also zur Hölle damit. Aber als Nachhilfelehrer in den Liebeskünsten behalte ich dich, da habe ich noch Nachholbedarf.“ Dabei deutete sie auf Uwes Penis, den er gerade wieder in die Untiefen seiner Unterhose zu verbannen im Begriff war.

Ein Lächeln huschte über Uwes Gesicht.

„Einer so motivierten Schülerin wie dir werde ich nicht lange etwas beibringen können“, schmunzelte er.

Abwechslung

Mark Pond

Ich weiß auch nicht mehr, welchem Impuls ich folgte, aber plötzlich stand ich vor ihr in der Umkleidekabine und schob ihr meine Zunge in den Mund. Weil sie die Hose bereits ausgezogen hatte, spürte ich die warme und weiche Haut ihres Hinterns unter meiner Hand. Ich hatte schon vorher eine Erektion. Ich drehte sie um und drückte mich gegen ihren Hintern. Sie war natürlich überrascht, aber nicht entsetzt. Dass es ihr sogar gefiel, spürte ich auch gleich mit einem meiner Finger.

Vielleicht war es der Sommer. Und der kühle Wind, der mir über die erhitzte Haut gestreichelt hatte. Ich hatte nur noch Beine, Brüste und nackte Haut gesehen und dieses Ziehen in den Lenden gespürt. Kurz gesagt, ich hatte es nötig.

Kirsten brauchte ein paar neue Sommersachen. Ich hatte mich breit schlagen lassen, mitzugehen, obwohl ich shoppen überhaupt nicht mag und so konzentrierte ich mich auf die nackte Haut, die mir überall entgegenkam. Der Sommer hatte seine sichtbaren Vorteile: Knapper Stoff umspielte leicht gebräunte Haut. Man konnte durch die T-Shirts und Blusen die prallen Brüste sehen und der Anblick machte einfach Lust auf mehr.

Kirsten hatte sich ein paar Sachen ausgesucht und wollte sie anprobieren.

Zwei oder drei Teile hatte sie mir bereits vorgeführt, als ich merkte, dass auch sie immer mehr Haut zeigte. Ich stand auf und fing selber an, ein paar Sachen auszusuchen, von denen ich mir Anregung versprach. Ich ließ Kirsten diese Sachen anziehen und sie mir vorführen. Es fing an, Spaß zu machen. Um die Sachen ging es mir bald nicht mehr.

Ich machte es mir auf einem der Sessel bequem, hier hatte jemand von der Geschäftsführung mitgedacht, wahrscheinlich ein verheirateter Mann, der auch zum Shoppen mitgehen musste. Ich saß jedenfalls bequem in diesem Sessel und ließ sie sich vor mir hin- und herbewegen. Ein Kaffee hätte noch gefehlt. Aber na ja, ich will mich ja nicht beklagen.

Ich hatte ein paar sehr knappe Sachen ausgesucht und fast schon mit ihrem Protest gerechnet, aber Kirsten zog an, was ich ihr holte. Und bald hatte ich den Eindruck, dass sie wusste, was das Ganze sollte und wie sehr sie mich damit anmachte. Sie fing an, sich anders zu bewegen, aufreizender, passend zu den Sachen, die sie anzog. Sie turnte mich mächtig an.

Na ja und dann konnte ich einfach nicht mehr anders. Als die Verkäuferin sich um jemand anderen kümmern musste, wahrscheinlich war es ihr bei uns auch zu anstrengend oder sie ahnte, dass es hier noch etwas dauern würde, stand ich auf und betrat heimlich die Kabine.

Nachdem sie meinen harten Penis an ihrem Hintern spürte, brummte sie leise vor sich hin, aber statt mich wieder rauszuschicken, griff sie um sich herum und drückte gegen die Beule in meiner Hose. Diese Frau machte mich wahnsinnig und ich wollte sie nur noch fühlen.

Sie drehte den Kopf so weit sie konnte nach hinten und wir küssten uns züngelnd. Mit geschickten Fingern hatte sie meinen Penis befreit und fuhr langsam an ihm auf und ab. Meine Hände legten sich auf ihre Brüste, die ich sehr schnell aus dm BH befreit hatte. Meine Hose glitt über meinen Po auf den Boden. Mit der anderen Hand streifte sie sich selber den Slip herunter. Dann beugte sie sich nach vorn, hielt sich an dem Stuhl fest, auf dem sich die Wäsche türmte und bot mir ihren Hintern in seiner ganzen Pracht dar. Ich zögerte nicht lange. Ich stellte mich dicht hinter sie und legte eine meiner Hände auf ihren Hintern. Mit der anderen wollte ich den Weg bereiten, musste aber feststellen, dass da nichts mehr vorzubereiten war. Ihre Lippen waren feucht und heiß. Es hatte sie also auch angemacht, sich vor mir zu bewegen und diese Sachen anzuziehen.

Ich drängte ein Knie zwischen ihre Schenkel und drang behutsam von hinten in sie. Sie quittierte es mit einem unterdrückten Stöhnen. Ich bewegte mich langsam vor und zurück, weil ich keine unnötigen Geräusche erzeugen wollte. Aber es fiel mir schwer, mich langsam zu bewegen, außerdem drängte sich Kirsten lustvoll gegen mich. Ihre Brüste schaukelten aufreizend in meinen Händen. Sie hielt sich mit einer Hand den Mund zu und ich merkte, wie sehr sie es anmachte, hier von mir in der Umkleidekabine des Kaufhauses von hinten genommen zu werden. Ich packte ihren Hintern fester. Dann wanderte eine meiner Hände nach vorn über ihren Bauch, und ich berührte und streichelte ihre Klitoris. Kaum rieb ich etwas schneller und gezielter, spürte ich, wie sie mir ihren Hintern noch mehr entgegenstreckte. Ich vermutete, dass sie geschrien hätte, wenn wir in unserem Schlafzimmer gewesen wären, aber so musste sie unterdrücken, was raus wollte, auch wenn es ihr sehr schwer fiel. Auch ich kämpfte mit der Leidenschaft und der Lust, die mir an diesem Ort bereitet wurde. Die Spitze meines Penis war umschlossen von ihrer fühlbaren Erregung und ich brauchte mich selbst kaum zu bewegen. Nur mein Finger war weiterhin fleißig. Und daran, dass ihr Atem kürzer und heftiger wurde und an den Kreisbewegungen ihres Beckens merkte ich, dass sie gleich explodieren würde. Ich presste mich dicht gegen sie und rieb weiter ihre Klitoris. Ihre Erregung übertrug sich auf mich und steigerte meine Lust, und als ich mich in ihr entlud, durchzuckte auch sie eine heftige und enorme Befriedigung. Sie schob sich die Hand so weit in den Mund, wie es ging. Ich beugte mich nach vorn und grub meinen Mund in ihre weiche und heiße Haut.

Nach ein paar Augenblicken drehte sie sich um und packte meinen Kopf mit beiden Händen, zog mich zu sich und schaute mir in die Augen, bevor sie mich leidenschaftlich küsste. Bevor ich die Augen schloss, sah ich die Träne in ihrem Auge.

„Ich liebe dich“, hauchte sie, nachdem sie meinen Mund wieder freigegeben hatte.

„Das habe ich gemerkt“, sagte ich und küsste sie noch einmal, bevor wir die Kabine verließen.

Gekauft haben wir nichts, aber wir haben eine Menge mit nach Hause genommen.

„So intensiv habe ich dich noch nie gespürt“, sagte sie abends beim Essen. „Das war anders als alles, was ich bisher erlebt habe.“

„Hat es dir bisher nicht gefallen?“, fragte ich, obwohl ich wusste, dass diese Frage überflüssig war. Ich wusste, was sie meinte, denn mir war es ja nicht anders ergangen.

„War es die Situation?“, fragte sie.

„Ich denke schon. Ich nehme an, denn so was haben wir ja vorher noch nie gemacht.“

„Ich dachte, ich werde ohnmächtig. Ich war total heiß und der Orgasmus war enorm und tief. Ich kann es gar nicht richtig beschreiben.“

„Das brauchst du auch nicht.“

Später im Bett liebten wir uns sehr behutsam und innig. Wir hatten etwas Neues entdeckt, jeder für sich und beide miteinander. Nach dem heftigen und rauschartigen Sex im Kaufhaus war die Entspannung im ehelichen Bett sehr angenehm. Eng umschlungen schliefen wir ein, tief befriedigt.

Es war klar, dass wir in der nächsten Zeit über dieses Erlebnis und unsere Gefühle nachdachten, jeder für sich und gemeinsam. Ich sprach nicht alles aus, was mir im Kopf herumging, aber ich wusste, dass wir bald wiederholen würden, was wir angefangen hatten.

Wir hatten nichts Verbotenes getan. Obwohl Sex in der Öffentlichkeit? Ich wusste nicht, ob es da Gesetze gab. Aber ich wusste, dass es die Möglichkeit war, erwischt zu werden, die unsere Lust so sehr steigerte. Und wir wollten mehr davon. Darüber waren wir uns einig.

Am nächsten Wochenende bereiteten wir uns etwas vor. Ich trug keinen Slip unter der Hose und Kirsten hatte keinen Slip unter dem sehr kurzen Rock und keinen BH, der später stören konnte. Allein die Tatsache zu wissen, dass ich ihr nur den Rock etwas hochschieben musste, um ihren Hintern berühren zu können oder einen Finger in ihr versenken zu können, machten mich rasend. Als wir in den Bus stiegen, setzten wir uns in eine der hinteren Reihen. Hinter uns saß niemand mehr, vor uns ein paar Leute. Kaum saßen wir nebeneinander, schob ich ihr den Rock hoch. Sie spreizte augenblicklich die Beine. Als ich ihre Leidenschaft spüren konnte, schloss sie die Augen. Ich hörte ihren Atem, sie stöhnte unterdrückt, nahm meine andere Hand und drückte sie fest. Das war es. Diese Situation war absolut erregend. Ich streichelte ihren Kitzler gar nicht erst, sondern ich rieb ihn sofort schnell und heftig. Sie war schon ziemlich scharf, noch bevor ich sie berührt hatte. Während ich sie verwöhnte, beobachtete ich die anderen Leute im Bus. Der einzige, der vielleicht etwas mitbekam oder ahnte, war der Busfahrer. Er hatte den Vorteil des Spiegels.

Kirsten fing an, mit dem Becken gegen meine Hand zu drücken. Sie richtete sich wieder etwas auf und öffnete die Augen. Sie schaute mich kurz an und lächelte. Dann schaute sie nach vorn. Ein Mann, der einige Bänke weiter schräg vor uns saß, drehte sich gerade um, als ich spürte, wie sie sich in meiner Hand entlud. Ihr Becken zuckte stoßweise nach vorn und wieder zurück. Sie hatte den Mund leicht geöffnet, gab aber keinen Laut von sich, als sie sich zu mir drehte und mich küsste. Ihre Lippen zitterten, ihre Körper bebte.

„Danke", flüsterte sie. „Danke."

Ein paar Tage später fuhren wir zu Freunden, um mit ihnen das Wochenende zu verbringen. Auf der Autobahn wollte ich dann endlich einmal ausprobieren, was ich mir immer schon vorgestellt hatte. Kirsten kraulte mir gerade den Nacken und hing vermutlich ihren Gedanken nach. Sie fuhr nicht gern auf der Autobahn.

Mit einer Hand lenkte ich den Wagen, mit der anderen befreite ich mich aus der Hose. Auf der Straße war viel Verkehr. Kirsten tat sofort, was ich wollte. Während Autos und LKW an uns vorbeizogen, spürte ich ihre Zunge um meinen Penis kreisen und ihre Lippen über den Schaft meines Penis gleiten. Sie machte das sehr langsam und zärtlich, aber mich machte jede ihrer Bewegungen fast verrückt. Besonders, weil ich mein Becken nicht so bewegen konnte, wie ich das gern getan hätte. Mein Mund stand offen, damit ich genug Luft bekam. Und jeden, der uns überholte, schaute ich lächelnd an. Als ich kam, überholte uns gerade eine wunderschöne Blonde in einem Cabrio. Sie fuhr langsam an uns vorbei und hob die Sonnenbrille hoch. Im Rückspiegel muss sie gesehen haben, wie sich Kirsten wieder erhob und mich küsste. Ich winkte. Die Blonde gab Gas.

Ich ahnte bald, dass das alles noch steigerungsfähig war. Unter dem Vorwand, noch etwas besorgen zu müssen, wollten wir uns am nächsten Tag auf den Weg in die Innenstadt machen. Peter und Amelie wollten mitkommen. Zuerst dachte Kirsten und ich, dass wir um unsere Gelegenheit gebracht waren, aber warum nicht so, dachte ich als Nächstes. Vielleicht würde das den Reiz noch erhöhen.

In dem Kaufhaus, Kaufhäuser übten auf uns wegen ihrer breiten Öffentlichkeit mittlerweile große Anziehungskraft aus, gab es eine Fülle von Möglichkeiten. Ein Kaufhaus hat nicht nur Rolltreppen und Umkleidekabinen, sondern auch Fahrstühle. Dieses Kaufhaus hatte vier Stockwerke, nahm man die Parkdecks hinzu, waren es sogar sieben. Und auch hier gab es Winkel und Nischen.

Zuerst schlichen wir ein wenig herum, berührten uns schon einmal hier und dort, möglichst so, dass uns jederzeit jemand sehen konnte. Als ich mir ein paar T-

Shirts anschaute, die sich an einem beweglichen, runden Kleiderständer befanden, bückte Kirsten sich schnell und kroch in den Ständer hinein. Wenig später kam ihr Kopf wieder zum Vorschein und ihre Hände, die meine Hose öffneten. Ich stellte mich dichter an den Kleiderständer heran. Da ich wie üblich keinen Slip trug, bekam sie schnell in den Mund, was sie haben wollte. Ich musste nur zusehen, dass mir die Hose nicht über den Hintern rutschte. Hinter mir konnte niemand auftauchen, da ich mit dem Rücken zur Wand stand, aber seitlich hätte jederzeit jemand sehen können, was hier vor sich ging. Ich trat sicherheitshalber noch einen Schritt näher heran, nicht nur, damit mich Kirsten noch ein Stückchen mehr in den Mund nehmen konnte, sondern auch, damit jemand an mir vorbeigehen konnte. Am schwierigsten war es, einen ganz normalen Gesichtsausdruck hinzubekommen, während ich ihre Hände zwischen meinen Beinen spürte und ihre Lippen über einen Penis glitten. Gekonnt verwöhnte sie meine Männlichkeit mit der gewohnten Hingabe. Außerdem durfte ich keinen Ton von mir geben, auch wenn ich am liebsten laut gestöhnt hätte, weil sie mich so schnell zum Orgasmus bringen würde.

Als ich meinen Blick durch den Verkaufsraum streifen ließ, bekam ich fast einen kleinen Schock. Mit zielsicheren Schritten kam Amelie in unsere Richtung.

Ich versuchte, Kirsten diese Tatsache zuzuflüstern, aber sie hörte mich nicht, da ich weiterhin ihren warmen und weichen Mund spürte. Ich hätte einfach einen

Schritt zurückgehen können und meine Hose schließen können, aber ich hatte den Eindruck, dass Kirsten mich fest im Griff hatte. Außerdem spürte ich mit jedem Schritt, den sich Amelie mir näherte, meinen Orgasmus anrollen. Sie winkte und lächelte. Als ich die Hand hob und zurückwinkte, zuckte es durch meinen Körper. Ich bewegte mich noch ein paar mal vor und zurück, nahm ein T-Shirt vom Ständer und ließ es fallen.

„Amelie ist auf dem Weg hierher“, sagte ich zu Kirsten, nachdem ich mich gebückt hatte.

„Ach, deswegen so plötzlich.“

Anstatt sie zu küssen, was ich sehr gern getan hätte, erhob ich mich, nahm das T-Shirt und ging in Amelies Richtung.

„Hast du Kirsten gesehen“, fragte ich lächelnd. Ich fühlte meine Befriedigung in jeder Faser meines Körpers. „Nein. Hast du was gefunden?“

„Ja. Hier. Will es aber noch anprobieren. Weiß du, wo die Umkleiden sind?“ Ungewollt huschte mir ein Lächeln übers Gesicht. Ich stellte mir Amelie und Peter vor. Warum nicht? Der Gedanke an die beiden machte mich an.

Als ich mit dem T-Shirt aus der Umkleidekabine trat, saß Kirsten neben Amelie.

„Ach, da bist du ja.“

Ich schaute zwischen ihre leicht gespreizten Beine. Ich wusste, was sie unter dem Rock trug. Erregung, Lust und Leidenschaft – und sonst nichts. Sie war bestimmt feucht.

Der Fahrstuhl würde an diesem Tag noch Phantasie bleiben. Aber Fahrstühle gab es überall. Und Gelegenheiten konnte man sich selber schaffen.

Als ich die beiden Frauen so nebeneinander sitzen sah, kam mir ein ganz anderer Gedanke.

Zum ersten Mal schaute ich mir Amelie etwas genauer an. Kirsten und sie verstanden sich sehr gut. Sie hatte ein sympathisches Lachen und eine gute Figur.

„Willst du nicht auch noch was anprobieren?", fragte ich sie und schaute erst Amelie und dann Kirsten an, Kirsten in der Hoffnung, dass sie verstand, was ich meinte.

„Ich wusste gar nicht, dass dein Mann so gerne shoppt", sagte Amelie amüsiert.

„Was du alles nicht weißt!", rief Kirsten und stand auf. Sie kam auf mich zu und küsste mich. Sie schmeckte salzig und nach Gier, als ich schnell, aber kurz ihre Zunge in meinem Mund spürte. Sie hatte noch nicht bekommen, wonach es sie verlangte.

Dann drehte sie sich um. „Los komm, wir suchen dir was Schönes aus", sagte sie zu Amelie und hakte sie unter. Ich folgte den beiden und spürte bereits die aufsteigende Erregung bei dem Gedanken daran, was noch alles passieren könnte, wenn wir es nun geschickt anstellen würden. Das, was folgte hatte offensichtlich aber nichts mit Geschicklichkeit zu tun, sondern es passierte, weil es passieren sollte.

Schneller als ich erwartet hatte, erschien Kirstens Hand neben dem Vorhang der Umkleidekabine und winkte mich heran. Ich zögerte keine Sekunde. Peter war weit und breit nicht zu sehen. Aber das wäre mir auch egal gewesen. Ich stand auf und ging dorthin, wo man mich erwartete. Das Risiko, zurückgewiesen zu werden stand dem Risiko, erwischt zu werden in nichts nach. Beides steigerte meine Erregung. Doch als ich mich durch den Vorhang drückte, sah ich, dass Kirsten schon alles vorbereitet hatte.

Amelie hatte ein Bein auf den Hocker gestellt und Kirsten kniete zwischen ihren gespreizten Beinen. Ihr Kopf bewegte sich schnell vor und zurück. Dass Amelie mehr als Gefallen daran fand, konnte ich daran sehen, wie sie ihre Hände in die Haare meiner Frau krallte und ihr Becken vor- und zurückbewegte.

Sie bemerkte mich erst, als ich meine Hände unter ihr T-Shirt schob und ihr Oberschenkel meine Erregung spüren konnte. Sie öffnete die Augen und grinste mich an. Sie muss etwas geahnt haben, genau das sagte ihr Blick. Touché, dachte ich und streckte meine Zunge nach Amelies Zunge aus, während sich eine ihrer Hände an meiner Hose zu schaffen machte und mich befreite. An der Heftigkeit ihrer Bewegungen konnte ich ahnen, wie sehr erregt sie war. Das Gefühl, mich in der Hand zu haben und Kirstens Zunge zwischen ihren Lippen zu spüren, führten sie zu einem lustvollen und heftigen Orgasmus.

Kirsten schaute ihr anschließend noch dabei zu, wie sie mich mit dem Mund dankbar zum zweiten, erlösenden Höhepunkt brachte. Kirsten ließ es sich dabei aber nicht nehmen, zwischen meine Beine zu fassen und mich dort zu streicheln, wo Amelies Lippen und Zunge nicht hinkamen. Gemeinsam brachten sie mich sehr schnell zum Abschluss.

Es dauerte nur ein paar Tage, bis wir uns zu viert trafen, um es uns gut gehen zu lassen. Und wenn ich eines gelernt habe: Man darf seine Mitmenschen nicht unterschätzen. Man kann jedem alles zutrauen. Und wir haben ja erst angefangen, auszuprobieren. Zu viert kann man sehr schöne Sachen machen, zum Beispiel stelle ich mir vor, dass ich Amelie von hinten nehme, während sie ihren Peter im Mund hat. Da kribbelt es gleich wieder …

Freundschaftsdienst

Lisa Cohen

Sie hatten es sich gerade so richtig gemütlich gemacht und warteten darauf, dass das, was im Ofen vor sich hinbrutzelte, fertig sein würde, als das Telefon klingelte. Marion zog die Stirn runzelnd hoch. Egal wer es war, und warum er es war, jeder Anrufer störte heute Abend. Auch Phillip sah genervt aus.

„Gehst du?"

Seine Frau war ihm zuvorgekommen. Seufzend erhob er sich aus dem Sessel.

„Walters …", seine Tonlage sollte genügen, um den unliebsamen Anrufer schnellstmöglich wieder abzuwimmeln.

Dann sagte er eine ganze Weile nichts, sondern warf Marion nur einen leicht verzweifelten Blick zu. Er legte die Hand auf den Hörer und wisperte: „Jens fragt, ob er vorbeikommen kann. Es geht ihm nicht besonders!"

Ihre Reaktion darauf war gemischt. Einerseits hatte sie überhaupt keine Lust auf irgendwelche Überraschungsgäste, andererseits hegte sie eine tiefe Sympathie, die sich bei näherem Hinschauen leicht als heimliche Verliebtheit hätte darstellen lassen können, für den besten Freund ihres Mannes. Seit ungefähr vier Monaten empfand sie so für ihn. Die Gefühle waren nicht ernsthaft genug, als dass sie ihre Ehe hätten gefährden können. Es war eher so eine kleine Schwärmerei, die man schon mal für einen anderen Mann entwickelt, wenn man lange in einer Beziehung ist und eigentlich niemand sonst haben möchte, aber sich doch zumindest ab und zu mal etwas anderes vorstellen könnte. Sie überlegte kurz, tat so als wenn es ihr so gar nicht passen würde und nickte dann aber entschlossen.

„Was ist passiert?“, fragte sie ihren Mann neugierig.

„Ach, der Ärmste hat Post vom Anwalt seiner Bald-Ex und Noch-Frau bekommen. Marion musste über die Beschreibung lachen.

„Eva will ihm die Hosen ausziehen, so viel ist schon mal klar. Der wird bluten müssen.“

Sie hatte diese Frau aus den verschiedensten Gründen nie gemocht. Dass wahrscheinlich auch etwas Eifersucht eine Rolle dabei spielte, wollte sie sich jedoch nicht eingestehen.

„Okay, dann werden wir ihn mal ein bisschen aufpäppeln. Ich zieh mir nur rasch etwas anderes an.“

Jens sah sie unergründlich an.

„Aber warum denn, du siehst doch prima aus!“

Marion schüttelte verwundert den Kopf.

„Ich empfange doch keinen Besuch in diesem Hauspyjama!“

„Für mich hat es doch auch gereicht …“

Irgendetwas war da in seiner Stimme, das sie aufhorchen ließ. Ob er sie durchschaut hatte? Sie versuchte, möglichst unbeteiligt zu gucken und schob sich an ihm vorbei. Er gab ihr einen Klaps auf den Po.

„Eigentlich schade, dass er kommt. Ich bekomme gerade Lust auf dich." Marion warf ihm eine Kusshand zu und verzog sich ins Bad. „Du kannst schon mal den Tisch decken. Das Essen ist auch bald fertig."

Dann dachte sie angestrengt nach. Sie musste vorsichtig sein. Ihr Mann ahnte, dass sie seinen besten Freund mehr als nur sympathisch fand. So unsensibel das männliche Geschlecht auch oft war, man sollte es in diesen Dingen nicht unterschätzen. Sie studierte ihr Gesicht im Spiegel. Sie hätte sich gern für Jens etwas zurechtgemacht, aber sie wollte andererseits nicht, dass es ihrem Mann auffallen würde.

Sie legte ein bisschen Lippenstift auf, zog den Kajal nach und zog eine Jeans an und ein weißes Shirt dazu. Das musste reichen. Außerdem, sie stellte sich die Frage selbst: Was beabsichtigte sie eigentlich?

Sie vermied Phillips neugierigen Blick, als sie in die Küche trat und tat sehr beschäftigt. Etwas später klingelte es auch schon. Sie überließ es ihrem Mann, die Tür zu öffnen und versuchte drei Mal tief durchzuatmen. Irgendwie war sie heute nervöser als sonst. Und wusste nicht, warum. Als wenn etwas in der Luft liegen würde, was sie aber nicht deuten konnte oder wollte. Jens sah wie immer umwerfend aus. Er war der typische Mann, der am besten aussieht, wenn er nichts Besonderes trägt. Seine Jeans war nicht mehr die neueste und das Hemd auch schon leicht verwaschen. Die obersten beiden Knöpfe waren geöffnet und Marion musste sich zwingen, ihm nicht zu lange auf den Ansatz seiner behaarten Brust zu starren. Sie betete inständig, nicht zu erröten, als Phillip, ganz Gentleman, ihr ein paar Komplimente über ihr Äußeres machte. Sie hatte die ganze Zeit das Gefühl, ihr Mann hätte sie im Visier.

Das Essen war gelungen, es schmeckte ihnen ausgezeichnet. Phillip spülte seinen Ärger mit ein paar Gläsern Wein herunter und war schon wieder besser drauf. Er erzählte kurz, worum es in dem Schreiben des Anwalts ging und Marion konnte nicht umhin, ihn ernsthaft zu bedauern. Selbst Jens meinte, dass Eva eine richtige „Kanaille" sei und sein Freund bloß froh sein sollte, dass er sie los sei, auch wenn der Preis dafür nicht gerade klein sein würde. Er öffnete Flasche um Flasche von dem köstlichen Weißwein und nicht nur der Alkohol versetzte sie in gute Laune. Sie fühlten sich wohl zu dritt. Das war schon immer so gewesen. Eva war von Anfang an der Außenseiter in ihrer Gemeinschaft gewesen.

Es traf Marion unvermittelt, als Jens sagte: „Aber musstest du sie auch so schamlos betrügen. Und dann auch noch gleichzeitig mit zwei Tussen? Keine Frau verzeiht so etwas einfach und eine wie Eva schon gar nicht?" Phillipp blickte Jens kopfschüttelnd an und nahm noch einen Schluck Wein.

Marion hatte geahnt, dass Phillip nicht der Treueste war, aber jetzt irritierte sie das Wissen darum. Doch nicht nur das. Bei dem Gedanken, er hatte es mit zwei Frauen gleichzeitig getan, kribbelte es in ihrem Bauch gehörig. Er stieg in ihrem erotischen Ansehen dadurch sogar noch ein wenig.

„Wie war es eigentlich?“

Phillip schaute sie an, bevor er Jens antwortete: „Ich weiß nicht, ob das hier Thema ist, vor deiner Frau.“

Marion lachte: „Denkst du ich bin prüde?“

Das Paar lauschte seinen Ausführungen begierig. Jens stellte ab und zu eine Frage und animierte seinen Freund, möglichst genau zu erzählen, was er mit den beiden Frauen gemacht hatte. Es musste wohl am Alkohol liegen, dass sie nun so freizügig darüber reden konnten, denn ein Dreier war zwischen Marion und ihrem Mann noch nie das Thema gewesen. Sie sah ihn prüfend an. In seinem Kopf schien diesbezüglich aber schon so einiges abgelaufen zu sein, ohne dass er es jemals ihr gegenüber erwähnt hatte. Marion war froh, nicht zugeben zu müssen, dass sie es sich etliche Male schon mit zwei Männern vorgestellt hatte. Und nicht mit irgendwelchen Typen, nein, sondern ganz eindeutig mit ihrem eigenem und seinem besten Freund. Sie errötete heftig unter Jens forschendem Blick.

„Würdest du es wieder tun?“ Ihre Stimme zitterte leicht bei dieser Frage. Ihr wurde bewusst, dass Jens die Frage auch missverstehen könnte.

Jens beugte sich vor und sein durchdringender Blick sagte mehr als tausend Worte, als er antwortete: „Unbedingt. Es war das Geilste, was ich jemals in Sachen Sex erlebt habe.“

Eine Weile schwiegen sie. Jens öffnete noch eine Flasche. Marion nahm einen großen Schluck und stellte dann mutig die alles entscheidende Frage

„Auch mit einer Frau und zwei Männern?“

Phillip schien nicht besonders überrascht zu sein. Er antwortete, als hätte er diese Frage erwartet. „Auch das, ja.“

Wieder Schweigen. Alle drei tranken ihren Wein und warteten, dass etwas passierte. Marion stand auf.

„Entschuldigt mich einen Moment.“

Sie hatte das dringende Bedürfnis, kurz allein zu sein. Sie ging ins Bad und setzte sich auf den Badewannenrand. Es lag zum Greifen nahe. Aber wollte sie es wirklich oder war es besser, wenn es einzig und allein in ihrer Phantasie wahr wurde? Der Drang danach war groß, die Neugierde größer, aber auch ein wenig Furcht meldete sich und hielt sie noch zurück. Wie würde Jens reagieren, wenn sie tatsächlich etwas mit seinem besten Freund anfing und dazu noch vor seinen Augen? Er sollte es entscheiden. Sie wechselte kurz entschlossen die Unterwäsche, tauschte den bequemen gegen ein heißes BH-Set ein.

Nur für den Fall, dass etwas passieren würde …

Als sie zurückkam, spürte sie, dass etwas in der Luft lag. Die beiden Männer hatten sich natürlich ausgetauscht. Mit klopfendem Herzen setzte sie sich wieder auf die Couch und wartete ab. Sie vermied es, die Männer anzusehen. Es schienen Minuten zu verstreichen, ehe sich jemand rührte.

Und dann sagte Phillip ganz locker: „Weißt du eigentlich, was für eine attraktive Frau du hast?"

Marion hielt den Atem an. Jens erhob sich und stellte sich hinter sie.

„Ich weiß es und was ist mit dir?"

Phillip lächelte. „Ich kenne sie leider immer nur verpackt, aber ich stelle sie mir auch unten drunter sehr attraktiv vor!"

Marion schloss die Augen, als sie die Hände ihres Mannes auf sich spürte. Er umfasste ihre Brüste, küsste sie auf den Hals und begann einfach so, die Bluse zu öffnen. Knopf für Knopf. Marion ließ den Kopf ein wenig zurücksinken. Sie genoss die Situation mehr als sie erwartet hatte. Jens schob ihren BH herunter und begann an ihren harten Nippeln zu spielen. Dann öffnete er den Reißverschluss ihrer Jeans und schob ihr die Hose Stück für Stück herunter. Phillip half ihm dabei. Nun saß sie nur noch in dem aufreizenden Slip vor ihnen. Immer noch hatte Marion die Augen geschlossen. Sie war noch zu schüchtern, um den Männern bei ihrem Treiben in die Augen zu sehen.

Sie wurde gleichzeitig von vier forschenden Händen verwöhnt. Zuerst war es ihr noch unangenehm, wie heftig sie auf die Liebkosungen ansprang. Als sie die erregte Reaktion der beiden Männer auf ihre Lust spürte, öffnete sie ihre Beine ein wenig mehr. Sie wollte nicht wissen, welche Lippen sie als erste eroberten. Ihre Sinne waren noch mehr geschärft, wenn sie nichts sehen konnte. So behielt sie ihre Augen geschlossen und ließ sich in den Strudel unbekannter Lust hineinziehen.

Als sie einen vertrauten Körper auf sich spürte und gleich darauf ein hartes Glied in sich, schrie sie entzückt auf. Ihre Brüste wurden von zwei kräftigen Männerhänden gepackt. Tastende Lippen schoben sich dazwischen. Marion bäumte sich auf und schob sich ihrem ersten Höhepunkt entgegen. In ihr explodierte es heiß und überschäumend und sie ließ sich hineinfallen in die unbegrenzte Lust, die ihren gesamten Körper erschütterte. Bevor sie durchatmen konnte, fühlte sie sich hochgehoben und vorsichtig bäuchlings auf den weichen Teppich gelegt.

Jemand hob ihre Hüfte an, packte ihren Hintern und schob sie so ganz langsam auf einen Penis, den sie nur allzu gut kannte, der ihr aber mit einem Mal aufregend und unentdeckt vorkam. Zum ersten Mal öffnete sie ihre Augen, weil sie etwas dicht vor sich spürte. Phillip kniete vor ihr. Sein pralles Glied war auf sie gerichtet. Sie küsste es vorsichtig und wartete ab, bis es sich zwischen ihre Lippen schob. Marion lutschte und leckte daran, als wäre es das köstlichste Eis, an dem sie jemals genascht hätte. Eine unbändige Lust auf diesen schönen Penis hatte sie gepackt und jeder Stoß ihres Mannes, der ihren Unterleib in Bewegung versetzte, fachte diese Lust nur noch an. Sie sah die Gier in Phillips Augen, fühlte die Gier ihres Mannes in sich und war überrascht von ihrer eigenen.

Sie hörte ihren Mann hinter sich stöhnen: „Oooh ist das geil …“, sah wie Phillip sich aufbäumte und ihre Liebkosungen wahnsinnig genoss. Sie spürte ihre Lust ins Unermessliche abdriften und konnte einfach nicht genug bekommen.

Phillip zog sich als erster wieder an und verschwand mit einem etwas verlegenen Lächeln. Marion und Jens lagen noch eine ganze Weile auf dem weichen Teppich nebeneinander.

„Wie hat es dir gefallen?“

Er musste nicht lange überlegen.

„Ich habe noch nie so etwas Geiles erlebt.“

Und nach einer Weile.

„Und du warst kein bisschen eifersüchtig?“

Marion musste es wissen.

„Du hast nicht mit ihm geschlafen. Das war mir wichtig!“

„Und wenn ich oder er es gewollt hätte?“

Jens schwieg einen Moment. „Dann hätte ich das Spiel abgebrochen. Das hätte ich nicht gewollt. Aber das habe ich Phillip vorher auch klargemacht …“

Sie hatte es doch gewusst. Die beiden hatten sich abgesprochen.

„Und wie war es für dich?“

Marion wusste nicht, wie ehrlich sie sein durfte – und wollte. Schließlich hatte sie einem fremden Penis einen Blowjob verpasst. Vor den Augen ihres eigenen Mannes.

„Du musst nicht antworten. Es war nicht zu übersehen, wie geil du warst. Ich habe gespürt, dass dich diese Situation wahnsinnig erregt hat, mit zwei Männer Sex zu haben.“

Von dem Abend an, war Phillip häufiger zu Gast. Mal sah er den beiden bei ihren Spielchen einfach nur zu, mal machte er mit, ohne Marion dabei allzu nahe zu kommen. Aber irgendwann, da war sich Marion sicher, würde Jens auch das akzeptieren …

Sexy Lehrstunde

Sabrina Brady

Ich stand vor der Tür und war aufgeregt. Ich weiß nicht, ob ich jemals so aufgeregt war. Ich leckte mir über die Lippen und strich meinen kurzen Rock glatt. Danach öffnete ich einen weiteren Knopf an meiner Bluse. Konnte ja nicht schaden.

Vor einer Woche hatte ich auf eine Kontaktanzeige geantwortet, die folgenden Text hatte: *„Suche reife Frau, die mich in die Welt der Sinnlichkeit entführen möchte."*

Sicher war es gewagt gewesen, darauf zu antworten, aber ich konnte nicht anders. Ich war vierzig Jahre alt und mein Leben langweilte mich. Immer der selbe Trott, Tag ein, Tag aus. Ich wollte Abwechslung.

Daher hatte ich heute meinen engsten Rock angezogen und mir die Lippen rot nachgemalt. Trotz meines Alters sah ich nämlich immer noch gut aus. Mein Hintern war prall wie reife Äpfel und meine Brüste waren herrlich groß und wohlgeformt. Da ich mir dieser Attribute bewusst war, hatte ich auch keine Bedenken, auf die Anzeige zu antworten.

Ich atmete nochmals tief durch und klingelte. Ein nettes Vorstadthäuschen, das musste man schon sagen.

Eine Vorstellung, wer mir gleich die Tür öffnen würde, wollte ich mir nicht machen. Dafür war die Anzeige zu vage gewesen.

Im nächsten Moment öffnete sich die Haustür und mir gegenüber stand ein junger Mann, der mich neugierig ansah.

„Elena?“, fragte er schüchtern.

Ich nickte und er bat mich herein. Schon auf den ersten Blick war mir aufgefallen, dass er wesentlich jünger war als ich. Konnte das tatsächlich mein Date sein?

Er führte mich in ein Wohnzimmer und ich nahm auf dem Sofa platz.

„Ich freue mich, dass du gekommen bist“, sagte er und deutete auf den Couchtisch, auf dem zwei Gläser Champagner standen.

„Ich verstehe nicht ganz“, erwiderte ich, „bist du mein Date?“

Er nickte. „Mein Name ist Ben.“

Entschuldigend schüttelte ich den Kopf.

„Das kann nicht sein. Wie alt bist du denn?“, fragte ich. „Gerade achtzehn geworden“, antwortete er.

Nun wurde mir etwas mulmig zumute. „Du bist erst achtzehn? Und du hast diese Anzeige aufgegeben?“

„Ja. Tut mir leid, ich hatte Angst, dass du nicht kommen würdest, wenn ich mein Alter nenne“, antwortete er. „Ich bin achtzehn … und noch recht unerfahren,“ stammelte er.

Ich trank erstmal einen großen Schluck. In welche Situation war ich denn hier geraten? Ging das überhaupt so ohne Weiteres? Ich betrachtete ihn aufmerksam. Er war gut gebaut und hatte ein markantes Gesicht. Jugendlich sah er nicht mehr wirklich aus, lediglich seine Augen strahlten noch diese Unschuld aus, die er heute offenbar loswerden wollte. Er war volljährig, also wäre es nicht illegal.

„Bist du noch Jungfrau?“, fragte ich.

Ben nickte und mein Herz begann heftiger zu pochen. War das nicht der heimliche Traum jeder Frau, einem jungen Hengst die Geheimnisse der körperlichen Liebe nahezubringen? Mittlerweile war ich von dem Gedanken gar nicht mehr abgeneigt. Ich war bereit, es zu versuchen.

„Na schön. Was hast du denn alles schon gemacht?“, fragte ich neugierig. Ich lehnte mich lasziv zurück und sorgte dafür, dass mein Rock etwas hochrutschte. Bens Augen weiteten sich. Er schluckte zweimal, bevor er mir antworten konnte.

„Ich hatte eine Freundin vor einem Jahr. Mit der lief aber nicht viel, denn sie wollte warten bis zur Ehe … als ob ich jetzt schon heiraten wollte.“

Er grinste mich verschmitzt an. Pech für seine Ex, Glück für mich, würde ich da sagen.

„Schön. Ich nehme an, dies ist das Haus deiner Eltern. Willst du das wirklich hier machen?“, fragte ich.

Es wäre mir schon unangenehm gewesen, wenn Papi oder Mami dabei plötzlich reinkämen.

„Nein. Eigentlich wohne ich in der Wohnung über der Garage. Am besten gehen wir dorthin, da stört uns mit Sicherheit niemand“, meinte er. Plötzlich erschien er mir gar nicht mehr so unsicher wie vorhin.

Also packten wir unsere Gläser und die Flasche zusammen und begaben uns in seine Wohnung.

In dem riesigen Zimmer des Appartements stand mittig ein großes Bett, das einladend aufgedeckt war.

Ich wählte jedoch zuerst mal die kleine Couch rechts, ich wollte meinen jungen „Schüler“ ja nicht verschrecken. Ben setzte sich neben mich und leckte sich über die Lippen. Er hatte wahrscheinlich keine Ahnung, wie erotisch das wirkte, diese Unschuld.

Ich blickte ihm tief in die Augen und knöpfte meine Bluse auf. Bens Blick glitt hinunter zu meinen Brüsten, die oben leicht aus dem roten Spitzen-BH quollen. Er konnte die Augen nicht mehr von diesem Anblick lösen. Allein das machte mich schon unheimlich geil. Langsam wurde ich sicherer, dass dies hier eine der besten Erfahrungen meines Sexlebens werden könnte.

Ich stand auf und Bens Blick folgte nach wie vor meinem Busen. Ich stellte mich mit leicht gespreizten Beinen vor ihm auf. Fragend blickte er mir nun doch in die Augen.

„Öffne meinen Rock“, hauchte ich und lächelte einladend.

Sein Adamsapfel hüpfte vor Nervosität und er griff nach dem Bund meines kurzen Rockes. Mit einem „Plopp“ sprang der Knopf durch das Loch. Ich wurde immer erregter und konnte es kaum noch abwarten …

„Und jetzt“, fuhr ich fort, „zieh ihn runter.“

Ben griff den Rock am Saum und zog leicht daran. Mit einem leisen Rauschen fiel mir der Rock um die Fesseln. Ich atmete schneller, die Luft begann sich elektrisch aufzuladen. Ich erkannte, dass sich eine Beule unter Bens Hose bildete, als er sah, dass mein Höschen zu dem BH passte. Soso, ein Wäscheliebhaber, dachte ich mir. Er wusste, was gut war.

Ich griff nach Bens Schulter und setzte mich auf seinen Schoß. Nicht zufällig drückte meine Scheide direkt auf seinen geschwollenen Penis. Aber nur sachte, ich wollte ja nicht, dass er zu früh kam.

„Nun öffne meine BH“, sagte ich ihm.

Er griff um meinen Rücken herum und ich drückte meine Brüste an seine harten Brustmuskeln. Was ich da fühlte, war nicht zu verachten! Meine Brüste sprangen befreit hervor und die Nippel waren bereits geschwollen von meiner Lust. Ehrfürchtig schaute Ben sie an. Ich zog meine Bluse aus und warf auch den offenen BH beiseite. Nun stützte ich die Hände auf seinen Knien ab und lehnte mich leicht zurück. So konnte er mich ungehindert betrachten.

Es gefiel mir, dass er mich so anstarrte. Ich fühlte mich begehrt und wurde schon von den Gedanken an die folgenden Ereignisse hitziger.

„Bevor wir nun weitermachen, musst du zuerst auch dein Oberteil ausziehen“, sagte ich lächelnd.

Bereitwillig ergriff Ben sein T-Shirt und zog es sich über den Kopf. Ich blickte interessiert an seinem Körper hinunter. Er hatte gut geformte Muskeln, jung und stark. Nein, wie ein Anfänger sah er wirklich nicht mehr aus. Der Flaum auf seiner Brust verlief nach unten hin und verschwand in seiner Jeans. Ich freute mich schon darauf, nachher den Rest davon zu sehen.

Vorsichtig hob Ben eine Hand und berührte die Haut. „So weich“, flüsterte er.

Ich lachte kehlig. „Nimm sie in den Mund“, hauchte ich ihm ins Ohr.

Er blickte mir in die Augen und ich nickte aufmunternd. Er beugte sich vor uns nahm vorsichtig einen Nippel in den Mund. Die feuchte Wärme fühlte sich köstlich an und ich schloss genüsslich die Augen. Versuchsweise strich er mit seiner Zunge darüber, was ihn steinhart werden ließ und saugte leicht daran. Ich stöhnte auf, ein wohliger Schauer überlief mich. Das Prickeln zwischen meinen Beinen verstärkte sich und ich bewegte meine Hüften kurz hin und her.

Ich musste mich bremsen, er hatte heute noch so viel zu lernen. Also packte ich ihn zart an den Haaren und hob seinen Kopf an. Mit glasigen Augen blickte er mich an.

„Du musst auch den anderen Nippel verwöhnen, sonst fühlt er sich vernachlässigt“, zwinkerte ich und Ben widmete sich der anderen Brust mit flinker Zunge.

Als er leicht zubiss und dann sanft daran knabberte, wurde mir unbeschreiblich heiß. Ich wollte, dass er niemals aufhörte, meine Brüste derart erregend zu verwöhnen. Doch gleichzeitig steigerte sich mein Verlangen tief zwischen meinen Beinen immer mehr.

„Gut, das genügt erstmal“, keuchte ich.

Ben löste widerwillig seinen Mund von meinen Nippeln und ich griff nach seinem Kinn. Ich blickte seine sanft geschwungenen, feuchten Lippen an und drückte meine darauf. Hungrig erwiderte er meinen Kuss und schob mir die Zunge tief in den Mund. Ich stöhnte und machte ihn damit nur noch heißer. Erneut bewegte ich meine Hüften kreisend auf seinem Glied.

„Oh Gott, ich will dich“, stieß er plötzlich hervor und ich wusste genau, was er meinte. Einen solchen Zungenkuss hatte er von seiner Exfreundin sicher nicht bekommen. Während wir den Kuss noch vertieften, griff er nach meiner Brust und begann, sie zu massieren. Ich war inzwischen so heiß auf ihn und wollte ihm am liebsten sein Glied aus der Hose ziehen und uns beiden endlich Erlösung verschaffen.

Doch noch wusste Ben nicht, wie er eine Frau richtig verwöhnen musste. Das wollte ich ihm unbedingt noch zeigen.

Ich stieg im Kuss von seinem Schoß und zog ihn mit mir auf das Bett. Wir küssten uns, doch das war mir schon bald nicht mehr genug.

„Zieh mich aus“, flüsterte ich ihm keuchend ins Ohr.

Er glitt an mir herab und küsste meinen Bauch, der immer noch straff war. Dann leckte er, raffinierter, als ich ihm zugetraut hätte, am Bund meines Höschens entlang und schob es vorsichtig über meine Beine. Sobald er es hatte, warf er es mit einem triumphierenden Ausdruck in eine Zimmerecke. Ich konnte es kaum noch abwarten, ihn in mir zu spüren. Ich spreizte die Beine. Ben betrachtete alles ganz genau, schien nur nicht zu wissen, was als Nächstes von ihm erwartet wurde.

„Weißt du, was die Klitoris ist?“, fragte ich und blickte ihn unter halb gesenkten Lidern an.

Ben nickte.

„Weißt du auch, wo sie ist?“, fragte ich weiter.

Ben ging mit dem Kopf ganz nah an meine Vagina und betrachtete sie ganz genau. Durch den leichten Luftzug im Zimmer wurde ich nur noch feuchter. Ich sehnte mich nach seiner Berührung. Meine Brüste spannten immer noch von seinen Liebkosungen. Er richtete sich auf und fuhr mit dem Zeigefinger über meine Klitoris. Ich atmete scharf ein, und sofort fing es in meinem Intimsten an zu pochen.

„Jaaa“, stöhnte ich, „du weißt, wo sie ist.“

Er lachte leicht und ich stimmte ein. Ben war wirklich ein sehr begabter junger Mann, das musste man sagen.

Ich richtete mich gestützt auf einen Ellbogen auf und lächelte ihn an.

„Und nun, mach dasselbe da unten, was du eben mit meinen Brüsten gemacht hast. Sei einfach zart und achte auf meine Reaktionen, dann wirst du alles richtig machen“, instruierte ich ihn.

Ben beugte sich nach vorne und strich vorsichtig mit der Zunge die Schamlippen entlang. Ich erzitterte und wartete gespannt darauf, dass er meine empfindlichste

Stelle berührte. Endlich stieß seine Zunge zu meiner Klitoris vor und er leckte an ihr entlang. Ich stöhnte. Das ermutigte Ben und er fing an, in einem Rhythmus zu lecken, der himmlisch war. Hin und wieder unterbrach er sein Lecken und saugte, was ebenfalls phantastisch war.

„Magst du es lieber so", fragte er und leckte rauf und runter, „oder so?" Nun leckte er mit kleinen kreisenden Bewegungen immer um meine Perle herum und verwöhnte auch meine Labien mit der Zunge. Ich schrie vor Lust auf und mein Becken zuckte nach oben. Mit einem zufriedenen Lachen fuhr er mit den kreisenden Bewegungen fort. Mir wurde immer heißer und ich konnte mein Stöhnen und Ächzen nicht unterdrücken. Ich glaubte, noch nie im Leben so geil gewesen zu sein.

Ich packte Ben an den Haaren und stöhnte: „Mach weiter so, jaaaa."

Langsam drehte sich mir alles im Kopf und ich konnte absolut nicht mehr klar denken.

Ich begann, meine Hüften im selben Rhythmus an Bens Lippen zu bewegen, den er benutzte, um mich um den Verstand zu bringen. Er packte meine Hüften fester und leckte nun wilder, kräftiger. Irgendwie bekam er genau den Druck hin, den ich brauchte. Mit einer riesigen Explosion entlud ich mich und schrie laut auf vor Lust und Erfüllung. Während ich kam, leckte und saugte Ben derart fordernd, als wollte er alle meine Nässe mitnehmen und mich durch den Orgasmus völlig aussaugen.

Erschöpft drehte ich mich zu ihm um. Ich musste ein paar Minuten eingedöst sein nach diesem unglaublichen Höhepunkt. Zufrieden lächelnd lag Ben neben mir und betrachtete meinen nackten Körper.

„Tut mir leid, dass ich eingeschlafen bin", sagte ich und schnurrte dabei wie eine Katze, während ich mich genüsslich streckte.

„Kein Problem. Ich hätte nie gedacht, dass ich dazu fähig bin, eine Frau um den Verstand zu bringen", erwiderte er.

„Doch, du hast durchaus Talent", lachte ich. „Aber wir sind ja noch nicht am Ende!"

„Das hatte ich gehofft", erwiderte er.

Er blickte mich so lüstern an, dass auch in mir erneut eine Flamme aufzüngelte. Ich wollte noch mehr. Also stieß ich Ben leicht an der Schulter an und drückte ihn nach hinten. Nun lag er auf dem Rücken und blickte mich neugierig an.

„Entspann dich und lerne", wies ich ihn an.

Sein Penis war immer noch erigiert, aber nicht mehr steinhart. Ich fuhr mit dem Zeigefinger daran entlang. Er fühlte sich warm und weich an. Ich griff nach Bens Hoden und massierte sie leicht. Er grummelte entspannt und schloss die Augen. Ich beugte mich nach vorne und strich vorsichtig mit der Zunge über seine Eichel. Er atmete scharf ein und seine Augen öffneten sich wieder. Mit weiten Pupillen beobachtete er nun, was ich da tat. Ich nahm nun die Eichel in den Mund und lutschte kurz daran. Es traten bereits Lusttropfen daraus hervor, die ich genüsslich ableckte. Ben schien nun das Atmen schwerzufallen.

„Soll ich aufhören?“, fragte ich und bekam zur Antwort ein schrilles „Nein!“

Also beugte ich mich wieder ganz nach vorne und nahm seinen Penis nun so weit in den Mund, wie es ging. Erstaunlicherweise hatte er einen recht großen Penis, vom Durchmesser her vielleicht sogar der Größte, den ich je hatte. Und je mehr ich leckte, saugte und lutschte, desto mehr schwoll er an und wurde größer. Ich genoss es, zu sehen, wie Ben die Kontrolle über sich verlor. Er keuchte schwer und ich wechselte ab zwischen langsamen und schnellen Bewegungen.

Doch sein erstes Mal sollte er nicht in meinem Mund haben. Als er anfing zu zittern, löste ich meinen Mund bedauernd von seinem Penis und setzte mich auf. Er keuchte enttäuscht auf und versuchte, mich wieder nach unten zu drücken. Ich lachte leise.

„Ganz ruhig. Es wird noch viel besser“, versprach ich. Ich rutschte über seine Beine nach oben und reizte seinen Penis, indem ich mit meiner Scheide daran entlangfuhr, ohne ihn in mich aufzunehmen. Plötzlich packte er meine Hüften und schob ihn mit einem gewaltigen Stoß in mich hinein. Nun überschwamm auch mich wieder eine Welle der Lust und ich begann augenblicklich, mich zu bewegen.

Der Rhythmus war so alt wie die Zeit, aber Ben war noch so jung und unerfahren. Ich hatte ihn vorher schon so gereizt, dass ich davon ausging, er würde es nicht noch einmal schaffen, mich zum Orgasmus zu bringen. Dazu würde er selbst viel zu schnell kommen. Er richtete sich unter meinen gierigen Bewegungen auf und nahm erneut eine meiner Brüste in den Mund. Ich stöhnte und schlang die Arme um seinen Hals.

Ich merkte, dass er immer schneller keuchte, meine Bewegungen schienen ihm gut zu gefallen. Er packte meine Hüften und ich beschleunigte meine Bewegungen noch etwas. Ich war so geil und kurz davor, selbst nochmals zu kommen, doch ich fürchtete, Ben wäre zu schnell. Da überraschte er mich. Er ließ sich wieder zurücksinken, so dass ich auf ihm saß. Da schob er seine Hand an die Stelle, an der wir verbunden waren und begann, meine Klitoris mit seinem Daumen zu streicheln. Ich fühlte heiße Wellen der Lust über mich kommen und konnte nun nicht mehr an mich halten. Ich bewegte mich so schnell ich konnte. Es war einfach unglaublich!

„Komm!“, rief er und ich kam. Es war ein überwältigender Orgasmus, dessen Wellen mich schüttelten. Ich spürte die Fluten über mich hinwegströmen und lehnte mich laut stöhnend zurück. In diesem Moment spürte ich, dass auch Ben seine Erlösung fand und seinen Saft in mich ergoss. Er grub nun seine Finger tief in meine Hüften und zuckte ekstatisch unter mir.

Als der Orgasmus vorbei war, ließ ich mich auf ihn sinken und unsere verschwitzten Körper klebten aneinander. Ich betrachtete seinen jungen, schönen Body mit den glitzernden Schweißperlen.

„Wie war ich?“, fragte er schwer atmend.

Ich lächelte. „Du warst ein gelehriger Schüler. Gib mir fünf Minuten, dann können wir die eine oder andere Lektion noch etwas vertiefen“, antwortete ich.

Ich denke, ich werde noch oft bei ihm sein und ihm etwas beibringen.

Über den Wolken …

Seymour C. Tempest

Diese hellblonde Stewardess sah einfach unsagbar sexy aus. Und Uniformen waren ohnehin Maximilians Fetisch Nummer eins. Alles, was hübsche Frauen aus der Anonymität ziviler Kleidung emporhob, ließ sie in seinen Augen zu den schärfsten Sexobjekten werden, die er sich nur vorstellen konnte. Dabei spielte es keine große Rolle, ob es eine Polizistin in Uniform war, eine Krankenschwester, eine verruchte Sadomaso-Domina, die ihren Body in Lack und Leder gezwängt hatte, eine glutäugige Orientalin mit verschleiertem Gesicht oder eine aufregend hübsche Novizin, die kurz davor stand, ihr Gelübde abzulegen, das sie endgültig zur Nonne machen würde.

Aber natürlich gab es Anblicke, die sein Blut sofort und ganz besonders heftig in Wallung brachten. Dazu gehörten nun einmal Stewardessen in ihren knapp geschnittenen, eng anliegenden Kostümen, den neckischen, marineblauen Schiffchen – der typischen Kopfbedeckung der Flugbegleiterinnen – und ihren seidigen Halstüchern.

„Ist doch nur 'ne Saftschubse", hatte ein guter Freund Maximilians seine Begeisterung für die Hostessen kommentiert. „Verstehe ich nicht, was du an so einer so toll findest? Mein Geschmack sind diese Frauen nicht."

Der eigentlich abwertend gemeinte Ausdruck war 2004 sogar in den Duden aufgenommen worden – für Maximilian aber hatte der Begriff überhaupt nichts Negatives an sich. Ganz im Gegenteil. Er traf den Nagel in charmanter Weise auf den Kopf, machte hundertprozentig klar, was der Anblick einer solchen Stewardess zwischen seinen Schenkeln auslöste …

Diese erotischen Edelhuren hatten etwas hochgradig Toxisches an sich. Ein unsichtbares, schnell wirkendes Gift, das wie im Funkenflug von ihnen auf ihn übersprang, ihm durch die Poren in die Venen sickerte und seine Libido zu heißblütiger Glut anfachte.

Schon als er an Bord gegangen war und dieser blonden Stewardess zum ersten Mal in die Augen gesehen hatte, war es um ihn geschehen. Sie hatte ihn, wie alle anderen Passagiere auch, freundlich angelächelt und ihn an Bord der Maschine willkommen geheißen. Maximilian hatte die Frau für die Dauer der einen berühmten Sekunde zu lang angeschaut, ohne auch nur das Geringste zu sagen. Aber die unvermittelte Erektion, die seine Hose im Schritt plötzlich auffällig ausbeulte, sagte mehr als tausend Worte …

„Simone, aus Schweden", keuchte sie stimmlos und presste ihren erregenden Körper an ihn. „Und du?"

„Maximilian, Deutschland", stöhnte er zur Antwort. Seine kräftigen Hände hatten ihr einfach den Rock hochgeschoben und sich in das dralle Fleisch ihrer Pobacken gekrallt. Das blonde Sexluder trug keine Unterwäsche!

In der Toilettenkabine war es zwar alles viel zu eng und stickig. Aber es ging ihnen beiden nicht um Komfort und eine romantische Liebesnacht bei Mondschein und Kerzenlicht. Alles, was sie wollten, war Sex. Purer, rücksichtsloser Sex. Schnell, leidenschaftlich und unverbindlich. Tausende Meter über dem Erdboden. Unzählige Meter oberhalb der Wolkendecke. – Als die verführerische Stewardess die Getränke verteilt hatte, war ein zusammengefalteter Zettel in Maximilians Schoß gefallen. Beiläufig. Fast so, als hätte die blonde Schönheit ihn bloß versehentlich fallenlassen. Maximilian hatte ihn entfaltet, als die Hostess längst die nächsten Passagiere mit Getränken und ihrem professionellen Lächeln erfrischte.

Auf dem Zettel stand nur eine Zeile: „WC – in fünf Minuten“.

Schweiß war kühlend auf Maximilians Stirn getreten. Das konnte doch nicht wahr sein!

Hatte er sich verlesen? Ging seine Phantasie jetzt mit ihm durch? Das konnte doch nicht die Realität sein! Solche Sachen passierten vielleicht in irgendwelchen amerikanischen Agenten-Streifen, aber doch nicht im echten Leben! Und sein Leben war echt. Der Zettel in seinen nervös zitternden Fingern aber auch …

Ohne zu viele Gedanken an die abenteuerlichen Umstände zu verschwenden, blickte er auf die Uhr. Fünf

Minuten. Kurz darauf registrierte er, wie sie die schmale weiße Tür der Toilettenkabine öffnete und einen unmissverständlichen, auffordernden Blick in seine Richtung abschoss. Dann sprang auch schon die grüne Signalleuchte des WC auf rot über: BESETZT.

Maximilian löste den Sicherheitsgurt und wankte mit puddingweichen Knien durch den Gang zwischen den Sitzen durch. Er kam sich vor, wie in einem Wachtraum.

Als sie die Tür der Seitenkabine für ihn öffnete, hoffte er sehr, dass niemand so bald auf die dumme Idee kommen würde, ihn plötzlich aufzuwecken …

Mit geschickten Fingern hatte Simone den Reißverschluss seiner Hose geöffnet und seine Juwelen rausgeholt. Maximilians Penis ragte stolz und zu voller Größe aufgerichtet hervor.

„Oh, wow!“, stieß Simone erregt aus, als sich ihre rechte Hand um die lange Männlichkeit schloss. „Ist der geil! Und so hart!“

Sie massierte ihn mit kräftigen vor- und zurückgleitenden Bewegungen, dass es Max ganz schwindelig wurde. Das Gefühl, die Finger dieser skandinavischen Sexgöttin an seinem besten Freund zu spüren, entschädigte ihn innerhalb von Sekunden für all die Strapazen, die für ihn mit dieser Flugreise verbunden waren.

Maximilian hatte die Augen geschlossen, versuchte seinen Atem zu kontrollieren und genoss die prickelnden Empfindungen, die Simone ihm meisterhaft verschaffte. Die Schwedin zog seine Vorhaut so weit zurück, dass es bedrohlich nah an der Grenze des eben noch Erträglichen war. Aber niemals überschritt sie die feine Barriere zwischen Lust und Schmerz. Ihre Finger pressten und molken ihn, dass ihm das Blut nur so in die Schwellkörper schoss und seine Männlichkeit weiter zu ungeahnter Größe emporwuchs.

Urplötzlich spürte Max die Veränderung: Der feste Griff Simones ließ von ihm ab, dafür stülpte sich plötzlich etwas Warmes, Weiches über die Spitze seiner Lustquelle. Ungläubig riss er die Augen wieder auf und starrte auf das faszinierende Bild, das sich ihm bot. Irgendwie hatte das bildhübsche, schwedische Mädchen es geschafft, sich trotz der beklemmenden Enge hier drin vor ihn hinzuhocken … und sein lustvoll zuckendes Glied in den Mund zu nehmen!

Maximilian stöhnte überwältigt auf. Der absolute, helle Wahnsinn! Sie verschlang seinen Steifen mit der Routine einer Professionellen und brachte es auch noch fertig, ihn dabei völlig unschuldig aus ihren großen, blauen Augen anzublicken. Das Luder! Denselben Blick kannte er nur zu gut, von zu Hause. Seine sechzehnjährige Tochter, Melissa, blickte ihn genauso an, wenn sie irgendetwas von ihm wollte. Meistens Dinge, die man aus dem Portemonnaie nehmen und knisternd falten konnte. Es lag ein absolut unwiderstehlicher Ausdruck in diesem Blick, mit dem es den Frauen bisher immer wieder gelungen war, ihn um den Finger zu wickeln.

Maximilian befürchtete, sofort in den Mund der Skandinavierin ejakulieren zu müssen, als er in diesem

Augenblick an eine Hure denken musste, deren Gesicht für Sekundenbruchteile dort unten anstelle der Schwedin vor ihm aufblitzte. Wie sich ihre vollen, sinnlichen Lippen saugend und schmatzend an seine Eichel schmiegten, wie ihre Finger mit spitzen Fingernägeln über seine Hoden kratzten und ihre heiße Zunge sehr unartige Dinge mit seinem erigierten Prachtstück anstellte! Und er hörte plötzlich ihre Stimme in seinem Kopf, sah sie mit dem Kussmund sagen: „Für 20 Euro mehr zeige ich dir noch ganz andere Dinge."

Maximilian kniff die Augen mit aller Macht fest zusammen und versuchte diese Phantasien loszuwerden. Als er die Augen öffnete, war da wieder Simone, die mit unvergleichlicher Hingabe Penis und Hoden oral verwöhnte. Sie schlang jetzt ihre Hände um ihn, packte ihn mit festem Griff bei den Gesäßbacken und drängte ihn immer wieder nach vorn. Die Lust übermannte ihn regelrecht. Seine Erregungskurve stieg senkrecht in den Himmel. Gierig schloss er seine Hände um ihren blondmähnigen Kopf, grub seine Finger in ihr Haar und stieß seinen imposanten Phallus ausgelassen vorwärts. Simones Lippen hatten sich zu einem engen, festen Ring um den Penis geschlossen, dass es für Maximilian wirklich keinen gefühlsmäßigen Unterschied mehr machte, welche Körperöffnung seiner uniformierten Braut er gerade penetrierte. Simone gab schmatzende, gurgelnde Laute von sich, wenn Max in seiner Erregung zu tief in die dunkle Höhle ihres Mundes eindrang, aber gerade diese Geräusche turnten Max erst richtig an. Diese Frau war einfach atemberaubend – eine orale Lustkünstlerin.

„Ooh … Simone …“, stammelte er, nahm seine Hände von ihrem Kopf, um sich haltsuchend am Waschbecken der Kabine abzustützen. Sie hatte ihn endlich dort, wo sie ihn haben wollte. Mit leidenschaftlicher Perfektion hatte sie seine Schlagsahne zum Kochen gebracht.

„Ja …“, japste sie lüstern, zwischen zwei Stößen in ihren Mund. „Gib mir alles! Ich will dich schmecken!“

Da packte Maximilian wieder zu, hielt ihren Kopf fest und setzte zum Endspurt an.

Simone genoss das Gefühl, zum reinen Lustobjekt dieses Mannes gemacht zu werden. Sie saugte und leckte an dem immer schneller in sie ein- und ausdringenden Liebesstab, krallte ihre Fingerspitzen um seine Hoden, zog an ihnen, bis es wirklich keinen Zentimeter mehr weiterging … und Maximilian stöhnte heftig und grollend auf!

Simone öffnete den Mund und packte den ejakulierenden Penis, um den weißen Liebesnektar wild und ungebändigt aus ihm herauszuschütteln! Zuckend und bebend ergoss Maximilian sich in ihren geröteten Mund! Einiges ging daneben und prasselte wie feuchtglänzender Zuckerguss über die Wangen, Augen und Nasenflügel der Schwedin. Aber der Großteil fand sein Ziel, rann über Simones verlangende Lippen und Zunge – und war kurze Zeit später vollständig verschwunden. Es gab nichts, was die Skandinavierin mit größerer Lust und Erregung erfüllte, als das Bewusstsein, selbst für diese gewaltige Entladung, diese aufpeitschende Flut, verantwortlich zu sein – und diese auch Tropfen für Tropfen zu genießen. Den männlich-herben Geschmack, den sie so liebte, im wahrsten Sinne des Wortes voll auszukosten. Maximilians lustvolles Stöhnen und Grollen dabei zu hören, während der Erguss aus seinem pulsierenden Glied sprudelte – für solche Momente lebte Simone! All die Männer, die sie im Verlauf ihrer Karriere als Stewardess auf diese Weise oral befriedigt hatte, würden sie und den jeweiligen Flug niemals wieder im Leben vergessen. Und allein diese Vorstellung steigerte Simones ohnehin natürliche Erregung ins Unermessliche …

Ohne ein überflüssiges Wort zu sagen, hatte sie sich wieder aufgerichtet und Maximilian einen leidenschaftlichen Kuss auf den Mund gedrückt. Ihre Zunge schlängelte sich zwischen seinen Zähnen durch und Simones Atem wehte ihn heiß an. Maximilian fand es unglaublich aufregend, einen Hauch vom Geschmack seines eigenen Tranks, seines eigenen Penis' auf der Zunge zu schmecken, der Simone noch anhaftete.

Als sie jetzt wieder ihre vollen Brüste an ihm rieb, nahm sie seine eine Hand und führte sie sich zwischen die Schenkel. Ihre Mitte fühlte sich an, als hätte er sich gerade an dieser Stelle vergossen und nicht etwa einige Etagen weiter oben!

„Jetzt du", wisperte Simone. Ihre Stimme zitterte vor sexueller Spannung. „Gleiches Recht für alle."

Maximilian ging vor ihr in die Hocke, den Kopf zwischen ihren Schenkeln. Simone hatte den Rock hochgehoben und sich mit ihren weißen, nackten Pobacken auf den Rand des Waschbeckens gesetzt. Die Beine hatte sie so gespreizt und angewinkelt, dass ihre Füße problemlos auf seinen Schultern auflagen. Simones Finger knöpften ihre Bluse auf und entblößten ihren prächtig gewachsenen Busen ungeniert vor Max' fiebrigen Blicken. Während sie ihre steil aufgerichteten Knospen mit zwirbelnden Bewegungen in Ekstase versetzte, durfte Maximilian sie oral verwöhnen – dort, wo sie es am liebsten hatte …

Ihr Intimstes war vollkommen glattrasiert, bis auf einen schmalen Streifen blondgelockten Schamhaars, der neckisch die Mitte ihres Venushügels zierte. Maximilian ließ seine Zunge spitz und fest durch die langgezogene Kerbe ihres Kätzchens gleiten. Die samtig schimmernden Labien wirkten so glatt und zerbrechlich wie taubenetzte Tulpenblätter. Und Maximilian liebte es, diese spezielle Art des Taus aufzusammeln und mit peitschenden Zungenschlägen elektrische Blitze durch den verwöhnten Körper zu treiben.

„Ja … oh, ja …!" Simones Stimme kippte beinahe vor Lust. „Mach weiter so!"

Seine flinke Zunge wirbelte ausgelassen um ihre Klitoris, drängte sich in das zarte Rosa ihrer Mitte, glitt dann tiefer, um auch ihren Anus zu stimulieren, was Simone mit lustvollen Bewegungen ihres Beckenbodens quittierte, so dass sich ihre Rosette in rascher Folge zusammenzog und wieder ausdehnte. Dann stülpte Max seinen Mund fest um ihre rote Klitorisperle, saugte hemmungslos an ihr und leckte sie gleichzeitig. Immer wieder erschauerte der ganze Körper der stöhnenden Hostess, die ihre Leidenschaft nach wie vor durch die Massage ihrer prallen Oberweite verstärkte.

„Ja, weiter … hör nicht auf, Maximilian!"

Es würde nun nicht mehr lange dauern, bis auch sie von einem umwerfenden Orgasmus überwältigt wurde. Maximilian hatte da seine Erfahrungen.

„Hör bitte nicht auf!"

Maximilian dachte ja gar nicht daran. Er liebte es, ihre Klitoris zu stimulieren und ihr gleichzeitig einen Finger in ihr Paradies zu schieben. Der G-Punkt war für ihn nicht sonderlich schwer zu lokalisieren. Und er wollte, dass Simone mindestens einen ebenso heftigen Höhepunkt erlebte, wie er selbst gerade.

Die unvergleichlichen Gefühle, die ihren Körper wie eine Sturmwoge überrollten, ließen sich kaum in Worte fassen. Der heiße Atem des Mannes zwischen ihren Oberschenkeln, seine Zunge, die schon vor Stunden außer Rand und Band geraten zu sein schien und rau ihre Schamlippen, ihre Klitoris und ihr Hinterpförtchen verwöhnte, der unruhig vibrierende Finger, der sie von innen her massierte … und gleichzeitig ihre eigenen Fingerspitzen, die ihre Brustwarzen in ein erotisches Freudenfeuer verwandelten … es war so unbeschreiblich … mitreißend … eine unvergleichliche Sensation!

„Ja, mach weiter so … weiter …"

Sie hörte ihre eigene Stimme wie aus weiter Ferne, spürte den Orgasmus auf sie zurollen. Der Finger, der von innen gegen ihre Blase drückte. Oh, Gott, sie kam … und hatte das Gefühl, ganz nötig pinkeln zu müssen! Verflucht!

Aber Simone blendete gewaltsam alles aus, was sie von ihrer Lust ablenken wollte.

„Ja … ja! Ich komme … Max … ich koooomme ..!"

Blitzschnell schob sie sich selbst einen Finger in ihr Hinterpförtchen, den sie dort in kreiselnde Bewegungen versetzte! Diese neue Stimulation fachte ihre Erregung noch um ein Weiteres an … und genau das war der fehlende Tropfen gewesen, der das Fass endgültig zum Überlaufen brachte!

Maxs Lippen pressten sich fest über ihr übersprudelndes Lustzentrum und er geriet völlig aus dem Häuschen, als er an seinem Mittelfinger, der noch immer ihren G-Punkt reizte, plötzlich Simones Finger spürte, den sie sich gerade selbst in den Po gesteckt hatte! Die beiden Finger waren nur durch eine dünne Hautmembran voneinander getrennt, so dass sie jetzt ihre erregte Vagina von zwei Seiten gleichzeitig masturbierten! Diese Frau war der Wahnsinn. Sie war die Verkörperung der Lust und Sinnlichkeit!

Das Resultat der Finger-Massage sprach eindeutig für sich. Simone stieß gellende Lustschreie aus und zitterte am ganzen Leib, als hätte jemand ihre Muskeln ans Stromnetz angeschlossen! Aus ihrer Scheide floss ein helles, aromatisches Sekret … und sie presste ihre

Schenkel so fest zusammen, dass Maximilian für Augenblicke ernsthaft befürchtete, er würde hier, in einer viel zu engen WC-Kabine, irgendwo Meilen von der Erde und von zu Hause entfernt, ersticken müssen. Denn sein Kopf befand sich nach wie vor genau zwischen ihren makellos glatten Oberschenkeln! Im Klammergriff einer orgiastisch schreienden und quietschenden, sich vor Ekstase windenden Schwedin! Sein Penis, den er gar nicht erst wieder „eingepackt" hatte, richtete sich unvermittelt wieder auf. Der plötzlich ansteigende Blutdruck in seinem Kopf wirkte sich interessanterweise auch auf ihn aus. Aber Maximilian war sich sicher, dass es vermutlich doch eher an der unglaublichen Frau lag, die sich gerade durch seine raue Zunge von einem Höhepunkt zum nächsten katapultieren ließ.

„Ich will dich jetzt in mir spüren!", keuchte Simone plötzlich. „Gib ihn mir – bitte, gib in mir! So tief, wie du nur kannst!"

Maximilian schluckte schwer. Damit hatte er nun wirklich nicht gerechnet. Aber seine pralle Männlichkeit war sofort einsatzbereit und bewegte sich zielstrebig auf die Quelle zu, aus der die Feuchtigkeit entströmte. Simone schnappte sich den empfindlichen Penis, drängte ihn in ihr enges Hinterpförtchen und versperrte mit der anderen Hand den Zugang zu ihrer Vagina. Sie wusste genau, was sie wollte …

„In meine Rosette! So tief, wie du kannst! Ich will dich tief in mir spüren! Zeig mir, was anale Lust ist!"

Als Maximilian in ihre engste Öffnung eindrang, blickte sie ihn wieder auf diese verruchte Weise an, die ihn sofort wieder an die Edel-Hure denken ließ. – Und diesmal war es Maximilian völlig egal, dass er in der Phantasie die käuflichen Backen einer Prostituierten penetrierte und sich schließlich tief in ihr entlud …

Lust auf Büro?

Lisa Cohen

Mein erster Ausflug in die Welt des Sextoys lag darin begründet, dass ich bei meiner Arbeit ziemlich gelangweilt war. Acht Stunden im Büro, wochenlang immer nur dasselbe. Was mir bis vor einem Jahr noch einigermaßen Spaß gemacht hatte, ödete mich mittlerweile an. Ich starrte mehr auf die Uhr, als auf meine Bürounterlagen. Privat sah es nicht viel besser aus. Seit meiner Trennung vor nun fast acht Monaten lief sexuell eigentlich auch nichts Entscheidendes mehr. Ab und zu mal eine eher harmlose Nacht, die nicht erwähnenswert war. Der Gedanke „besser als nichts" konnte mich darüber auf Dauer auch nicht trösten. Mein Liebesleben lag brach und meine Lust wurde sträflich vernachlässigt. Ich hatte zur Zeit gleich zwei Probleme. „Null Bock" auf meine Arbeit und null Befriedigung im Bett. Ich wollte Sex und mehr Abwechslung in meinem Job.

Als ich eines Abends eher gelangweilt als interessiert in einem Erotik-Katalog blätterte, kam ich plötzlich auf die sensationelle Idee, beides miteinander zu verbinden …

Gleich am nächsten Tag bestellte ich mir ein Paar knallrote Liebeskugeln. Diese sogenannten „Action

Balls“ verfügen über ein stimulierendes „Vibroball-Innenleben“, werden laut Anleitung einfach eingeführt und sollen dann: … ganz tief drinnen für intensive Lustschauer sorgen. Und das Beste daran … – das stand da wirklich: Niemand bemerkt Ihr kleines Ekstase-Geheimnis! Außerdem sollte es einen tollen Nebeneffekt geben. Wenn Frau diese Lustkugeln häufig tragen würde, könnte sie so ihre Liebesmuskeln optimal trainieren, damit sie den Penis des Mannes noch besser anpacken könnte … Nicht, dass ich diesbezüglich Bedarf gehabt hätte, aber auch im Liebesleben muss man schließlich langfristig denken und außerdem, wenn es nicht störte, die Dinger zu tragen, sondern eher gut tat und doppelten Effekt hervorrief, warum nicht? Gespannt wartete ich auf das Sextoy.

Als es in einem unscheinbaren Päckchen eintraf, dachte ich erst etwas irritiert: Ganz schön groß, die Dinger. Im Nachttisch fand ich dann aber noch eine Tube Gleitgel, die aus früheren Liebesnächten stammte. Wehmütig erinnerte ich mich an die analen Versuche mit meinem Ex-Freund – unser Sexleben war gar nicht so schlecht gewesen …

Schnell verwischte ich die trübsinnigen Gedanken. Vorbei! Das Gel war auf jeden Fall laut Etikett noch gut. Großzügig schmierte ich mich damit feucht und schob fast ungeduldig die beiden Bälle in meine Vagina. Schnell stellte sich ein angenehmes Gefühl in meinem Unterleib ein. Bei jeder kleinsten Bewegung rollten die Vaginalbälle tatsächlich hin und her und bescherten mir fast umgehend überraschende Ekstase. Ich war selig. Und ich wusste nun, wie ich mir den nächsten Arbeitstag versüßen würde.

Nach dem Frühstück führte ich mir die Kugeln auf dem WC ein. Kichernd und doch etwas aufgeregt, kehrte ich an meinem Arbeitsplatz zurück. Tat erstmal so, als würde ich sehr geschäftig in meinen Akten lesen und fing dann, kurz bevor mich mal wieder die Langeweile übermannte, an meine Vaginalmuskulatur langsam, aber andauernd zu bewegen. Mal stärker, mal schwächer, mal spontan, mal rhythmisch. Völlig unbemerkt von meinen im selben Zimmer sitzenden Kollegen verschaffte ich mir selbst die lustvollsten Gefühle. Packte mich die Erregung dann doch intensiver als beabsichtigt, rutschte ich etwas kräftiger auf meinem Stuhl hin und her und musste mich an meiner Tischplatte festhalten.

Irgendwann beäugte mich die mir gegenüber sitzende Arbeitskollegin misstrauisch. Ich schenkte ihr mein seligstes Lächeln. Kopfschüttelnd wandte sie sich wieder ihrer Arbeit zu. Die kleine Spießerin, dachte ich, wenn die wüsste …

Immer wieder musste ich für kurze Zeit stillsitzen, um keine zu auffälligen Lustgefühle in mir zu entfachen. Eigentlich hätten mir diese sanften, stetig erregenden Bewegungen reichen können, aber wie immer maßlos in diesen Dingen, wollte ich es wissen. Ob ich unbemerkt von den Kollegen einen Orgasmus auf meinem Bürostuhl bekommen konnte? Ich war mittlerweile so heiß, dass ich unbedingt wenigstens einen kurzen ekstatischen Moment erleben wollte. Meine Vagina zuckte heftig. Ich fing an zu schwitzen und merkte, wie ich auf einen kleinen, aber feinen Höhepunkt hinsteuerte. Mann, war ich heiß! Als ich meinte abzuheben, ging die Tür auf. Mein Chef kam herein und … geradewegs auf mich zu. Ich ernüchterte schlagartig. Hochrot im Gesicht bekam ich einen Hustenanfall. Er fragte besorgt, ob es mir nicht gut ginge. Als ich endlich wieder nach Luft schnappen konnte, musste ich albern kichern.

„Ach nichts …“, krächzte ich, „ … ich habe mich nur an einer Schoko-Kugel verschluckt!“

Missbilligende Blicke mal wieder von meiner Kollegin. Ob sie nicht vielleicht doch etwas bemerkt hatte von meinem kleinen „Ekstase-Geheimnis“? Zum Glück hielt mich mein Boss nicht lange auf. Sofort, nachdem er weg war, stürzte ich auf die Toilette. Da ich noch ziemlich aufgehetzt war, brauchte ich dort nicht mehr lange, um mich durch kräftige Unterleibskontraktionen erneut auf Touren zu bringen. Endlich erlebte ich den erlösenden Orgasmus. Es war wunderbar befriedigend.

Nach einer kurzen Verschnaufpause, die Kugeln hatte ich vorsichtshalber entfernt, kehrte ich bester Laune an meinen Arbeitsplatz zurück. Auf dem Weg dorthin wäre ich fast mit einem meiner neueren Kollegen zusammengeprallt. Phillip war zwar noch etwas jung, aber schon männlich genug, um mir nicht zum ersten Mal einen wohligen Schauer über den Rücken zu jagen. Wir blieben voreinander stehen und starrten uns an. Irgendetwas geschah in diesem Moment zwischen uns. Phillip lächelte und berührte mich leicht am Arm.

„Sorry, ich war wohl zu schnell!"

Ich schüttelte errötend den Kopf und fing mich nur langsam wieder. So, wie ich ihn anstrahlte, musste der auch denken, ich wäre auf Droge.

Es war bestimmt kein Zufall, dass er an diesem Mittag zur selben Zeit wie ich in die Kantine ging und ebenfalls an der Salatbar stand. Natürlich setzten wir uns zusammen und ich verbrachte endlich mal wieder eine spannende, gesellige Mittagspause. Glänzend gelaunt schaffte ich den Nachmittag im Handumdrehen.

Meiner Kollegin warf ich einen zuckersüßen Blick zu. Gönnerhaft dachte ich darüber nach, ihr vielleicht mal einen Tipp zu geben, wie sie in Zukunft unverkrampfter am Arbeitsplatz aussehen könnte …

Phillip legte seine Pausen von nun an so, dass wir zusammen essen konnten. Nach einer Woche lud er mich abends zum Italiener ein. Dabei gestand er mir, dass er mich von Anfang an sehr interessant gefunden hätte, ihn aber mein abweisender, fast mürrischer Blick bis jetzt davon abgehalten hätte, mich anzusprechen. An dem Tag, als wir fast zusammengestoßen wären, hätte ich einen so wunderbar sinnlich, entspannten Ausdruck im Gesicht gehabt, dass er von dem Moment an nur noch an mich denken konnte. Ich schickte ein

Stoßgebet des Dankes zu meinen kleinen Vibrobällen, war aber gleichzeitig doch etwas geschockt, dass meine Sex-Abstinenz so unangenehme, sichtbare Spuren in meinem Verhalten und meinem Gesicht hinterlassen hatte.

Nach dem zweiten Glas Wein gestand ich ihm mein kleines „Geheimnis" und musste herzhaft über diesen völlig perplexen Gesichtsausdruck meines Gegenübers lachen. Das Eis zwischen uns war damit endgültig gebrochen. Phillip hielt mich nun für die schärfste Frau, der er jemals begegnet war und ich wollte ihn schnellstmöglich in meinem Bett haben.

Schon im Hausflur fielen wir fast übereinander her. Bis wir bei mir im Schlafzimmer angelangt waren, trug ich kein Höschen mehr. Phillip presste mich gegen die Wand, schob meinen Rock hoch und prüfte mit seiner Zunge die Feuchtigkeit meiner Vagina. Er tat dies äußerst geschickt und hatte mich innerhalb kürzester Zeit davon überzeugt, dass er weit über sein Alter hinaus in Sachen Sex schon erfahren war. Geschickt bog er meine Schenkel auseinander. Im Schein der Nachttischlampe betrachtete er meine pulsierende Weiblichkeit und jede ihrer Reaktion auf seine Liebkosungen. Noch nie hatte ein Mann meine Scham so vorbehaltlos und eingehend betrachtet und wenn es mich zuerst etwas irritierte, empfand ich schnell lüsterne Begierde daran, mich ihm so offenherzig zu präsentieren.

Phillip tauchte mit seiner Zunge tief in mich ein und erkundete jeden Zentimeter meines zuckenden Unterleibes. Der Orgasmus durch meine kleinen Spielzeugbälle war nichts gewesen im Vergleich zu dem, was mich in den nächsten Stunden dank meines Kollegen erwartete. Er hob mich kraftvoll hoch und setzte mich auf meinen Frisiertisch. Ich hatte nicht gewusst, dass ich meine Beine so weit spreizen konnte …

Phillip wechselte sein Zungenspiel ab mit einem überzeugenden Fingerverwöhnprogramm. Ich ließ mich auf dem Tisch zurücksinken und versuchte, meinen anrollenden Orgasmus zu unterdrücken, weil es kurz davor für mich fast noch schöner ist, als der eigentliche Höhepunkt. Meine Finger krallten sich an der Tischkante fest, der Schweiß lief mir zwischen den Brüsten entlang und meine lustvollen Schreie hallten unkontrolliert durch das Zimmer. Irgendwann gab ich es auf, mich gegen einen Orgasmus zu wehren und ließ mich gehen. Es war phantastisch. In Schüben brach eine gigantische Lustwelle über mir zusammen. Sanft wurde ich hoch und aufs Bett gehoben. Unter fast geschlossenen Lidern sah ich Philip nackt vor mir stehen. Sein Penis war von beeindruckender Größe. Respekt, dachte ich. Dagegen sind die Liebeskugeln wohl nur ein hilfloser Versuch, meiner Vagina eine Zuckung zu entlocken. Ich ließ mich nur allzu bereitwillig von ihm nehmen.

Bereits kurz nach seinem überzeugenden Eindringen wusste ich, dass es ziemlich gut werden würde mit ihm. Phillip schob meine Beine rechts und links auf seine Schultern und konnte so vehement und schön tief in mich hineinstoßen. Die Glücksgefühle, die ich in den nächsten Minuten empfand, erinnerten mich an nichts, was ich beim Sex bis dahin erlebt hatte. Wir waren ein perfektes Liebesteam. Unsere Unterleibe schienen füreinander gemacht zu sein …

Seit dem Tag sind wir ein Paar, das sich am liebsten ausschweifendem, sexuellem Treiben hingibt. Mein Sextoy vereinsamt in der Nachttischschublade. Trotzdem mag ich es nicht wegwerfen. Hatte es mir doch, wenn auch indirekt, den Weg für diesen phantastischen Liebeszauber mit Phillip geebnet.

Der letzte Zug

Kassandra Dominka

Als Tina um 21 Uhr aus dem Zug stieg, war es noch angenehm warm. Sie sah sich rasch und voller Erwartung nach allen Seiten um, doch im selben Augenblick schlug sie sich mit der Hand auf die Stirn. Mirko konnte sie nicht am Bahnsteig abholen, er wusste ja gar nicht, dass sie zu ihm unterwegs war. Dumm an der Sache war nur, dass sie noch 30 Minuten bis zu seiner Wohnung laufen musste. Aber da sie Mirko überraschen wollte, war leider nichts daran zu ändern. Mit einer Abkürzung könnte sie allerdings zehn Minuten einsparen. Tina beeilte sich und schlug den Weg Richtung Stadtpark ein.

Zügig schritt sie aus und schwenkte gut gelaunt mit der Hüfte. Die Bewegung brachte sie selbst in Stimmung und sie freute sich schon auf Mirko und auf das, was sie gleich miteinander anstellen würden. Tina legte noch einen Zahn zu, denn außer ihrer Handtasche hatte sie keinerlei Gepäck zu tragen. Es war ja nur für ein oder zwei Tage und sie hatte nicht vor, das Wochenende in Kleidern zu verbringen. Die Handtasche enthielt ihr neuestes Dessous, ein schwarzes Nichts aus durchbrochenem Stoff und feinen Spitzen. Tina spürte die

Erregung in ihrem Bauch und zwischen den Beinen kribbeln. Sie und Mirko hatten sich seit 14 Tagen nicht gesehen und er war sicherlich genauso ausgehungert nach ihrem Körper, wie sie nach seinem. Tina malte sich die Begegnung in den schönsten Farben aus. Sie stellte sich vor, wie Mirko die Tür öffnete, überrascht die Augen aufriss, sie an sich presste und regelrecht über sie herfiel. Noch bevor sie im Schlafzimmer angekommen wären, hätte er ihr die Kleider vom Leib gerissen. Tina spürte schon förmlich, wie er in sie eindrang und wie sie ihre Hände auf seinen Po legte und ihn bei seinen rhythmischen Stößen unterstützte. Sie seufzte tief auf und beschleunigte noch einmal ihren Schritt.

Sie spürte die Feuchte zwischen ihren Beinen und konnte sich kaum mehr beherrschen. Würde Mirko jetzt plötzlich und überraschend hier im Stadtpark auftauchen, sie würde ihn sofort in die Büsche ziehen. Mirko würde das gefallen, denn er war nicht nur äußerst gut aussehend, sondern auch impulsiv und konnte es nie erwarten. Er liebte es, gleich zur Sache zu kommen und hielt sich nie lange mit Zärtlichkeiten auf. Gut, ein bisschen Vorspiel hätte nicht geschadet und Tina bedauerte ehrlich, dass er immer so ungeduldig und schnell war. Leider war die Sache bei ihm ebenso rasch beendet und Tina fühlte sich kaum befriedigt.

Sie sehnte sich nach Händen, die an ihrem Körper entlangglitten und sie überall berührten. Aber auch beim zweiten Akt verzichtete er auf Streicheleinheiten und beschränkte sich nur darauf, in sie einzudringen und sie mit seinen Blicken zu verschlingen. Keine Berührung ihrer prallen Brüste, keine Küsse, nur seine Auf- und Abbewegungen, die allerdings auch nicht zu verachten waren. Tina würde ihm das schon noch abgewöhnen. So lange waren sie ja noch nicht zusammen. Ob sie ihn diesmal dazu brachte, sich Zeit zu lassen und ihren Körper mit den Händen und Lippen zu erkunden. Nein, entschied sie spontan, nicht nach 14 Tagen Enthaltsamkeit, vielleicht nach der ersten stürmischen Begrüßung, beim zweiten Liebesspiel, falls sie ihn dann darum bitten würde und er endlich auf sie einging, weil er sie die ganze Zeit vermisst hatte. Sie kam ins Träumen. Aber ihrer Erfahrung nach war er nie in Stimmung für ein langsames Vorgehen und hatte keinen Sinn dafür, lustvolle Berührungen zu genießen, die außerhalb seines Intimbereichs lagen. Warum musste er sich immer sofort auf sie legen und sofort zur Tat schreiten? Woher kam diese Ungeduld. Er ahnte nicht, was er verpasste, ahnte nicht, dass das Vorspiel sie nur noch mehr erregte. Sie hätte es sehr genossen, wenn er ihre Brüste gestreichelt oder die Brustwarzen geküsst und daran gesaugt hätte. Tina erreichte gerade das Ende des Stadtparks, als ihr zwei junge Männer hinterherpfiffen. Dieser Pfiff machte sie total an, denn er signalisierte ihr, dass sie gut aussah.

Wenig später stand sie vor der ersehnten Haustür. Vorsichtig, kaum noch in der Lage, ihre Erregung zu unterdrücken, steckte sie den Schlüssel ins Schloss und öffnete die Tür. Aus dem Schlafzimmer drangen stöhnende Laute, die sehr eindeutig darauf hinwiesen, dass zwei Menschen Sex hatten.

„Wahrscheinlich sieht er sich seinen Lieblingserotikfilm mit den blonden Schwedinnen an“, murmelte Tina und schloss die Tür. Ein Blick in den Spiegel zeigte ihr eine hübsche junge Frau. Der knallenge Minirock ließ schon beim ersten Anblick ihren knackigen Po erahnen und gab zwei schlanke und lange Beine frei. Das Top betonte ihren vollen Busen und zeichnete die Konturen nach. Die lockigen Haare fielen ihr lang und offen auf die Schulter und glänzten kastanienrot. Tina atmete tief durch und öffnete die Schlafzimmertür. Im ersten Augenblick konnte sie überhaupt nicht begreifen, was sie vor sich sah.

Mirko lag nackt auf dem Bett, stöhnte und schaute zur Decke. Auf ihm saß eine hübsche und üppige Blondine. Sie trug schwarze Strapse, war oben herum nackt und ihr Busen wippte bei den Auf- und Abbewegungen. Weder sie noch Mirko bemerkten Tina, die fassungslos am Türrahmen lehnte. Was folgte, ging rasend schnell. Ein kurzer Blick der Blondine in ihre Richtung, ein schriller Schrei und eine hektische Unterbrechung des rhythmischen Auf und Abs.

„Warum hörst du auf“, stöhnte Mirko und die Blondine deutete entsetzt zur Tür.

Mirkos Blick folgte ihrem Finger.

„Tina“, sagte er nur und lächelte lüstern. „Das ist doch die Gelegenheit für einen flotten Dreier. Komm her, du bist auch gleich dran, ihr könnt mich zu zweit verwöhnen."

„Bist du von Sinnen!", schrie Tina und kam näher.

Die Blondine sprang vom Bett, schnappte sich ein kleines Bettkissen und versuchte, damit ihren riesigen Busen zu verstecken. Mirko lachte und richtete sich auf.

„Zier dich nicht", sagte er zu Tina, „ich sehe dir an, dass du's kaum mehr aushältst, du kannst ja nie genug kriegen. Komm her, spreiz deine Beine, ich mach erst mal mit dir weiter. Er fasste ihr unter den Rock, doch Tina griff sich ihre Handtasche und schlug sie ihm auf den Kopf. Dabei öffnete sich ihr Verschluss und all ihre Sachen verteilten sich über dem Bett.

„Entweder du beruhigst dich und akzeptierst den Dreier oder du verschwindest. Ich würde jetzt gern weitermachen. Geduld war nie meine Stärke und lange rummachen auch nicht."

Tina war fassungslos über so viel Unverfrorenheit.

„Du verdammter Mistkerl. Und ich dachte, du freust dich, wenn ich dich überrasche."

„Tu ich auch, aber nicht, wenn du rumzickst. Zeig der Kleinen mal, wie ich's gern habe, die hat's noch nicht ganz so drauf, aber ihr Busen ist echt überdimensional, wirklich klasse."

„Werd glücklich mit ihr", keuchte Tina und sammelte den Inhalt ihrer Tasche ein. Sie beugte sich übers Bett und spürte Mirkos Hand auf ihrem Po. Das war zu viel. Etwas Stolz hatte sie auch noch. Sollte er seiner

Bettgefährtin doch selber alles beibringen. Sie war so enttäuscht, traurig und wütend.

„Das war's dann", sagte sie. „So was wie dich finde ich allemal. Und so besonders bist du auch nicht. Alles nur auf die Schnelle. Vielleicht lässt du dir von ihr was beibringen."

Sie drehte sich um und warf die Tür ins Schloss. Ein Blick auf die Uhr verriet, dass sie nicht mehr viel Zeit hatte, wenn sie noch den letzten Zug in ihre Stadt erwischen wollte. Es war höchste Eisenbahn.

Sie rannte so schnell sie konnte die Stufen nach unten, durchquerte erneut den Stadtpark und traf gerade am Bahnsteig ein, als der Schaffner pfiff. Ein letzter Spurt, dann ein Sprung und Tina hatte es geschafft. Erschöpft ließ sie sich in ein leeres Abteil fallen und in diesem Moment fuhr der Zug an. Jetzt erst hatte sie Zeit, über all das Geschehene nachzudenken und sie biss sich enttäuscht auf die Lippen. Mirko und diese Blondine mit dem üppigen, wippendem Busen und den Strapsen an den strammen Beinen. Sie selbst konnte ihre Erregung kaum meistern. Aber im Zug war nicht die Gelegenheit, an dieser Situation etwas zu ändern. Das Rütteln des Zuges, das sich auf den Sitz übertrug, machte sie zusätzlich verrückt und teilte sich ihr in jeder Faser ihres Körpers mit. Und es dauerte noch mindestens eine Stunde, bis sie endlich zuhause war.

Und dann bin ich allein, dachte Tina und stöhnte leise. Sie sah sich um, doch es war niemand zu sehen. Der Zug war wie immer um diese Uhrzeit leer. Wenigstens konnte sie in Ruhe ihre Wut verarbeiten. Tina versuchte wirklich ihre verletzte Eitelkeit zu überwinden und beruhigte sich langsam. Vielleicht war es besser so. Vielleicht sollte sie auf den Mann warten, der ihre eigene Leidenschaft teilte und ihre Vorstellungen von Sex und Liebe. In diesem Moment öffnete sich die Tür.

„Ihre Fahrkarte bitte."

Der Schaffner war etwa 30 Jahre alt und kräftig gebaut. Sie hatte ihn schon einige Male gesehen und wäre sie nicht mit Mirko befreundet gewesen, sie hätte seine sehr sanften Annäherungsversuche sicherlich nicht abgewehrt. Aber dann hatte er seine Versuche eingestellt und die letzten drei Kontrollen nur ihre Fahrkarte angesehen und war dann ohne ein weiteres Wort weitergegangen. Schade eigentlich. Er sah wirklich gut aus. Die Uniform stand ihm, ohne war er sicherlich auch nicht zu verachten. Tina öffnete ihre Handtasche und wühlte in ihren Fächern. Aber die Fahrkarte konnte sie nicht finden. Mist, sie war ihr wohl aus der Tasche gefallen und lag noch in Mirkos Wohnung. Verwirrt blickte sie auf.

„Ich muss sie verloren haben", sagte sie und sah in zwei helle blaue Augen hinein. „Glauben Sie mir bitte, ich bin kein Schwarzfahrer. Außerdem kennen Sie mich und wissen doch, dass ich eine Monatskarte besitze. Sie haben mich doch schon häufiger kontrolliert."

„Das schon, aber wenn Sie die Fahrkarte nicht vorweisen können, dann muss ich Ihnen eine Ordnungsstrafe aufbrummen."

Er lächelte und zeigte makellose weiße Zähne. Trotz ihres Ärgers ging Tina das Lächeln durch und durch.

„Das ist albern", sagte sie und schlug ihre Beine aufreizend übereinander. Ihr kam plötzlich eine Idee. War das nicht die Gelegenheit, sich für Mirkos Treuebruch zu entschädigen? Bei irgendjemand musste sie sich schließlich abreagieren und dieser Mann war ganz nach ihrem Geschmack.

„Wenn Sie meinen, aber ich tue nur meine Pflicht. Und wenn Sie mich sogar lieb bitten, mache ich es besonders billig. Sind Sie mit 50 Euro Strafe einverstanden?"

„Sie sind wohl nicht ganz bei Trost", antwortete sie und zupfte an ihrem T-Shirt. Diese Handbewegung vergrößerte ihren Ausschnitt und ihr entging der bewundernde Blick nicht, den er ihr zuwarf. Etwas verlegen schob er seine Mütze aus dem Gesicht.

„Seien Sie vernünftig. Ich könnte es noch günstiger machen, wenn sie mit mir einen Kaffee trinken gehen. Ich lade Sie sogar ein. Morgen früh, wenn ich Dienstschluss habe. Wie Sie wissen, wohnen wir in der selben Straße." Tina schaute überrascht auf. Nein, das wusste sie wirklich nicht.

„Tut mir leid, ich habe Sie nie bemerkt."

„Ich weiß, aber ich Sie. Ich beobachte Sie, wann immer ich kann. Ich mag es, wie Sie über die Straße gehen. Respekt. Ihr Hüftschwung ist unverwechselbar. Sehr sexy, ein bisschen aufreizend, gerade richtig. Also, ich erlasse Ihnen die Strafe und Sie trinken mit mir morgen früh um 8 Uhr einen Kaffee in der Konditorei Beeler. Mein Name ist Christoph Schindler und Sie heißen Tina. Ich habe auf Ihrem Türschild nachgesehen."

Tina schlitzte die Augen, die Konditorei war eine nette Idee, doch im Augenblick hatte sie etwas ganz anderes im Sinn. Es hatte auch etwas mit Vernaschen zu tun und bis morgen früh warten, das kam gar nicht in Frage.

„Und wenn ich mich weigere?", fragte sie provozierend und blickte ihn mit einem koketten Augenaufschlag an.

„Dann muss ich Sie jetzt leider in mein Schaffnerabteil bitten und Ihre Personalien aufnehmen."

Er hatte das scherzhaft gesagt, doch er war verblüfft, als sich Tina sofort erhob.

„Gehen wir", sagte sie und drückte sich an ihm vorbei. Christoph strich sich über die Stirn, ihm wurde augenblicklich heiß. Er wollte sie zurückhalten, doch sie war schon vorausgegangen. Mit einem gekonnten Hüftschwung drehte sie sich an der Waggontür zu ihm um, lächelte und wies nach vorne.

„Na dann, wenn Sie unbedingt blechen wollen", meinte er und lief voran.

Christoph Schindler schloss die Tür zu seinem Abteil und deutete mit der Hand auf das Sitzpolster, doch Tina blieb am Fenster stehen und verdunkelte es mit dem Rollo. Dann stellte sie ein Bein auf den Sitz, hockte sich mit dem Po halb auf den Fenstertisch und lächelte. „Ich habe nicht nur keine Fahrkarte, sondern auch kein Geld dabei“, log sie. „Es macht keinen Sinn, mir eine Strafe aufzubrummen, aber ich denke, wir könnten uns irgendwie anders einigen.“ Sie fuhr sich mit der Zunge über die vollen Lippen und ihre Augen glänzten. Ihr Mund lächelte verführerisch.

„Anders einigen?“, fragte er und verstand nicht sofort. Doch ehe er sich versah, hatte sie ihre Hände um seinen Hals gelegt und sich nahe an ihn gedrückt. Sie lachte leise auf, als sie spürte, dass er sofort auf sie reagierte.

„Was soll das?“, fragte er, umfasste ihre Taille und hielt sie etwas von sich entfernt. Tina warf den Kopf in den Nacken und schüttelte die Haare.

„Na was wohl? Gefalle ich dir nicht?“

„Leider ja, aber ich bin nicht der Mann, der über eine Frau herfällt. Es gibt da irgendwelche Regeln.“

Na, das werden wir ja sehen, dachte Tina und knöpfte ihr Top auf. Langsam und Knopf für Knopf, bis ihre prallen nackten Brüste zu sehen waren, warm und heiß. Christoph verfolgte jede ihrer Bewegungen, doch er ging nicht auf ihr Spiel ein. Tina konnte die prickelnde Spannung kaum mehr ertragen. Sie knöpfte auch sein Hemd auf, seine Hose und nahm seine Hände. Dann führte sie seine Hand an ihren Busen und drückte sich eng an ihn. Christoph ließ seine Finger über ihre Brüste gleiten, berührte sanft ihre Brustwarzen, die hart wie junge Knospen waren und liebkoste sie zärtlich. Mit seiner anderen Hand streichelte er durch ihr Haar, fuhr über ihren Rücken und fasste unter ihren kurzen Rock. Kein Slip und die Haut war samtweich und der Schlitz zwischen ihren Beinen heiß und feucht.

„Verführerin", stöhnte Christoph und vergrub seinen Kopf zwischen ihren Brüsten. Sein Mund saugte an einer ihrer Brustwarzen, während die eine Hand fest ihren Po umklammerte und die andere sanft in ihren Schoß eindrang. Tina spreizte ihre Beine so weit es ging auseinander und fühlte seine Finger in ihr kreisen. Das Saugen an ihrer Brust brachte sie fast um den Verstand und auch ihre Hände streiften an seinem Körper entlang und fassten nach seiner Männlichkeit, die sich ihr hart und aufrecht entgegendrängte. Sie bewegte ihre Hüfte und drückte ihn eng an sich. Doch Christoph drang nicht in sie ein, rieb seine Eichel nur zwischen ihren Beinen und steigerte ihr Verlangen, indem er ihren Oberkörper und ihre samtige, weiche Haut küsste.

Ihr Schoß schob sich ihm lustvoll entgegen, die Erregung war unerträglich. Doch er schien alle Zeit der Welt zu haben. Das Rattern des Zuges ließ ihre Körper vibrieren und Tina genoss die Liebkosungen auf ihrer Haut, fühlte die Küsse und küsste ihn wieder. Endlich beugte er sich über ihren Mund. Sie hatte die Lippen leicht geöffnet und Christoph schob seine Zunge sanft in ihren Mund, zuerst zärtlich, dann immer fordernder.

„Ich würde mir ja gern mehr Zeit lassen", flüsterte er in ihr Ohr, „doch wir haben nur noch 20 Minuten Zeit. Dann fährt der Zug in den nächsten Bahnsteig ein und du musst aussteigen."

Tina wollte nicht an Abschied denken und stöhnte auf. Christoph presste sie eng an sich, dann umfasste er ihre Hüfte, hob sie auf, setzte sie halb auf den Tisch und drückte ihren Oberkörper zurück. Dann endlich schob er seinen Körper ganz nahe zu ihr und drang ganz langsam in sie ein. Sehr behutsam und Tina stöhnte auf vor Verlangen. Schließlich verschmolzen beide im Rhythmus ihrer Bewegungen. Ein Beben ging durch ihre Körper, Tina stöhnte und schlang die Beine um seine Hüfte. Christoph hielt sie fest, beide Hände um ihren Po, ihren Oberkörper gegen die Scheibe gedrückt und während er sie küsste, stieß er immer tiefer zu, bis er ganz in ihr eingedrungen war. Willig folgte sie seinen Bewegungen, unfähig einen klaren Gedanken zu fassen. Dieser Mann brachte sie zum Wahnsinn, noch nie war sie so geliebt worden. Er ging vollkommen auf sie ein, berührte ihren Körper mit seinen Lippen und hielt sie dabei fest in seinen Händen. Er war stark und hatte Kraft und seine Bewegungen wurden immer fordernder. Es war unbeschreiblich. Ihr Becken kreiste im Takt zu seinen intensiven Stößen. Die Lust war schier unerträglich und Tina war kurz vor dem Höhepunkt. Christoph verlangsamte sein Tempo, zögerte alles noch hinaus, doch dann hielt er es selbst nicht mehr aus. Er wartete, bis sie kam, ihr Körper zuckte, dann ergoss er sich in ihr und presste sie fest an sich.

Lang blieb er noch in ihr, hielt sie fest, streichelte und liebkoste sie und berührte mit seinen Fingerspitzen ihre Brüste.

„Es bleibt bei unserer Verabredung morgen früh um acht, aber wir werden den Standort verlegen. Ich komme nach meiner Nachtschicht zu dir und zwar mit Brötchen."

Er hob ihr Kinn und blickte ihr tief in die Augen. „Und du lässt die Finger von anderen Männern, ich kümmere mich schon morgen früh wieder ganz ausgiebig um dich."

„Ich werde es mir mit so einem Liebhaber bestimmt nicht verscherzen", lachte sie und fühlte sich unglaublich glücklich. „Auf das Sektfrühstück freue ich mich und auf das, was sonst noch dazugehört."

„Das Wochenende gehört nur uns", flüsterte er. „Und dann lassen wir die schnellen Nummern sein, ich lasse mir gern sehr viel Zeit. Schließlich muss ich jeden Winkel deines Körpers erkunden und vor allem deine erotischen Zonen finden. Ich hoffe, du magst es genussvoll."

Tina nickte und konnte das Ende seiner Nachtschicht kaum erwarten.

Einbruch bei Nacht

Linda Freese

Müde öffnete ich die Augen und hörte gespannt in die unheimliche Stille. Was hatte mich geweckt? War da nicht eben ein Geräusch gewesen? Ein Schauer lief mir über den Rücken und ich konnte mich nicht bewegen, lag da wie gefesselt. Es war stockfinster und das Bett neben mir war leer. George war auf Geschäftsreise und würde erst Ende der Woche wiederkommen.

Da war es wieder. Ein Geräusch wie raschelndes Papier. Jetzt begann ich zu zittern und meine Zähne klapperten hemmungslos aufeinander. Wenn ich doch nur etwas sehen könnte. Aber selbst der Griff zur Nachttischlampe war mir nicht möglich. Ich war wie gelähmt vor Angst. Hitze stieg in mir hoch und ich fühlte mich wie in einer Sauna. Sämtliche Glieder bibberten und schlotterten, gleichzeitig lauschte ich angestrengt in die wieder eingekehrte Stille. Ich dachte an das Telefon auf meinem Nachttisch und wusste, dass ich nur meinen Arm ausstrecken musste, um es zu erreichen, aber selbst diese Bewegung war mir nicht möglich. Was war denn nur los? Wieso konnte ich mich nicht bewegen? Mit aller Willenskraft versuchte ich meinen Arm unter der Decke hervorzuholen. Doch leider vergeblich. Ich schaffte es gerade mal, meinen Zeigefinger zu bewegen, aber mein Arm lag zentnerschwer unter der Decke und rührte sich nicht. War das vielleicht ein Traum?

Wieder irrten meine Augen in der Finsternis umher, suchten nach einem Zeichen, einem Anhaltspunkt, irgendetwas. Da war wieder ein Laut. Schritte. Leise Schritte auf der Treppe. War das doch George, der früher zurückgekommen war? Ich versuchte seinen Namen zu rufen, öffnete meinen Mund, nur um feststellen zu müssen, dass kein einziger Laut über meine Lippen kam. Das Wort erstickte in meinem Hals und unaufhörlich schlugen wieder meine Zähne aufeinander.

Die Schritte näherten sich, kamen bedrohlich nah. Was sollte ich nur tun? Wie kam ich hier weg? Das Telefon. Ich musste da rankommen. Noch einmal bemühte ich mich, all meinen Überlebenswillen zu aktivieren und an das rettende Telefon heranzukommen. Diesmal schaffte ich es, meinen Arm über die Bettdecke zu bewegen. Gerade als ich ihn noch weiter an die Seite hieven wollte, hörte ich das Klicken an der Tür und erstarrte abermals. Wie in Gips gegossen lag ich im Bett und konnte mich nicht rühren. In diesem Moment begann ich stumm zu beten und hoffte, dass George dieses Geräusch verursacht haben könnte.

Mit eisiger Gänsehaut auf dem ganzen Körper und angehaltenem Atem hörte ich, wie die Schlafzimmertür geöffnet wurde. Die Klinke wurde ganz langsam nach unten gedrückt und in der alles verschlingenden Dunkelheit sah ich einen Schatten. Die Gestalt sah nicht aus wie George und nun passierte alles so schnell, dass ich es hinterher nicht mehr rekonstruieren konnte. Ich weiß nur noch, dass sich ein gequälter Schrei aus meiner Kehle löste, als ich feststellte, dass ein Fremder in meinem Schlafzimmer stand. Mit einem Affenzahn sprang der unbekannte Einbrecher auf mein Bett und presste seine nach Rauch stinkende Hand auf meinen Mund und unterdrückte somit jeglichen Hilferuf.

Plötzlich löste ich mich aus meiner Starre und wehrte mich mit Händen und Füßen gegen den unbekannten Mann. Meine Hände krallten sich in seine Haut am Unterarm und ich versuchte ihn zu treten. Je mehr ich jedoch versuchte, mich zu wehren, desto fester wurden seine Griffe. Eine Hand drückte er noch immer auf meinen Mund, so dass meine Lippen bereits schmerzten. Seine andere Hand lag auf meinem Bauch und hielt meine beiden Arme fest. Mit einem Griff umklammerte er meine Handgelenke und nun legte er ein Bein über mich, so dass er auf meinem Brustkorb saß und ich das Gefühl hatte, keine Luft mehr zu bekommen. Er löste meine Arme, legte sie neben meinen Kopf nach oben und presste seine Knie darüber, so dass ich vollkommen wehrlos war. Mit den Beinen hampelte ich noch vergeblich, aber aufgrund seiner Position hatte ich keine Chance, ihn zu treffen.

Seine Hand verschwand nun in der Dunkelheit und ich hörte nur ein leises Rascheln, seinen heftigen Atem und meine Panikatmung, ein seltsames Hecheln und Zischen. Noch immer zitterte ich am ganzen Leib, aber in diesem Moment hatte ich wirklich Todesangst und fing an, jämmerlich zu weinen. Kurz löste sich seine Hand von meinem Mund und ich begann zu schreien, aber da presste er mir auch schon ein Tuch in den Mund und band es hinter meinem Kopf zusammen. Es schmeckte widerlich und ich unterdrückte einen Würgereiz. Dieser Lappen verhinderte, dass ich mich bemerkbar machen konnte und ermöglichte ihm gleichzeitig wieder, seine Hand zu benutzen, wovon er auch gleich Gebrauch machte, denn seine Finger fuhren quälend langsam an meinem Hals herunter, bis zu meinem Schlüsselbein.

Entgegen meiner Angst erregte mich diese Situation und ich war fassungslos. Keuchend fühlte ich seine Finger nun an meinem Brustbein entlangfahren, hinein in mein dünnes Seidennachthemd mit den Spaghettiträgern. Mit einem sanften, aber bestimmten Ruck beförderte der Einbrecher die Träger von meinen Schultern und entblößte meine Brüste, deren Knospen seltsamerweise bereits steif waren.

Wie konnte ich in dieser Situation geil sein?

Verärgert über mich selber und voller Anspannung genoss ich schon fast die zärtlichen Berührungen des Mannes, der so nach Zigarettenqualm stank. Er war wohl in Leder gekleidet, denn das typische Quietschen dieses Materials war bei jeder Bewegung überdeutlich zu hören.

Meine Arme schmerzten mittlerweile höllisch unter seinen Knien und waren fast schon taub. Schreien konnte ich auch nicht. Ich war ihm ausgeliefert, wehrlos, hilflos, ohne jegliche Chance ihm zu entkommen. Als mir dies so bewusst wurde, fühlte ich erneut einen Schauer, aber diesmal einen Schauer der Erregung. Ja, die Situation erregte mich wahnsinnig, und ich fing an, mich zu beruhigen.

Mit George hatte ich lange keinen Sex mehr gehabt, zwischen uns lief es nicht mehr so gut im Bett. Mit der Zeit war es langweilig geworden. George war oft auf Geschäftsreise und ich dachte des öfteren mal daran, ihn zu betrügen, doch bisher fehlte mir die Gelegenheit. Ich war Hausfrau und langweilte mich, wenn mein Mann verreist war. Dazu kam, dass George eher der ruhige, sanfte Typ war und ich brauchte den harten, wilden Sex. Sein Blümchensex brachte mir schon lange nichts mehr und immer öfter träumte ich von ungezügeltem Verlangen und animalischem Sex. Ich liebte den Lustschmerz, aber George war nie bereit, ihn mir zu geben. Lange Zeit dachte ich, ich könne damit leben, doch ich wurde eines Besseren belehrt. Mir fehlte die harte Gangart, die sexuelle Dominanz, die Schläge auf den Hintern oder auch mal die Peitsche auf meiner Haut. Der Lustschmerz fehlte mir und somit die sexuelle Stimulation.

Vielleicht spürte ich deswegen nun die heiße Erregung in meinem Unterleib?

Meine entblößten Brüste wippten nun keck bei jeder meiner leichten Bewegungen und plötzlich fühlte ich seine Finger auf ihnen. Er strich über die zarte Haut meines Busens und packte auf einmal fest zu. Er kniff in mein Fleisch, knetete meine Brüste und rieb mit seinen Fingern über meine erigierten Knospen. Ein leichtes Stöhnen konnte ich nicht unterdrücken, als er eine Knospe zwischen seinen Fingern zwirbelte und daran zog. Dieser leichte Schmerz, dieses Stechen erregte mich so sehr, dass ich bereits eine enorme Feuchtigkeit zwischen meinen Schenkeln fühlte, die glücklicherweise noch von dem Bezug zugedeckt waren. Doch genau so schnell waren seine Finger wieder in der Dunkelheit verschwunden.

Abermals lauschte ich angestrengt auf die Geräusche. Nur schemenhaft sah ich seinen Schatten, der immer noch auf mir hockte. Doch mittlerweile hatte er sein Gewicht verlagert, so dass er nicht mehr vollkommen auf meinen Armen hockte, sie dennoch fixierte. Plötzlich hörte ich ein metallisches Klappern und bevor ich auch nur denken konnte, was das war, spürte ich, wie der Fremde meine Arme nahm und über meinen Kopf zerrte. Mit eisernem Griff hielt er mich fest und schloss Handschellen um meine Handgelenke und befestigte diese an den Metallstreben meines Bettes. Das alles geschah innerhalb weniger Sekunden und ich hatte keine Chance, zu reagieren. Nun war ich ihm noch wehrloser ausgeliefert, denn er hatte beide Hände frei und musste von mir nichts befürchten. Trotz allem fühlte ich mich gut, ja mir ging es sogar hervorragend. Lange hatte ich nicht so eine spannende und erregende

Situation erlebt. Wie ein Jungbrunnen wirkte dieser Fremde auf mich. Ich fühlte mich begehrt, beachtet, attraktiv und unglaublich sexy. Ich wünschte mir sogar, dass er mich nehmen würde, von mir Besitz ergreifen, sich an mir bedienen, sich alles nehmen würde, was er wollte. Ich wollte nur sein williges Werkzeug sein und ihm dienen.

Wieder veränderte er seine Position ein wenig und hockte jetzt nahe meines Halses über meiner Brust. Mit einem lauten Ratschen öffnete er seinen Reißverschluss und allein dieses Geräusch trieb mich fast in den Wahnsinn. So sehr wollte ich, dass er mich nimmt. Die Nässe in meinem Schoß lief mir bereits an den Schenkeln herab und ich fühlte die Tropfen der Erregung auf meiner erhitzten Haut.

Plötzlich fühlte ich seine Männlichkeit an meinem Mund. Er löste den Knebel und bereitwillig öffnete ich meine warmen, weichen Lippen. Mit sanftem Druck umschloss ich seine Eichel und saugte an seinem Penis. Voller Verlangen leckte ich mit meiner Zunge seinen Schaft herauf und wieder herunter. Leider konnte ich meine Hände nicht zur Hilfe nehmen, aber mein Mund leistete prima Arbeit. Ich leckte an seiner Eichel und fuhr sachte über die kleine Öffnung, dann wieder herunter zu seiner Vorhaut und benetzte sie mit warmem Speichel. Mit leichten Auf- und Abbewegungen saugte ich an seinem Penis und schmeckte die ersten Lusttropfen an seiner Eichel. Für kurze Zeit ließ ich seine Männlichkeit aus meinem Mund herausgleiten und liebkoste sanft seinen Hodensack. Die faltige Haut sog ich zwischen meine feuchten Lippen in meinen Mund und leckte seine Hoden ausgiebig, bevor ich wieder seinen Penis in mir aufnahm.

Mittlerweile konnte auch er ein Stöhnen nicht mehr unterdrücken. Die ganze Zeit fiel nicht ein Wort. Er schwieg immerzu. Zu gerne hätte ich seine Stimme gehört, doch dieser Wunsch blieb mir verwehrt.

Er zog seinen Penis aus meinem Mund und veränderte wieder seine Position. Jetzt hockte er zwischen meinen Schenkeln, nachdem er die Bettdecke in hohem Bogen fortgeworfen hatte. Unnachgiebig packte er meine Beine und zog sie auseinander, spreizte sie so weit es ging. Nun hatte er freie Sicht, so weit er halt in der Dunkelheit sehen konnte, auf meine feuchte Vagina. Ich fühlte seine Finger, wie sie sanft über meine Labien streichelten und an meiner Klitoris rieben. Die Erregung ließ mich erbeben und ich hob und senkte mein Becken, presste mich seinen Fingern entgegen und wollte mehr.

Plötzlich klatschte seine flache Hand auf meinen Oberschenkel und ein brennender Schmerz durchzuckte mich. Nachdem ich den ersten Schock überwunden hatte, traf der zweite Schlag meinen Schenkel und ich erlebte ein unsagbares Gefühl des Verlangens, der wilden Begierde. Während er mich weiterhin malträtierte, schob er zeitgleich zwei seiner Finger in meine Mitte und penetrierte mich rhythmisch. Ich fühlte einen nahenden Orgasmus und kurz bevor ich zum Höhepunkt kam, zog er seine Finger aus mir heraus, hörte auf mich zu züchtigen und änderte wieder seine Position. Die Matratze schwang unter seinem Gewicht und ich hörte, wie er sich entkleidete. Wieder rauschte ein Schauer durch meinen Körper, und ich fühlte die wahnsinnige Erregung bis in die kleinste Nervenzelle.

Nun beugte er sich über mich und ich fühlte seinen heißen Atem auf meinen Lippen, auf meinen Wangen, auf meinem Hals. Seine starke Hand fasste unter meinen Kopf, krallte sich in den Nacken und hielt sich an meinen Haaren fest. Ein männlich-herber Duft von After Shave und Deo kroch in meine Nase und ich drückte mein Haupt in seine Hand, wollte genauso von ihm gehalten werden. Mit dargebotener Kehle, einem Zeichen der Unterwerfung, lag ich da und wünschte mir, er würde endlich in mich eindringen. Ich war willig und aufnahmebereit, doch er zögerte noch, quälte mich mit seinem „Nichtstun". Mein Brustkorb hob und senkte sich hektisch.

Der Fremde lag über mir, schwitzte und ich fühlte seine schweißnasse Haut auf meinem Körper, roch ihn, spürte seinen hechelnden Atem, spürte sein Verlangen, doch er drang noch nicht in mich ein. Mit leichten Bewegungen rieb er sich an mir. Seine Männlichkeit, die nur allzu bereit war, rieb sich an meinen Schenkeln, sein Bauch rutschte über meinen Bauch, meinen Busen. Meine Nippel waren erigiert und unter seinen Bewegungen schmerzten sie lustvoll. Mit diesem Vorspiel steigerte der Einbrecher noch mein Verlangen nach ihm, meine Erregung wuchs mit jeder Berührung, bis ich dachte, ich hielte es nicht mehr aus. Lustwellen durchströmten meinen Unterleib und ich ahnte, dass ich bald kommen würde, auch ohne eingeführten Penis.

Vielleicht ahnte auch er etwas, denn dies war der Moment, in dem er in mich eindrang. Jetzt war er nicht mehr langsam, zärtlich und seicht, jetzt war er dominant und mit aller Schärfe und Härte nahm er mich in Besitz. Sein Glied drang tief in mich ein und berührte meine empfindlichsten Punkte. Mir wurde schwarz vor Augen und ich dachte, ich würde die Besinnung verlieren. Keuchend drang meine Atemluft durch den Knebel und ich hechelte, stöhnte und versuchte zu schreien. Dieser wilde Sex hatte etwas Animalisches und ich passte mich dem Takt des Dschungelführers perfekt an, in dem ich mich komplett dem Willen des Fremden unterwarf und mich in seinem Rhythmus bewegte und führen ließ.

Meinen Orgasmus wollte ich noch aufhalten, denn der Sex war viel zu schön, als dass er hier schon enden würde. Doch ich hatte Mühe, mich gegen die Hitzewellen zu wehren. Ein letztes Mal keuchte ich und dann ließ ich mich davontragen, wehrte mich nicht länger gegen die lang ersehnte Befriedigung. Ich bäumte mich auf, schrie gepresst durch den Knebel und warf den Kopf hin und her, als ich endlich meinen Höhepunkt fühlte. So intensiv und leidenschaftlich hatte ich ihn schon lange nicht mehr erlebt, und ich war dem Eindringling unendlich dankbar dafür. Er penetrierte mich noch immer und meine Kontraktionen hielten seinen Penis fest umschlungen. Doch schon nach einigen Stößen keuchte auch er und entlud sich in mir. Sein Ejakulat füllte mich aus und mit einer unendlichen Erleichterung hatte ich ihn wohl zufriedengestellt. Stöhnend und ächzend lag er nun schwer auf mir, und wir erholten uns nur langsam von unserer Erregung. Unsere schweißnassen Körper pressten sich aufeinander und atmeten im gleichen Takt. Noch immer sprach der Fremde kein einziges Wort. Nach einer Weile erhob er sich von meinem Körper, und ich hörte, wie er wieder in seine Lederklamotten schlüpfte und den Reißverschluss schloss.

Schweigend stand er neben meinem Bett, betrachtete mich nur und sagte keine Silbe. Mit einer Bewegung, die einstudiert wirkte, löste er den Knebel und ich atmete erleichtert auf. Dann schloss er die Handschellen auf, entfernte sie von meinen Handgelenken, steckte beides in seine Hosentaschen und verschwand in der Dunkelheit. Nachdem seine Schritte auf der Treppe verhallt waren, hörte ich die Wohnungstür ins Schloss fallen und eine lähmende Stille breitete sich erneut im ganzen Haus aus.

Wenn ich gewollt hätte, würde ich jetzt sofort die Polizei rufen können, um Hilfe schreien, Licht machen, aber all das erschien mir lächerlich und unnütz. Schließlich hatte der Einbrecher mir eine Ekstase geschenkt, wie ich sie schon lange nicht mehr erlebt hatte. Er hatte mir nichts genommen, nichts geraubt, er hatte mir etwas gegeben, mir etwas mitgebracht und insgeheim hoffte ich, dass er bald wiederkommen würde. Zukünftig würde ich die Wohnungstür nicht abschließen und jede Nacht auf ihn warten.

Am Ende der Woche kam George nach Hause und fragte mich gelangweilt: „Na, Schatz, wie war deine Woche?“

Süffisant lächelnd sah ich ihn an und erwiderte: „Wie immer, Schatz, wie immer.“

Es interessierte ihn nicht weiter, aber bei dem Gedanken an den Fremden kribbelte mein Unterleib bereits wieder, und ich presste meine Schenkel schamhaft aneinander.

Wochenlang wartete ich auf den Einbrecher, doch er ließ sich nie wieder bei mir blicken. Doch noch heute erlebe ich in meiner Phantasie die Ekstase, die er mir schenkte, wenn ich masturbiere, und ich werde den Sex mit ihm nie vergessen.

Die scharfe Studentin

Dave Vandenberg

Er schlug seinen Stundenplaner auf. In der nächsten Stunde hatte er eine neue Semestereinführung. Seufzend machte er sich einen Kaffee. Das waren die Stunden in seinem Job als Professor, zu denen er keine besondere Lust hatte. Es war immer irgendwie anstrengend, geradezu nervend, den vielen Neuankömmlingen eine Einführung zu präsentieren, die verständlich war und auch von allen angenommen wurde. Mittlerweile überschwemmten diese Erstsemestler die Uni, ließen es sich ein halbes oder ein Jahr lang gut gehen und verschwanden dann ebenso, wie sie gekommen waren. Natürlich nicht alle, aber er hatte das Gefühl, die Studenten, die wirklich ernsthaft was in ihrem Studium erlernen wollten, wurden immer seltener. Viele sahen die Unibänke nur als Zeitvertreib an.

Die Einführung war immer unglaublich chaotisch. Der Leersaal hoffnungslos überfüllt, viele unnütze Fragen und Infos und Ratschläge seinerseits, die doch meist nicht genutzt wurden.

Er sah auf die Uhr. Er würde sich noch etwas vorbereiten müssen …

Als er den großen Hörsaal betrat, atmete er erleichtert auf. Es schienen dieses Mal nicht ganz so viele Menschen darin zu sitzen, wie sonst an diesen Einführungstagen. Es lief gut. Die Erstsemestler schienen durchweg ganz vernünftig zu sein, stellten die richtigen Fragen, hörten mehr oder weniger aufmerksam zu und waren recht pflegeleicht. Wie zu erwarten umringte ihn nach der Einführung eine Traube von Studenten, die noch dies und jenes wissen wollten. Geduldig beantwortete er die vielen Fragen. Es hatte ihm endlich mal wieder Spaß gemacht. Er fing an, sich auf dieses Semester zu freuen.

Als sich der Hörsaal schon fast geleert hatte, stand noch eine Studentin vor ihm, deren Anblick ihn vom ersten Moment an fesselte. Sie war nicht schön im klassischen Sinn, aber auf den zweiten Blick unwahrscheinlich erotisch. Sie besaß eine ungeheure Ausstrahlung.

In all den Jahren als Professor für Architektur hatte er sich strikt abgeschottet gegen die Reize seiner weiblichen Studenten. Auch wenn es oft genug schwer gefallen war. Unzählige hübsche Studentinnen saßen Tag für Tag vor ihm und es gab einige, die ihm unverhohlenes Interesse entgegenbrachten, ihn versuchten zu locken, mit ihm zu flirten, sogar manchmal zu provozieren. Sie saßen in den vorderen Bänken, oft so aufreizend gekleidet, dass es einem Mann schwer fallen musste, immun zu sein gegen die weiblichen Reize. Aber er war bis jetzt erfolgreich standhaft geblieben. Konnte

Job und Freizeit gut trennen und das schien sich zumindest bei den schon länger Studierenden herumgesprochen zu haben. Außerdem hatte er jahrelang eine Freundin gehabt und war im Grunde ein treuer Vertreter seines Geschlechts.

Beim ersten Blick in diese schräggeschnittenen Augen spürte er eine Gefahr heraufziehen, die in ihm Unbehagen und gleichzeitig eine gewisse angenehme Anspannung verursachte. Ihre Frage verriet Intelligenz und ausschweifend antwortete er. Je länger sie ihn ansah, umso nervöser wurde er und konnte sich trotzdem nicht losreißen. Was ihn am meisten ansprach an ihrem Äußeren, waren die wohl proportionierten Brüste, die unter einem verdammt eingen Pullover perfekt zur Geltung kamen. Er fing an zu schwitzen, sah gespielt auf die Uhr und räusperte sich: „Ich muss los, eine Vorlesung“, fügte er entschuldigend hinzu. „Wir sehen uns ja ab Montag …“, und stürzte etwas überhastet aus dem Hörsaal.

Er ging auf die Herrentoilette und kühlte sich die Stirn mit kaltem Wasser. Er würde aufpassen müssen, dass sie ihm nicht den Kopf verdrehen würde, aber konnte er das überhaupt steuern? Um sich abzulenken, unternahm er am Wochenende viel, um nicht an sie denken zu müssen. Doch der Montagmorgen rückte näher und er wurde zunehmend unruhig. Gerade eine solche Situation hatte er immer zu vermeiden versucht und es auch geschafft. Er hatte das ungute Gefühl, dieses Mal würde es anders sein.

Er sah Tatjana sofort, als er den Hörsaal betrat. Sie saß in der ersten Reihe und trug einen kurzen Rock, hohe Stiefel und eine enge Bluse. Er registrierte im Laufe der Vorlesung, dass er nicht der einzige Mann im Raum war, der von ihren Reizen eingenommen war. Er würde höllisch aufpassen müssen, sich nichts anmerken zu lassen, sie nicht anders zu behandeln, sie nicht öfters anzuschauen als die anderen Studenten. Aber es fiel ihm schwer, sich zu konzentrieren. Als sie eine Frage stellte, geriet er kurz aus dem Takt, bemühte sich nicht länger als nötig zu antworten und war froh, als die Stunde vorüber war.

Die Wochen zogen sich dahin. Den Vorlesungen fieberte er auf der einen Weise entgegen, auf der anderen Weise fürchtete er sie. Er war sich mittlerweile ziemlich sicher, dass sie ihn anmachen wollte. Ihre Blicke gingen ihm tief unter die Haut, wenn sie nach der Vorlesung zu ihm nach vorne kam, berührte ihre Hand wie zufällig seine. Nachts träumte er von ihr mit geschlossenen, tagsüber mit offenen Augen. In Gedanken hatte sein Körper ihren schon oft berührt, seine Lippen ihre geküsst und seine Schenkel ihre geöffnet. Und dann, als er meinte, er würde es nicht mehr länger aushalten, sie so nah und doch unerreichbar jeden Tag vor sich sitzen zu sehen, passierte es.

Gegen Ende des ersten Semesters, es war an einem Freitagnachmittag, fast alle Studenten waren schon längst weg und die Uni wirkte wie ausgestorben. Er war nach der letzten Vorlesung noch kurz in sein Lehrzimmer gegangen und hatte bemerkt, dass ihm ein Bauphysikbuch fehlte. Er musste es im Hörsaal liegengelassen haben. Unwirsch ging er nochmal zurück. Er griff nach dem Buch auf dem Pult und wollte gerade wieder zur Tür hinaus, als er ein Stöhnen bemerkte. Erst dachte er, er hätte sich verhört, aber während er die Türklinke runterdrückte, verstärkte sich das Geräusch und er sah sich um. Ganz oben auf dem letzten Tisch saß Tatjana mit weit gespreizten Beinen. Wie hypnotisiert starrte er sie an. Das konnte doch nicht wahr sein … Erregt stellte er fest, dass sie unter ihrem kurzen Rock keinen Slip trug. Er konnte den dunklen Flaum ihres Schamhaares ausmachen. Sie hatte den Oberkörper zurückgelehnt und war gerade dabei, sich die Bluse aufzuknöpfen.

Wie gebannt beobachtete er sie. Was tat sie da? War sie völlig verrückt geworden?

Wenn jemand hereinkommen würde? Auch wenn es unwahrscheinlich war, die Möglichkeit bestand immerhin. Wollte sie ihn wahnsinnig machen? Er drückte die Tür heftig ins Schloss und stand einfach da, mit offenem Mund und mittlerweile erigiertem Glied.

„Fass mich an, bitte!“

Er traute seinen Ohren nicht und horchte angestrengt.

„Komm her, fass mich an, bitte!“

Er hatte sich nicht verhört. Dem verführerischen Locken ihrer flüsternden Stimme folgend ging er langsam die Stufen zu der obersten Hörsaalreihe hoch. Je näher er kam, umso heftiger lockte sie ihn. Als er endlich vor ihr stand, öffnete sie ihre Bluse mit einem Ruck. Darunter war sie nackt.

Zwei herrliche Brüste benebelten seinen Verstand. Er schob ihren Rock etwas höher, so dass ihre einladende Weiblichkeit bloß und ungeschützt vor ihm lag. Er brauchte nur noch zuzugreifen. Kurz drehte er sich nochmal zur Tür um, bevor ihm egal wurde, was passieren konnte. So lange hatte er von diesem Körper geträumt, sich ihre üppigen Brüste in seinen Händen vorgestellt, sogar den Geschmack ihres Geschlechts glaubte er schon auf den Lippen zu spüren. Seine Finger wühlten gierig in dem zarten Haarflaum, der ihre Intimität kaum bedeckte, suchten die zarte Knospe, die in kürzester Zeit unter seinen Liebkosungen groß und hart wurde und beugte sich über sie, um an ihren so festen Nippeln zu lecken. Tatjanas leises, aber äußerst erregtes Stöhnen, gemischt mit tiefen, lüsternen Seufzern, spornte seine Zärtlichkeiten an. Alles um ihn herum war nicht mehr wichtig. Er wollte diesen Körper erobern. Jetzt und hier. Sofort. Ihr Unterleib wand sich mit lasziven Bewegungen vor ihm. Tatjana wusste genau, wie man einen Mann verführte, um den Verstand brachte.

„Nimm mich, bitte!“

Irgendwie riss er sich die Hose herunter und stand nun mit steil aufragendem Glied vor ihr. Sie gönnte seiner Männlichkeit einen kurzen Blick und seufzte laut:

„Oh, dein Penis sieht so gut aus. Ich will ihn endlich ganz tief in mir spüren …“

Als er in sie eindrang, schrie sie leise, bäumte sich auf und umklammerte ihn heftig. Seine Stöße waren erst vorsichtig abschätzend und wurden dann stärker, als er merkte, wie gut er ihr mit jeder Bewegung tat. Sie schlang ihre Schenkel um seinen Hals und bot sich ihm so besonders verlockend an … Tatjana biss ihm in die Schulter, um nicht laut aufzuschreien, als er besonders tief eindrang. Er spürte keinen Schmerz. Im Gegenteil, es turnte ihn eher an, zu sehen, wie er sie in Ekstase versetzen konnte. Groß und schwer drückten ihre Brüste gegen seinen Oberkörper. Ihr süßlicher Duft machte ihn fast wahnsinnig vor Lust. Er spielte an diesen so unglaublich steifen Nippeln und versuchte sich immer tiefer in ihren feuchten Schoß zu schieben. Als er das Gefühl hatte, es ginge nicht mehr weiter, sein Glied sei irgendwo angekommen, holte er kurz neuen Atem. Das war der Augenblick, in dem er zum Höhepunkt kam. Sie spürte es und spornte ihn an: „Nicht aufhören, weiter, weiter …“

Er schaffte es, sein Glied so lange steif und prall in ihr hin- und herzubewegen, bis Tatjana mit einem leisen Aufschrei nach hinten sank und ihren Orgasmus genoss. Ihr Gesicht sah wunderschön aus in ihrer Ekstase. Sie lächelte triumphierend.

Als sei sein Verstand mit einem Male wiedergekehrt, glitt er aus ihr heraus, riss sich die Hose hoch und knöpfte sie hastig zu. Er schob ihren Rock herunter und versuchte ihre Bluse zuzuknöpfen. Schlagartig wurde ihm bewusst, was sie gerade getrieben hatten. Tatjana richtete sich auf und sah ihn liebevoll, ja fast verliebt an.

„Hej, bleib locker. Das hier war gerade meine Art 'Tschüss' zu sagen …"

Er starrte sie an, ohne zu begreifen, was sie meinte. Sie sprang mit einem Satz von dem Tisch und küsste ihn leicht auf den Mund. „Das Studium ist nichts für mich. Heute war mein letzter Tag an der Uni! Ich hau ab …"

Sie sprang leichtfüßig die Treppen herunter, drehte sich an der Tür nochmal zu ihm um und rief: „Aber ich werde dich in guter Erinnerung behalten …"

Ehe er begriffen hatte, war sie verschwunden. Langsam setzte er sich auf die oberste Stufe der Treppe. Es dämmerte bereits, bevor er sich wieder erhob. Wäre das Pochen in seiner Hose nicht gewesen und der süßliche Geruch in seiner Nase, er würde denken, er hätte mal wieder geträumt.

Als er zu Hause war, sich duschte und dann in den Badezimmerspiegel starrte, sah er die feinen Bissspuren von ihr auf seiner Schulter. Ein erregender Schauer lief ihm über den Rücken. Auch er würde sie in guter Erinnerung behalten – in sehr guter …

Blind Date

Carsten Wohlmuth

Ich legte die gelbe Rose auf den Tisch und setzte mich. Schon ein komisches Gefühl, in einem unbekannten Lokal auf eine fast fremde Frau zu warten.

Viel war es nicht, was ich von ihr wusste, nur so viel, dass sie eine angenehm sanfte, weibliche Stimme hatte. Und am Telefon hatten wir einander gegenseitig versichert, wie wichtig es wäre, ehrlich miteinander umzugehen. Und ihren Namen wusste ich auch: Julia.

Meine letzte Beziehung war schon eine Zeit lang her gewesen und ich hatte das Alleinsein satt. Für eine ernsthafte Beziehung war diese Art der Kontaktaufnahme einfach ideal. Zumindest dachte ich das bis zu jenem Tag. Die Idee, eine gelbe Rose als Erkennungszeichen zu verwenden, stammte übrigens aus einem Film, den ich vor langer Zeit gesehen hatte.

Von meinem Fensterplatz aus konnte ich das Treiben auf der Straße beobachten. Obwohl es noch immer zwanzig Minuten vor der Zeit war, musterte ich jede Frau, die auf dem Gehsteig entlangspazierte, um herauszufinden, ob sie zur Telefonstimme passen könnte. Ich kam zu keinem Ergebnis und führte das darauf zurück, dass es einfach noch viel zu früh war. Doch ich konnte sie aus einem anderen Grund nicht *vor* dem Lokal sehen: Sie war bereits *im* Lokal und stand neben mir.

Ich erhob mich und spürte meine Nerven flattern, als wir einander begrüßten. Ich hatte aufgrund der angenehmen Stimme zwar auf ein ebensolches Äußeres geschlossen, aber dass mir eine derart attraktive Frau begegnen würde, überraschte mich. Ihre Figur, ihre vollen Lippen und schließlich ihre verführerischen, etwas frechen Augen hatten mein Blut in Wallung gebracht. Jedenfalls hoffte ich, dass sie meine zittrigen Knie nicht bemerken würde.

Als ich ihr aus dem Mantel half, fiel mir ihr knackiger, kleiner Po auf. Dieser war durch einen knappen, elastischen Rock zusätzlich hervorgehoben. Oben trug sie ein Shirt, das eng am Körper anlag und dessen Muster an ein Leopardenfell erinnerte.

Als wir einander endlich gegenübersaßen, griff sie über den Tisch und nahm meine Hand, als ob sie mich beruhigen wollte. Das Gegenteil war jedoch der Fall; die Berührung ihrer zarten Haut spürte ich bis in die Zehenspitzen. Hätte ich in diesem Moment aufstehen müssen, so wäre ich vermutlich eingeknickt.

„Ist alles etwas aufregend, nicht wahr?“, sagte sie sanft.

„Ja, es geht so“, lächelte ich zurück und versuchte, die Hitze in meinem Kopf etwas zu vertreiben, in dem ich auf ein anderes Thema umschwenkte. „Ich werde einmal Ausschau nach dem Ober halten, dann wollen wir uns etwas Feines bestellen“, nickte ich ihr zu, während ich noch immer ihre Hand auf meiner spürte. Ich will damit nicht sagen, dass sich ihre Hand unangenehm anfühlte, ganz im Gegenteil, aber immerhin waren wir einander erst vor wenigen Minuten begegnet, und ihr entwaffnender Blick drang tief in mich ein, während sie meine Hand streichelte. Ich spürte bereits eine deutliche Reaktion in meinem Unterleib, doch ich konnte meine Lust unmöglich zeigen, hier mitten im Lokal. Andererseits brachte ich es auch nicht fertig, einfach meine Hand wegzuziehen.

„Eine schöne Tasse Kaffee wird uns gut tun“, versuchte ich abzulenken.

„Gute Idee“, lächelte sie mich an und zog endlich die Hand wieder auf ihre Tischhälfte zurück.

Danach nahm ich die Karte aus dem Ständer, um einen Kaffee auszusuchen. Immerhin gab es hier etwa ein Dutzend Sorten. Da es an unserem Tisch nur diese eine Karte gab, mussten wir gemeinsam wählen. Wir streckten unsere Köpfe zur Tischmitte hin. Ich konnte ihre Wärme spüren, ihre Haare berührten die meinen, ein schwerer, sinnlicher Duft durchströmte mich, eine Konzentration auf die Karte war so gut wie unmöglich.

„Gar nicht so leicht, hier eine Auswahl zu treffen, nicht wahr?“, bebte meine Stimme.

„Ich weiß ganz genau, was ich will“, gab sie zurück. Das sagte sie mit einer eigenartigen Betonung und dennoch völlig beiläufig, so dass ich nicht genau wusste, wie es gemeint war.

„Ich meine die Kaffeesorten, immerhin sind es, so schätzungsweise …“ versuchte ich, meine Unsicherheit zu verbergen.

„Also, was mich betrifft, möchte ich einen mit Sahnehäubchen“, entschied sie.

„Gut, dann warten wir einfach, bis der Ober vorbeikommt.“

Ich würde also zwei Mal Cappuccino bestellen und danach könnten wir ein persönliches Gespräch führen, das ich folgendermaßen einleitete: „Was machst du eigentlich beruflich?“

„Du hast schöne Hände“, war ihre Antwort.

Ich nahm an, dass ich zu leise gesprochen und sie meine Frage dadurch überhört hatte. Trotzdem fühlte ich mich geschmeichelt.

„Oh, danke. Ich kann das Kompliment nur zurückgeben, besser gesagt, an dir ist alles schön“.

„Alles? Aber du hast doch noch gar nicht … alles … gesehen?“

„Ich meine natürlich nicht alles, ich meine eben …“

„Strecke deine Hand einmal unter den Tisch“, forderte sie mich auf.

„Oh, ich glaube, das ist keine so gute Idee“, wehrte ich ab.

„Na komm schon, oder willst du damit warten, bis der Ober kommt? Also, los.“

Natürlich konnte ich mir schon vorstellen, was mich unter dem Tisch erwarten würde. Immerhin hatte ich ihre wohlgeformten Beine ja bei der Begrüßung schon gesehen. Zögernd schob ich meine rechte Hand unter das Kaffeehaustischchen, das durch seine geringen Abmessungen einen baldigen Körperkontakt unausweichlich machte.

„Na, wo bleibt denn deine schöne Hand, ich spüre noch gar nichts."

Ich spürte mein Herz pochen, während ich mich zentimeterweise weiter vortastete. Die Berührung elektrisierte mich. Ich spürte eines ihrer weichen, rundlichen Knie unter meinen Fingern.

„Na bravo, jetzt streichle sie ein wenig, immerhin habe ich vorhin ja auch deine Hand verwöhnt."

Es fühlte sich gut an. Ich spürte ihr warmes Knie unter meinem Handteller, ich begann sie langsam zu streicheln, das zarte Nylon in meiner Hand erregte mich; ich spürte wieder das pralle Gefühl in meiner Hose.

„Ist ja gar nicht so schlimm, oder? Und jetzt bewege bitte deine Hand ein Stück aufwärts, an meinem Schenkel, du weißt schon. Ja, das machst du sehr gut. Deine Hand fühlt sich … wunderbar …"

Auch ihr Schenkel fühlte sich wunderbar an: weich, warm, prickelnd. Das an meiner Hand entlanggleitende Nylon elektrisierte mich geradezu. Plötzlich spürte ich nackte Haut. Halterlose Strümpfe. Der Übergang zwischen Nylon und ihrer zarten Haut ließ mich innerlich erschauern. Dieser erregende Reiz, mit dem Wissen, dass ich mich mit meiner Hand schon nahe an ihrem Schoß bewegte, war für mich der Inbegriff der fleischlichen Versuchung. Erst jetzt bemerkte ich ihre halb geschlossenen Augen, ihren leicht geöffneten Mund. Ich bewegte meine Hand nun wieder in Richtung Knie und streichelte die Innenseite ihrer Schenkel. Mein vis-á-vis hatte die Augen geschlossen und ein Lächeln auf den Lippen.

Als ich an ihr vorbeisah, kam gerade der Ober auf unseren Tisch zu. Nun hieß es, wieder Haltung anzunehmen, daher zog ich meine Hand zügig zurück. Sie öffnete plötzlich ihre Augen und ich spürte einen festen Druck auf meiner Hand.

„Was ist los?“, fragte sie erstaunt.

Ich antwortete, dass der Ober käme und versuchte, meinen Arm wieder auf den Tisch zu bringen; ich musste jedoch feststellen, dass sich der Druck auf meine Hand verstärkte, je mehr ich daran zog. Als der Ober an unserem Tisch angelangt war, blickte sie mich mit unschuldiger Miene an, meine rechte Hand jedoch war unverrückbar zwischen ihren Knien eingeklemmt. Ich fühlte mich in einer süßen Falle. Jede Gegenwehr hätte das Ganze nur noch auffälliger und peinlicher werden lassen. Nein, diese Blöße wollte ich mir nicht geben. Ich stützte mich mit dem linken Ellenbogen so auf dem Tisch ab, dass damit die pikante Position meiner rechten Hand verdeckt wurde. Ich dachte jedenfalls, dass nun kein Einblick in meine Zwangslage möglich war. So gab ich also unsere Bestellungen auf.

Währenddessen sah mich der Ober mit hochgezogenen Augenbrauen an, den Kopf leicht gesenkt, mit einem Blick, als ob er über den Rand seiner Brille blicken würde. Auch war mir nicht entgangen, dass sie mich dabei die ganze Zeit genau beobachtete. Der Ober wiederholte die Bestellung, fügte ein „Bitte sehr" hinzu und machte kehrt.

Im selben Augenblick öffnete sie ihre Schenkel. In mir stieg Ärger auf. Während ich die mit einem roten Abdruck versehene Hand wieder auf den Tisch legte, versuchte ich sie zur Rede zu stellen.

„Hör mal, wir hatten doch ausgemacht, zueinander absolut ehrlich zu sein, nicht wahr?"

Sie blickte amüsiert lächelnd auf meine glühende Hand. „Ja, so kann man das natürlich auch nennen."

War es denn ganz und gar unmöglich, dieser Frau zumindest einen vernünftigen Satz zu entlocken? Vielleicht hätte sich das Ganze ja vermeiden lassen, wenn wir uns am Telefon länger unterhalten hätten. Aus dieser Frau wurde ich einfach nicht schlau. Ich merkte nicht, dass ich bereits in meinen Gedanken versunken war. Ich wandte mich ihr zu und räusperte mich. Als ich gerade eine Frage stellen wollte, unterbrach sie mich …

„Du bist ein witziger Typ", sagte sie.

„Wie meinst du das?"

„Naja, ein bisschen schüchtern vielleicht, aber du gefällst mir."

Was heißt schüchtern, dachte ich. Was war das hier eigentlich? Schließlich wollten wir uns hier ja in Ruhe kennenlernen. Ich nahm daher einen neuen Anlauf für ein sinnvolles Gespräch.

„Was machst du beruflich?“

„Oh“, machte sie, mit einem Erstaunen im Gesicht, dann blickte sie sich um, als ob sie mir jetzt gleich ein Geheimnis verraten würde. Sie blickte mir einige Sekunden in die Augen und sagte dann bedeutungsvoll: „Büro.“ Mit hochgezogenen Augenbrauen und halb geöffnetem Mund hob ich den Kopf, um mir diese Darbietung auf der Zunge zergehen zu lassen, und bevor ich weiter nachfragen konnte, hatte sie das Frage-Antwort-Spiel bereits umgedreht.

„Und? Was machst du beruflich?“

In diesem Moment richtete ich mich mit einem Ruck auf und drehte meinen Kopf, um zu sehen, ob uns jemand beobachtet. Der Grund dafür war nicht ihre Frage, sondern die Tatsache, dass ich ihren Fuß in meinem Schritt spürte und im selben Moment war mir auch das Gesprächsthema entfallen. Ich unterdrückte ein Stöhnen und atmete stattdessen tief durch.

Nun war sie es, die das Gespräch fortführte. „Ich finde, Frühling ist die schönste Jahreszeit.“

„Wie bitte?“, fragte ich abwesend.

„Der Frühling, die Natur erwacht zu neuem Leben, die Menschen kommen wieder aus ihren Höhlen.“

Ich spürte die sanften Bewegungen ihrer Zehen.

„Welche Höhlen?“

„Ich meine das im übertragenen Sinn, denn im Winter bleiben die Leute ja meist zu Hause.“

„Ja, das … das stimmt“, rang ich um Konzentration. Doch nein, eine Blöße würde ich mir jetzt bestimmt nicht geben, und so riss ich die Initiative wieder an mich. Schließlich war ich der Mann und ich wollte auf keinen Fall, dass sie dachte, sie könne mich dominieren.

„In meiner Wohngegend gibt es … Wildenten."

„Tatsächlich", rief sie aus. Während sie mich mit erstaunten Augen ansah, spürte ich, wie sie ihre Zehen an der Delle in meinem Schritt rieb. Ich stöhnte auf. Um ehrlich zu sein, war es schon immer eine Lieblingsphantasie von mir, von einer wildfremden Frau auf genau diese Weise verwöhnt zu werden, aber es musste doch nicht unbedingt in aller Öffentlichkeit passieren.

„Ist etwas nicht in Ordnung?", fragte sie, als wäre sie ernsthaft besorgt gewesen. „Greif ruhig mit der Hand nach dem, was dich unruhig macht", forderte sie mich auf.

Ich sah an mir hinunter und sah ihre wohlgeformten, von zartem schwarzem Nylon bedeckten Zehen. Von diesem traumhaften Anblick berührt, sah ich wieder auf und griff mit der Hand an den Ort des Geschehens. Ich streichelte ihren Fußrücken, während sie mich anlächelte und als ich ihre Zehen umfasste, bemerkte ich, dass der Ober mit unserer Bestellung bereits an unserem Tisch angekommen war.

Blitzschnell stützte ich meinen linken Unterarm wieder so auf dem Tisch ab, dass meine rechte Hand verdeckt war. Ich spürte beinahe schon so etwas wie Routine darin. Nun konnte ich meine rechte Hand wieder unauffällig auf den Tisch hinaufbringen. Immerhin war sie diesmal nicht eingeklemmt. Und wie schon beim letzten Mal war ich davon überzeugt, dass der Ober nichts bemerkt hätte.

„Bitte sehr“, sagte der Ober und stellte auf beiden Seiten des Tisches jeweils ein Mini-Tablett ab, auf dem sich neben einer Tasse Kaffee auch ein kleines Päckchen Zucker und ein Löffelchen befanden. Nach einer angedeuteten Verbeugung verließ er uns wieder. Erst jetzt merkte ich, dass der Fuß verschwunden war.

„Wie viel Zucker?“

Sie nahm das Päckchen von meinem Tablett und machte sich daran, es zu öffnen.

„Nein, lass nur, ich mach das schon.“

„Wie viel Zucker?“

„Also, gut. Zwei Stück, bitte.“

Dieser Mann ging nun schon zum zweiten Mal an unserem Tisch vorbei, blickte zuerst kurz auf unser Tischchen und dann im Saal umher. Ich sah ihm nach, als er das Lokal verließ. Ich überlegte, welchen Eindruck wir wohl auf einen außenstehenden Beobachter machen würden, versuchte mir vorzustellen, was ich mir denken würde, könnte ich derartige Spielchen beobachten.

Vermutlich hatte sie mich schon wieder eine ganze Weile angesehen, denn als ich aus meinen Gedanken erwacht war, sah sie mich aus unschuldigen Augen an, ihr Blick pendelte zwischen meinen Augen und meinem Mund. Zwischen Daumen und Zeigefinger hielt sie ein Zuckerstück aus meinem Päckchen und rieb es an ihrer Unterlippe. Dann umschloss sie das Stückchen mit beiden Lippen. Fasziniert beobachtete ich das Schauspiel, als sie mein Würfelchen an ihrer sichtlich feuchten Mundöffnung entlangbewegte und hineinschob. Das feste Gefühl in meiner Hose wurde wieder stärker. Durch kurze Blicke versuchte ich unauffällig, etwaige Reaktionen der übrigen Gäste zu erkennen. Die wenigen Gäste, die an diesem Nachmittag anwesend waren, waren jedoch entweder in ein Gespräch oder aber in ihre Zeitung vertieft; wenigstens hatte es diesen Anschein.

Sie zog das Würfelchen langsam wieder heraus und staunend beobachtete ich, wie sie es aus geringer Höhe in meine Tasse plumpsen ließ. Danach entfernte sie auch das zweite Stück aus der Papierhülle.

Auch dieses Exemplar nahm sie zwischen Daumen und Zeigefinger und bewegte es langsam über die Zunge, die sie zwischen dem schmalen Spalt ihrer Lippen hervorlugen ließ. Dann umfasste sie, wie auch schon vorhin, den weißen Würfel mit ihren Lippen, entfernte ihre Hand theatralisch, wie bei einem Zauberkunststück, von ihrem Mund, so dass es nur durch ihre Lippen gehalten wurde. Während ich mit steigender Erregung beobachtete, wie mein Zuckerstückchen von ihren vollen, sinnlichen Lippen umschlossen wurde, tastete ihr Blick mein Gesicht ab und ihre Augen fragten „na, wie findest du das?“

Ich fand das alles jedenfalls sehr erregend, auch als sie ihren Zeigefinger langsam auf ihren Mund zubewegte und das Zuckerstück so in ihren Mund drückte, dass ihr Zeigefinger bis zur Hälfte in ihm verschwand. Aufreizend langsam zog sie den Finger wieder hervor. Dann nahm sie es aus dem Mund und versenkte es wiederum in meiner Tasse. Die Szene hatte mich so verwirrt, dass ich zu keinem klaren Gedanken mehr fähig war. Wie in Trance beobachtete ich, wie sie meinen Kaffee umrührte und dann das Löffelchen zärtlich und im Zeitlupentempo ableckte.

Danach legte sie beide Hände auf den Tisch, saß einfach nur da und lächelte mich an. Offenbar war die Vorstellung zu Ende.

„Puuh, das war eben sehr …", nickte ich anerkennend.

„Und du? Nimmst du keinen Zucker?", sagte ich, als ich die Sprache wiedergefunden hatte.

Ihr Lächeln wurde noch ein wenig breiter.

„Ich hatte doch schon. Dein Zucker hat übrigens köstlich geschmeckt. Als kleines Dankeschön darfst du nun ein wenig von meiner Sahne kosten."

Es waren wunderschöne, verlockende Augen, die mich da ansahen. Und ich konnte mir denken, was jetzt kommen würde.

Erwartungsvoll blickte ich auf ihre Kaffeetasse. Ihr Sahnehäubchen war noch fast unverändert groß, denn im Gegensatz zu meiner war ihre Tasse noch gänzlich unberührt geblieben.

Als ich aufsah, war ihr Lächeln verschwunden. Sie blickte an mir vorbei, zum Ausgang hin. Ich wandte mich um und sah, wie die Eingangstür ins Schloss fiel. Als ich mich wieder zurückdrehte, war sie bereits aufgestanden und murmelte: „Entschuldigung, ich muss dringend weg."

Irgendetwas war hier im Gange, und ich hatte das Gefühl, dass es nichts mit mir zu tun hatte. Mit ihrer Rose in der Hand strebte sie mit raschen Schritten dem Ausgang zu. Ich war ebenfalls aufgestanden und versuchte ihr zu folgen. Als sie, ohne sich ein einziges Mal umzudrehen, das Lokal verlassen hatte, ließ ich es sein und verharrte einige Sekunden lang bewegungslos. Als der Ober kam und mich mit den schon vertrauten hochgezogenen Augenbrauen ansah, ging ich langsam an meinen Platz zurück und setzte mich wieder.

Ich blickte aus dem Fenster, auf den Platz vor dem Lokal. Dort sah ich sie langsam davongehen. Mit ihr ging ein Mann. Es war jener Mann, der im Lokal schon einige Male auf- und abgegangen war. Er trug ebenfalls eine gelbe Rose. Nun schien mir alles klar.

Ich fühlte mich hereingelegt. Mein Blick verfolgte die beiden, bis sie um eine Ecke bogen.

Dann winkte ich dem Ober.

„Nehmen sie das mit", deutete ich auf den Tisch. „Alles! Und dann bringen sie mir bitte ein Tonic."

Nun saß ich wieder so hier, wie ich vorhin gekommen war. Nur die gelbe Rose lag noch am Tisch. Hunderte Gedanken gingen gleichzeitig durch meinen Kopf. Was war passiert? Hatte ich mich lächerlich gemacht?

Plötzlich stand eine zierliche Frau neben meinem Platz. Sie sah mich fragend an. Ich stand auf. In der linken Hand hielt sie eine gelbe Rose. Sie streckte mir die Hand entgegen und mit einem sympathischen Lächeln sagte sie: „Hallo, ich bin Julia.“

Winterlust

Lisa Cohen

„Hals- und Beinbruch!“ – Das wünschten mir wohl fast alle Kollegen an meinem letzten Arbeitstag, bevor ich für eine Woche Snowboard fahren würde. Ich fand die Wünsche etwas übertrieben. Ich war zwar noch nie zum Wintersport gewesen, aber im Grunde ein sportlicher Typ, der bis jetzt noch in allen Sportarten eine ganz gute Figur gemacht hatte. Aber ich war auch skeptisch. Vor Jahren hatte ich es mal mit dem traditionellen Skifahren versucht und es war mir in nicht allzu erfolgreicher Erinnerung geblieben. Vielleicht lag mir ein Brett auf dem weißen Pulver mehr als zwei.

Trotzdem freute ich mich sehr auf sieben Tage Ferien in frischer Luft und weißer Pracht. Die Einladung hatte ich erst vor ein paar Tagen bekommen und ich durfte es meinem loyalen Chef verdanken, dass ich so kurzfristig Urlaub nehmen konnte. Eine Freundin von mir, seit Jahren begeisterte Snowboard-Fahrerin, hatte schon ewig einen Gruppenurlaub in die Berge geplant. Es würden ungefähr zwanzig Leute dabei sein. Birte kannte die meisten und versicherte mir, dass sie allesamt witzig und locker drauf wären. „Es sind auch ein paar Anfänger mit …“, hatte sie mich überzeugt.

Das glaubte ich zwar nicht, aber ich freute mich über die interessante Mischung der Mitfahrenden, nachdem mir meine Freundin das erzählte, was sie von einigen so wusste. Und ich freute mich darauf, mal wieder ein paar neue Leute kennenzulernen. Ich hatte in den letzten Jahren immer nur mit einer alten Clique was unternommen und da war irgendwie nichts Aufregendes mehr passiert …

Wir trafen uns alle am Busbahnhof und nachdem ich ein paar Hände geschüttelt hatte und ich mit ein paar Leuten schon mal etwas gequatscht hatte, war ich entspannter. Sie schienen alle nett zu sein.

„Und das hier ist Pia. Sie ist blutige Anfängerin auf dem Brett, aber unerschrocken und mit den besten Vorsätzen wird sie sich auf den Schnee stürzen. Und ich hoffe sehr, dass ihr sie alle darin unterstützt."

Birte drohte spielerisch mit der Faust. Wohlwollendes Lächeln von allen Seiten und ich musste lächeln.

Der Ort, in den wir fuhren, war einer dieser typischen Wintersportorte. Etwas voll, etwas hektisch, aber wunderschön gelegen und das Wetter und die Skibedingungen waren vom ersten Tag an ein Traum. Unsere Gruppe hatte eine große Skihütte gemietet, in der wir uns selbst verpflegen würden. Ich teilte mir mit Birte und drei anderen Frauen das Zimmer.

Am nächsten Morgen stand ich zum ersten Mal auf diesem Brett. Und es war die Hölle. Ich geriet bis mittags ins Schwitzen und bis nachmittags in fast hysterische Verzweiflung. Auch wenn es mein erster Tag auf dem Snowboard war, so hatte ich nicht das Gefühl, dass es an den nächsten Tagen besser werden würde. Ich hatte es mir definitiv nicht so schwierig vorgestellt. Abends fiel ich todmüde ins Bett, um mich am nächsten Tag aufs Neue auf das Teil zu wagen.

Natürlich hatte ich gehofft, in diesem Urlaub einen attraktiven Mann kennenzulernen. Und es waren auch ein paar nette Typen dabei. Sowohl auf der Piste, als auch in unserer Gruppe. Aber ausgerechnet der, der mich am meisten interessierte, schien nicht sonderlich von mir überzeugt zu sein. Oder er war hoffnungslos schüchtern. Ich beschloss, dass es Letzteres wäre und fing an, vorsichtig, aber konstant mit ihm zu flirten. Erst sah ich nur zufällig in seine Richtung, dann stellte oder setzte ich mich neben ihn, sprach ihn an und lächelte ein wenig verführerisch, nicht zu viel. Aber er ignorierte es weitgehend. Nickte freundlich, aber unverbindlich zurück und antwortete ebenso auf meine Fragen. Doch so leicht wollte ich nicht aufgeben.

Am vierten Tag wurde ich deutlicher in meiner Flirtsprache. Schließlich blieben mir nur noch zwei Tage, um ihn von mir zu überzeugen. Karsten war mittelgroß, blond, hatte fröhliche blaue Augen und fuhr nach meinem Ermessen einfach genial Snowboard. Mein andauerndes Unvermögen auf diesem neuen Gebiet ließ meine Bewunderung diesbezüglich für ihn nur noch ansteigen. Denn ich würde es wohl tatsächlich nicht mehr lernen.

Obwohl ich mich mehr schlecht als recht auf dem Brett halten konnte und mehr zufällig als berechnend fuhr, schaffte ich es irgendwie, ihm direkt vor die Füße zu fahren. Fast wäre er gestürzt, aber natürlich schaffte er es doch, irgendwie auf den Beinen zu bleiben. Und außerdem auch noch cool auszusehen bei der Aktion, während ich wie ein Häufchen Elend vor ihm im Schnee lag und darauf wartete, dass er mich heldenhaft retten würde.

Das tat er dann auch. Erst noch ein wenig fluchend, dann aber lächelnd, als er mein zerknirschtes Gesicht sah. Ich war schon immer eine hervorragende Schauspielerin gewesen …

„Also Mädel. So geht das mit dir aber nicht weiter. In zwei Tagen ist der Skiurlaub zu Ende. Bis dahin musst du mit dem Ding umgehen können."

Sein Lächeln hätte mich leicht wieder von den Beinen hauen können. Aber er hielt mich fest und länger als nötig im Arm. Dann sah er mich an, als sähe er mich zum ersten Mal. Ich hätte in diesen Augen ertrinken können.

„Ich mache dir einen Vorschlag. Zu deiner und unserer aller Sicherheit stehst du von nun an unter meinem persönlichen Schutz und unter meiner Führung. Wäre doch gelacht, wenn du das nicht auch lernen könntest. Hat doch bis jetzt noch jeder geschafft!"

Obwohl das nicht sehr ehrenhaft für mich klang, freute ich mich natürlich riesig. Er hatte angebissen … Und er hielt Wort. Von dem Moment an, als ich ihm vor den Füßen lag, ließ er mich nicht mehr aus den Augen. Zeigte mir fachmännisch, was ich auf dem Brett zu tun hatte, führte meinen Körper, um mir die Bewegungen zu zeigen und erklärte mir sowohl praktisch, als auch theoretisch alles, was ich wissen sollte. Natürlich kamen wir uns sehr nahe bei diesem Einzel-Unterricht.

Am letzten Nachmittag hatte ich dann tatsächlich das Gefühl, ich hätte es zumindest so weit gelernt, dass ich den Weg fahren konnte, den ich wollte und nicht das Brett. Längst hatte ich mich in Karsten verliebt. Wenn wir im Lift nebeneinander saßen, um auf den Berg zu fahren, hoffte ich, der Lift würde stehenbleiben. Er entwickelte einen wunderbaren Charme, von Scheu keine Spur. Und doch war ich mir nicht sicher, was oder ob er etwas anderes als bloße Sympathie für mich empfand.

Die letzte Abfahrt lag vor uns. Langsam, aber merklich sicherer, fuhr ich hinter ihm her. Er drehte sich immer mal wieder nach mir um und schwenkte dann kurz vorm Tal ab in eine Seitenloipe. Dort wartete er auf mich. Ich fuhr in einem rasanten Schwung neben ihn und strahlte vor Freude über meine erworbene Snowboard-Kunst. Karsten lächelte mich an.

„Du bist wirklich gut geworden. Schade, dass der Urlaub vorbei ist.“ Ich nickte bedauernd. „Hast du Lust, ein paar Schritte zu laufen? Ich möchte dir etwas zeigen?“

Wir gingen schweigend durch den Wald bis zu einer kleinen Lichtung. Dort stand ein Futterhäuschen. Karsten ging vor mir her. Vorfreude durchströmte meinen Körper. Mein Blut wurde wärmer, das Herz schlug schneller. Ich wusste natürlich nicht genau, was passieren würde, aber ich war mir sicher, er würde mich zumindest küssen mit seinen so sinnlichen Lippen, auf die ich schon seit sechs Tagen Lust hatte.

Es war eine ziemlich romantische Atmosphäre, in der wir uns befanden. Sein erster Kuss schmeckte nach mehr. Unsere Zungen trafen sich. Ein leidenschaftlicher Kuss ist die beste Voraussetzung für ein gelungenes Liebesspiel. Ich sehnte mich danach, mit ihm in einem schönen warmen Bett zu liegen, denn ich konnte mir nur schwer vorstellen, hier draußen in dieser Kälte mehr mit einem Mann tun zu können, als zu küssen. Ich sollte mich wundern …

Karsten zog mich hinter die Krippe zu einem großen Heu-Stapel. Es duftete um uns herum wunderbar nach Frische und Romantik, und so langsam begriff ich, was er mit mir vorhatte. Dann lag ich auf ihm.

„Darauf habe ich schon lange gewartet."

Erstaunt sah ich ihn an. „Dann hast du das aber gut überspielt. Ich dachte schon, du hättest kein Interesse an mir!"

Er küsste mich wieder, sehr lange und sehr leidenschaftlich.

„Ich wollte dich erstmal ein bisschen aus der 'Ferne' kennenlernen, um zu wissen, ob es sich auch lohnt …"

Und ich bewies ihm in der nächsten Stunde, dass es sich lohnte. Die Kälte um mich herum war vergessen.

Mir wurde schnell warm in den Armen dieses feurigen Mannes. Als er meine Skijacke ausziehen wollte, half ich ihm dabei. Er legte mich, bis auf meinen BH, frei und rollte mich auf den Rücken. Ganz langsam fuhren seine Finger am Rand der BH-Schalen entlang, taten unentschlossen, ob sie mich berühren sollten oder nicht. Immer wenn ich dachte, jetzt sind sie gleich an meinen Nippeln, zogen sich die Finger wieder zurück. Ich drängte mich ihnen sehnsüchtig entgegen. Endlich durfte ich sie spüren. Hitze schoss mir in die Brüste, verteilte sich über den Körper abwärts bis zwischen meine Schenkel. Karstens Hände glitten sanft über meinen Leib, öffneten den Reißverschluss meiner Skihose und schafften es irgendwie, bis in meinen Slip vorzudringen. Zitternd ließ ich es zu, dass er mich ganz aus meinem dicken Anzug befreite. Dann lag ich fast nackt unter ihm und mir war heiß, als wenn ich in einer Sauna wäre.

Karsten stimulierte mich mit nur einem Finger genau auf dem Punkt, der für meine Lust hauptsächlich zuständig ist. Und diese Stimulation brachte mich so richtig auf Touren. Ich knöpfte seinen Anzug auf, um an sein Glied zu kommen und schloss gierig die Hände darum. Es fühlte sich warm und lebendig an und sehr entschlossen, mich zu erobern.

Karsten hob mit beiden Händen meine Hüfte an, um seinen Pracht-Penis in der bestmöglichen Position in mich einführen zu können. Ganz heiß fühlte es sich an, als er tief in meine Mitte eintauchte. Ich presste ihn an mich und fühlte mich großartig. Noch nie hatte ich es, wie wahrscheinlich die meisten Menschen, in einem Futterhaus inmitten einer Schneelandschaft getrieben. Es war unglaublich romantisch und gleichzeitig wahnsinnig erregend. Die absolute Stille um uns herum. Nur unser erregtes Stöhnen zerschnitt die kalte Luft. Dampf stieg von unseren Körpern hoch und zeigte, wie heiß wir auf einander waren. Er nahm mich einfach hemmungslos. Es war kein sanfter Akt, den wir hatten. Er war sogar ziemlich wild. Ein lustvoller Quicky, der uns beide schnellstmöglich in die uneingeschränkte Ekstase bringen sollte. Ich spürte jeden Muskel an mir, jeden Nerv. Mein Körper schien bis zum Äußersten angespannt und würde nur durch einen Höhepunkt wieder Entspannung erlangen.

„Ooohh, ist das geil!"

Karsten verdrehte die Augen. Meine Hände umfassten seinen festen Hintern und schoben ihn entschlossen tief in mich hinein. Ich wollte ihn gar nicht mehr loslassen.

Als Karsten in mir explodierte, war sein lautes Stöhnen sicherlich auch noch außerhalb unserer Hütte zu hören und wenn es nur das Wild war, was sich zu Tode erschreckte. Ich kam fast gleichzeitig zum Orgasmus. Wir lebten unseren sexuellen Hochgenuss eng umschlungen aus, bis die Gänsehaut auf meinem Körper mir signalisierte, dass es Zeit wäre, an etwas anderes zu denken, als daran, nackt hier zu liegen, bei immerhin um die 6 - 8 Grad Minus-Temperaturen.

Karsten zog mich liebevoll wieder an und achtete genau darauf, ob ich auch überall schön warm eingepackt war. Dann gab er mir einen Kuss auf die Nase.

„Das war schön!“

Ich konnte das Urteil nur bestätigen.

Als wir wieder klar denken konnte, sagte er: „Es war übrigens eine schauspielerische Spitzenleistung, wie du mir vor die Füße gefahren bist.“

Ich schluckte überrascht. Er hatte mich durchschaut.

„Aber ich hätte dich auch ohne diesen ‘Unfall’ angesprochen …“

Wir gingen sehr befriedigt zurück ins Tal. Hand in Hand. Ich war nicht mehr traurig, dass wir morgen nach Hause fahren würden. Denn dies war nicht das Ende unserer Liebesgeschichte. Ich war mir sicher, sie fing erst an …

Frühlingsgefühle

Prisca Apple

Mit meinem Freund und mir lief es schon eine ganze Weile nicht mehr so gut. Nach dem kalten Winter freute ich mich über den Frühlingsanfang und hoffte, er würde unsere Beziehung neu beleben. Doch egal was ich tat, nichts funktionierte. Mein Freund hatte einfach keine Lust auf Sex. Mir fehlte unsere körperliche Vereinigung sehr und ich beschloss, einen letzten Versuch zu wagen.

Ich kaufte in einem Erotikkaufhaus wunderschöne Reizwäsche, ein schwarzes Push-up-Set zum Unterziehen, schwarze Netzstrümpfe, Strapshalter und für darüber einen sagenhaft schönen Overall, der tief blicken ließ. In meiner Parfümerie besorgte ich noch das Parfüm, dass ich bei unserem ersten Date aufgetragen hatte und das er mir in den ersten Jahren immer zu Weihnachten geschenkt hatte.

Dann buchte ich ein Hotelzimmer für eine Nacht und schrieb ihm eine Karte, in der ich ihn bat, um zwanzig Uhr in mein Hotelzimmer zu kommen. Ich umsprühte ein wenig von meinem Parfüm auf den Umschlag und stellte die Karte auf den Wohnzimmertisch. Dann machte ich mich auf den Weg zum Hotel, um die letzten Vorbereitungen zu treffen, denn viel Zeit hatte ich nicht mehr.

Als es um zwanzig Uhr an der Tür des Hotelzimmers klopfte, war der Tisch romantisch für zwei Personen gedeckt, Kerzen leuchteten und ich war sehr aufgeregt. Ich öffnete die Tür und da stand er – mein Traummann, mit einer roten Rose in der Hand. Das zeigte mir, dass er sich der Funktion dieser Nacht bewusst war und auch um unsere Beziehung kämpfen wollte.

Er schaute anerkennend an meinem Overall herunter, lächelte mich an und trat einen Schritt auf mich zu. Vor Aufregung bekam ich feuchte Lippen und strich mit meiner Zunge darüber. Mein Freund schloss langsam die Tür, zog mich plötzlich in seine Arme und küsste mich so verlangend, dass ich leise aufstöhnte. Seine eine Hand hielt meinen Nacken umfasst, während er mit der anderen Hand auf Entdeckungsreise ging. Während er mich innig küsste, fuhr er langsam an meinem Gesicht hinunter, seine Hand verweilte kurz an meinem Ausschnitt und Stück für Stück führte er sie hinunter zu meiner Brust, die sich wogend hob und senkte. Langsam umkreisten seine Fingerspitzen meine Brustwarze, immer und immer wieder. Ich sehnte mich so nach der Berührung meines Nippels, aber mein Freund dachte gar nicht daran. Er biss mir leicht in die Lippen und fuhr dann fort, mich heftig zu küssen. Wir beide atmeten schwer.

Mitten im Kuss drängte mein Freund mich zu der im Raum stehenden Couch und drückte mich hinunter. Er kniete vor mir nieder, drückte seinen Kopf zwischen meine bebenden Brüste und hielt inne. Erstaunt bemerkte ich, dass er schluchzte. Ich wollte etwas sagen, ihn tröstend in den Arm nehmen und ihm Halt geben, aber er schüttelte den Kopf, legte mich auf die Couch und begann von Neuem mit seinen Erkundungen. Langsam öffnete er die Schnüre des Overalls, so dass bald meine Brüste vor ihm lagen. Nur der BH trennte seine Lippen noch von meinen Nippeln. Er öffnete den BH, streifte die Träger hinunter und sah meinen Busen einfach nur stumm an. Ich sehnte mich so sehr nach ihm, dass es schmerzte, gleichzeitig heizte er mich mit seinen Liebkosungen aber auch so auf, dass ich merkte, wie ich feucht wurde. Seine warmen, weichen Lippen senkten sich über meinen rechten Nippel und begannen sanft an ihm zu saugen. Seine Hand fuhr währenddessen an meinem Körper hinunter, vorbei an meinem Bauch und zögerte kurz, als sie sich der Scham näherte. Dann tastete sich zögernd ein Finger vor, erreichte meine Lustperle und massierte sie leicht. Mein Becken hob sich dem Finger sofort entgegen und mir entfuhr ein Stöhnen. Seine Augen lächelten, sein Mund näherte sich meinem Ohr und leise stöhnend kamen die Worte aus ihm heraus und stachelten mich nur noch mehr an.

„Willst du mich?“, fragte er. Ich konnte nur nicken, doch das war ihm nicht genug. „Du musst mir schon sagen, was du willst“, sagte er.

Ich leckte mir über die Lippen und antwortete: „Ja, ich will dich.“ Er lächelte.

„Was soll ich mit dir tun?“, wollte er wissen.

Ich war so heiß, dass jedes weitere Wort eine Qual für mich war, ich wollte ihn nur noch in mir spüren. „Bitte schlaf mit mir“, flehte ich leise.

Seine Finger verstärkten den Druck auf meiner Klitoris, doch er machte keine Anstalten, in mich einzudringen.

Stattdessen spürte ich seine Lippen zu meinem Schoß hinabwandern, der bereits so feucht war, dass ich die Nässe an meinen Schenkeln spüren konnte. Seine Zunge fuhr suchend über meine Scham, umspielte den Kitzler und drang plötzlich überraschend fest und tief in mich ein. Ich krallte meine Finger in die Couch, stöhnte und wand mich hin und her. Mein Unterleib streckte sich den saugenden Lippen entgegen, versuchte, sich an seiner Zunge zu reiben, doch er bestimmte das Spiel. Mit seinem Arm umfasste er meinen Bauch und hielt ihn fest. Ich konnte mich nicht mehr bewegen und musste das Spiel seiner Zunge und seiner Lippen hilflos ertragen. Ich stöhnte, flehte, rief seinen Namen und konnte die Kraft meiner Empfindungen kaum noch aushalten. Immer, wenn ich kurz vor dem erlösenden Orgasmus war, hörte er auf und leckte nur ganz sanft meine Klitoris. Und hörte das Beben bei mir auf, widmete er sich erneut und mit verstärkter Intensität meiner Unterwerfung. Ich schrie, versuchte mich aufzubäumen, wurde niedergehalten, flehte ihn an, aufzuhören, weiterzumachen – und dann plötzlich explodierte ich.

Keuchend lag ich auf der Couch, hielt die Augen geschlossen und versuchte, normal zu atmen. Ich fühlte, wie ich hochgehoben und auf das Bett gelegt wurde. Mein Freund hatte damit begonnen, mich komplett auszuziehen. Immer wieder sah ich ihn bewundernd auf meine neue Wäsche gucken, die er dann, fast bedauernd, auszog. Als ich nackt vor ihm lag, streichelte er mein Gesicht, meinen Hals, meinen Bauch, meine Schenkel und meine Füße. Ich spürte, wie ich schon wieder feucht wurde und atmete gleich schwerer.

Er zog auch sich Stück für Stück aus, kniete sich dann nackt aufs Bett und ein Blick auf seinen erigierten Penis ließ keinerlei Zweifel offen, dass auch er nichts lieber wollte, als sich mit mir zu vereinen. Langsam öffnete er meine Schenkel und legte sich vorsichtig dazwischen. Er rieb seine Eichel sanft an meinem Venushügel, bis ich vor Erregung erzitterte. Dann drang er plötzlich in mich ein. Es war wie ein einziges Stöhnen, das aus unseren Mündern kam. Wir bewegten uns sofort gleichmäßig, hatten es nicht nötig, erst unseren Rhythmus zu finden. Schon nach kurzer Zeit kamen wir beide gleichzeitig.

Erschöpft ließ er sich auf mich fallen, vergrub seinen Kopf in meiner Armbeuge und hielt mich einfach nur fest. Ich traute mich nicht, etwas zu sagen, wollte die Stimmung mit keinem Wort verderben, aber ich war glücklich. Wir lagen lange Arm in Arm da und schliefen irgendwann ein. Noch in Erinnerung an das eben Erlebte, träumte ich von heißem Sex mit meinem Freund.

Ich erwachte durch sein leises Lachen und blickte ihn fragend an.

„Hast du noch nicht genug?“, fragte er.

Ich wusste im ersten Moment nicht, was er meinte, bis mir bewusst wurde, dass meine Hand zwischen meinen Schenkeln lag. Ich errötete und nahm sie schnell wieder weg, doch mein Freund schüttelte den Kopf.

„Bitte, lass mich dabei zusehen“, bat er.

Ich schüttelte den Kopf. So offen ich sonst auch beim Sex war, die Bitte meines Freundes war mir peinlich.

Da stand er auf, umfasste seinen Schaft und begann, sich vor mir selbst zu befriedigen. Er schloss die Augen, stöhnte leicht und seine Hand wurde immer schneller. Das erregte mich so sehr, dass meine Hand wie selbstständig zurück zu meiner Mitte glitt. Mit meiner anderen Hand streichelte ich meine Brust, während ich mir einen Finger in die Vagina schob. Dort ließ ich ihn langsam hineingleiten, zog ihn wieder etwas heraus und wiederholte das Spiel mit mehreren Fingern. Stöhnend schloss nun auch ich die Augen und gab mich ganz meinen Gefühlen hin. Ich nahm meinen feuchten Finger und massierte damit meine Klitoris. Als ich die Augen kurz öffnete, sah ich, dass mein Freund mich beobachtete, aber ich war schon viel zu erregt, um damit aufzuhören. Wir schauten einander bei der Masturbation zu und erlebten eine ganz andere Art der Vereinigung. Er stellte sich näher zu meinem

Kopf und als er kam, lief mir sein Ejakulat zwischen die halbgeöffneten Lippen. Ich leckte es ab, meine Finger suchten immer schneller nach der richtigen Stelle und dann kam auch ich laut aufstöhnend. mein Schatz kam zu mir aufs Bett, legte meinen Kopf in seinen Arm und streichelte meinen Rücken. Wir redeten lange über unsere Beziehung und über das, was schief gegangen war. Auf jeden Fall wollten wir es noch einmal versuchen. Er legte sich auf den Bauch, sah mir in die Augen, lächelte verschmitzt und fragte: Wie lange dürfen wir eigentlich hier bleiben?" Ich zuckte mit den Schultern und antwortete: „Ich habe vorerst für eine Nacht bezahlt."

Er lachte. „Das sollte auch reichen, aber ich hab ganz schön großen Hunger. Wollen wir mal schauen, was es Schönes gibt?", fragte er und ließ seine Augen sehnsüchtig zum Tisch hinüberwandern.

Nun merkte auch ich, wie hungrig ich war. Nackt setzten wir uns an den Tisch und kosteten von dem leckeren Essen. Nur leider war es sehr kalt und damit auch vollkommen ungenießbar.

„Lass uns etwas Neues bestellen", sagte ich etwas resigniert, doch er schüttelte den Kopf.

„Nein, lass uns die eleganten Sachen noch einmal anziehen und hinunter ins Restaurant gehen", schlug er vor. Ich stimmte zu und eine halbe Stunde später saßen wir an einem separaten Tisch.

Nachdem wir uns das wirklich leckere Essen haben schmecken lassen, spürte ich, wie sein Fuß sich verstohlen meiner lustvollen Mitte näherte. Sofort wurde ich wieder feucht, aber ich dachte an all das, was er mir heute zukommen lassen hatte und sah mich vorsichtig um. Niemand war in unserer Nähe, also ließ ich mich unter den Tisch gleiten und war sofort von der schweren Tischdecke verdeckt. Ich öffnete mit zitternden Fingern seinen Hosenschlitz und befreite seinen Penis aus dem engen Gefängnis. Ich spürte, dass er ängstlich, aber doch erregt auf das Kommende wartete und begann, seine Eichel sanft mit meiner Zungenspitze zu umkreisen. Dann leckte ich seinen ganzen Schaft und freute mich über das immer größer werdende Ergebnis. Für ihn unerwartet umschloss ich ihn mit meinen Lippen und saugte ihn tief in mich hinein. Er keuchte, wollte sich mir entziehen, doch das ließ ich nicht zu. Meine Lippen sogen ihn immer begieriger ein, er wand sich, drängte mir sein Becken entgegen, entzog sich mir wieder, aber ich wollte ihn hier und jetzt befriedigen. Als er kam, hörte ich ihn stöhnen. Das brachte mich zum Lachen, denn gleich darauf sprach ihn der Kellner an.

„Der Herr möchte zahlen?“

Ich konnte mir vorstellen, wie erschrocken und peinlich berührt mein Freund darauf reagierte. Er stotterte und brachte schließlich ein klägliches „Ja.“ heraus. Ich hörte, wie er das Geld vorzählte und dem Kellner ein geradezu unanständig hohes Trinkgeld gab.

„Wenn Ihre … äh … Frau von der … ähm … Toilette wiederkommt, richten sie ihr bitte aus, dass wir Ihnen beiden noch einen schönen Aufenthalt in unserem Hause wünschen. Wir würden uns freuen, ihnen morgen ihr Frühstück aufs Zimmer bringen zu dürfen. Selbstverständlich ohne Mehrkosten", erklärte der Kellner nervös.

Ich verstand ihn. Dies war immerhin ein anständiges Hotel, und mein Ausflug unter den Tisch war wohl nicht unbemerkt geblieben. Eine Weile blieb es still, dann sagte mein Freund leise: „Schatz, du kannst jetzt wieder herauskommen. Alle haben sich diskret von unserem Tisch abgewandt."

Ich kroch hervor und sah in das knallrote Gesicht meines Freundes. Nach der Wärme meiner Wangen zu schließen, war ich auch nicht gerade blasser. Wir standen langsam auf, gingen ohne irgendwohin zu schauen aus dem Restaurant und liefen dann lachend die Treppe hoch – hinauf in eine neue Zukunft.

Süße Strafe

Lisa Cohen

Ein Blick auf die Uhr bestätigte mir meine Befürchtungen, ich würde zu spät kommen. Mal wieder oder besser gesagt, wie immer. Ich wusste nicht, warum ich es einfach nicht schaffte, pünktlich zu sein. Die meisten meiner Freunde und Bekannten hatten sich mittlerweile so einigermaßen damit abgefunden. Manche verabredeten sich allerdings auch kaum noch mit mir, weil sie verständlicherweise keine Lust mehr dazu hatten, auf mich zu warten. Sogar damit konnte ich leben.

Aber bei solchen Terminen wie heute gab es keine Entschuldigung. Ich hatte in genau sieben Minuten ein Vorstellungsgespräch und selbst wenn jede Ampel grün sein sollte und ich einen Parkplatz direkt vorm Eingang des Bürogebäudes bekommen sollte, konnte ich nicht mehr rechtzeitig da sein. Ganz abgesehen davon, dass ich mich vorher noch ein paar Minuten sammeln wollte, um bloß keinen abgehetzten Eindruck zu machen.

Zu spät zu einem Vorstellungsgespräch zu erscheinen, bedeutet ja von vornherein schon das AUS. Diesen schlechten Start kann man kaum wieder gutmachen. Ich gab Gas, überholte, wo man nicht überholen darf, fuhr zwei Mal bei Rot über eine Ampel und parkte im

Halteverbot direkt vorm Eingang der Firma. Mir blieben noch zwei Minuten.

Die Sekretärin am Empfang musterte mich prüfend und wie mir schien, ein wenig missbilligend. Ich bemühte mich um normalen Atem und einen ruhigen Puls. Suchte noch kurz den Waschraum auf, um zu sehen, ob mein Make-up und die mühsam geföhnte Frisur noch sitzen würden. Der Blick in den Spiegel beruhigte mich. Wenn es darauf ankam, konnte ich wirklich gut aussehen, trotz Hetzerei und Chaos vorher. Dann saß ich auch schon vor der riesigen Bürotür, hinter der ein Mann saß, der vielleicht in einem Monat mein Chef sein würde.

Die Sekretärin führte mich hinein und bat mich, in dem großen Ohrensessel vor dem riesigen Schreibtisch, Platz zu nehmen.

„Herr Bartels kommt sofort!"

Das Ambiente um mich herum beeindruckte mich. Der Mann hatte Geschmack. Die Einrichtung wirkte nicht zu protzig oder aufgesetzt, sondern einfach gut.

Und dann stand er plötzlich vor mir. Meine Hand zitterte leicht, als ich sie ihm reichte. Der Mann, der vor mir stand, war ohne Zweifel wohl eher als unschön, wenn nicht sogar als hässlich zu bezeichnen. Und er wirkte nicht mal sonderlich sympathisch. Aber vielleicht hatte ich auch zu viel erwartet. Er sollte lediglich meinen Boss darstellen, mehr nicht. Ich bemühte mich, mir meine Enttäuschung über seine Erscheinung nicht zu sehr ansehen zu lassen und lächelte möglichst verbindlich. Ich fand ja, dass ich mich total unter Kontrolle hatte.

Er hielt lange meine Hand und sah mich durchdringend an. Ich würde nichts vor diesem stechenden Blick verbergen können.

„Sie sind im letzten Moment zu diesem Gespräch gekommen. Ist das so Ihre Art?"

Verblüfft sagte ich nichts und ärgerte mich nur gewaltig über die Petze im Sekretariat. Dann schaute ich ihn herausfordernd an. Er sollte nicht meinen, er könne mich beeindrucken.

„Ich war nicht zu spät. Das ist so meine Art!"

Seine Gesichtszüge erhellten sich ob der Schlagfertigkeit und unter meinem kecken Blick ein wenig, und mit einem Mal gefiel er mir. Ich hatte nie besonders schöne Männer bevorzugt. Meine Erfahrungen, dass die Attraktivsten oft auch die Langweiligsten sind, hatte mich darin bestätigt, dass es wirklich nicht auf die üblichen Äußerlichkeiten ankommt. Meine besten Liebhaber waren Männer, die frau keinesfalls als gut aussehend bezeichnen konnte, allenfalls als männlich-interessant.

Im Laufe unseres Gesprächs beruhigte ich mich völlig. Er strahlte etwas auf mich aus, was mir gut tat. Ich vertraute ihm auf Anhieb und seine Stimme hatte einen für mich sehr erotischen Timbre, der mir nach einiger Zeit ein wenig unter die Haut fuhr. Mir gegenüber saß zweifelsfrei ein Mann, der umso attraktiver wurde, je länger ich mich mit ihm auseinandersetzte. Seine Hände waren kräftig, seine Lippen voll, und der Blick aus seinen dunklen Augen hatte mich längst in seinen Bann gezogen.

Eine Stunde später saß ich in meinem Auto, hatte ein fettes Strafmandat und einen neuen Job.

Meine Arbeit wurde ein Volltreffer. Ich hatte ein eigenes Büro und interessante Aufgaben. Mit den anderen Mitarbeitern hatte ich nicht viel zu tun. Dafür mit ihm umso mehr, was ich sehr genoss. Er übte einen ganz besonderen Reiz auf mich aus, der über die normale, erotische Anziehungskraft, die ich bis dahin von Männern verspürt hatte, hinausging. Ich wusste nicht genau, was bei ihm anders war, so oft ich auch darüber grübelte. Mir fiel wohl auf, dass er auf mich eine gewisse Dominanz ausstrahlte, aber was das genau bedeutete, konnte oder wollte ich nicht wissen.

Ich kam der Sache eher auf die Spur, als ich geglaubt hatte. Nach ungefähr einem Monat in meinem neuen Job, trat er an einem späten Nachmittag zu mir ins Büro. Wie immer wurde ich nervös, wenn er mir zu nahe kam. Ich verspürte fast sogar ein wenig Angst vor ihm, aber nicht aus den üblich möglichen Gründen. Es war eine andere Art von Furcht, die ich mir nicht erklären konnte. Denn ich fühlte mich gleichzeitig wohl in dieser Angst und noch stärker zu ihm hingezogen.

„Ich möchte Sie nachher in meinem Büro sprechen. Bringen Sie die Tillmann-Aufstellung mit!“

Es war nichts Verbindliches in seiner Aufforderung. Ich nickte gehorsam und beeilte mich, die Unterlagen schon mal zusammenzusuchen.

Er ließ sich Zeit, mich zu sich zu rufen. Es war fast acht Uhr und die anderen Kollegen längst gegangen. Endlich klingelte mein Anschluss.

„Wenn Sie jetzt bitte kommen würden …“

Mit zitternden Knien ging ich in sein Büro. Ich wusste plötzlich mit untrüglichem Instinkt, dass etwas passieren würde. Etwas Unbekanntes …

Er stand am Fenster und starrte hinaus. Unschlüssig blieb ich an der Tür stehen.

„So setzen Sie sich schon.“

Seine Stimme klang unwirsch, gereizt. Hatte ich etwas falsch gemacht? Endlich drehte er sich zu mir um. Seine Augen glühten wie zwei Kohlen. Erschreckt hielt ich den Atem an.

„Ich möchte mit Ihnen über ihre Arbeit reden.“ Mein Herz setzte aus. „Nun, ich bin sehr zufrieden. Eigentlich …“

Ich hatte es gewusst. Er stellte sich neben mich und sah auf mich herab. Wie das Kaninchen die Schlange, so blickte ich zurück.

„Aber ab und zu scheinen Sie mir etwas nachlässig in gewissen Dingen.“

Ich fasste meinen ganzen Mut zusammen und erwiderte: „Aber ich …“

Er wischte meine Antwort mit der Hand weg. „Auch das meine ich. Sie unterbrechen mich einfach. Insgesamt fehlt mir bei Ihnen ein gewisser Gehorsam Ihrem Vorgesetzten gegenüber."

Ich brauchte ein wenig Zeit, um annähernd zu begreifen, was er meinen könnte. Er ließ sie mir. Und dann wurde mir mit einem Mal klar, was zwischen ihm und mir stattfand. Und ich begriff auch, was es mit meiner Angst auf sich hatte, die ich nicht hatte erklären können. Ich wollte von diesem Mann beherrscht werden, auf eine nicht ganz alltägliche Art und Weise.

Die Erkenntnis erschreckte und beruhigte mich zugleich. Ich wartete angespannt ab.

„Ich halte viel von Ihnen. Und ich denke mit der richtigen Anleitung könnte ich aus Ihnen die perfekte Mitarbeiterin machen."

Überzeugt nickte ich. Was hier ablief, entzog sich mittlerweile meiner Kontrolle.

„Allerdings gehören auch kleine Erziehungsmaßnahmen dazu, wenn ich nicht zufrieden mit Ihnen sein sollte …"

Natürlich – er sprach aus, was ich mir insgeheim erhofft, aber nicht eingestanden hatte.

„Wären Sie damit einverstanden?"

Ich war es. Er setzte sich mir gegenüber und studierte sorgfältig die gewünschte Akte. Mein Körper gehörte mir jetzt schon nicht mehr, sondern war auf dem Sprung für seinen Befehl. Dann sah er mich tadelnd an.

„Es gibt hier etwas, was mir nicht gefällt."

Es war nichts von Bedeutung, das war mir schon klar. Aber er brauchte schließlich einen Aufhänger.

„Was mache ich jetzt bloß mit Ihnen."

Die Zeit, in der er mich musterte, blieb stehen.

„Kommen Sie her!"

Ich stand auf und stellte mich neben ihn. Seit dem ersten Tag meiner Arbeit hatte ich großen Wert auf hübsche Klamotten gelegt. Ich trug auch heute einen eleganten Rock, nicht zu kurz, aber auch nicht zu lang. Er griff an meinen Hintern und schob mich unmissverständlich mit dem Oberkörper auf seinen Tisch. Dort lag ich nun und wartete mit klopfendem Herzen ab. Langsam zog er meinen Rock hoch.

„Hübsche Wäsche. Gefällt mir, dass Sie auch unten drunter Geschmack haben."

Er strich mit den Fingern am Rand meiner Strümpfe entlang.

„Ziehen Sie den Slip aus. Er stört uns nur."

Sekunden später lag ich mit bloßem Hintern halb auf dem ehrwürdigen, alten Sekretär. Er gab mir einen leichten Klaps auf meine Backen. Ich zuckte erregt zusammen.

„Du hast es verdient. Genieß es ruhig." Die Vertrautheit zwischen uns ließ ihn mich plötzlich duzen.

Seine Klapse wurden stärker, so wie meine Lust. Er fuhr zwischen meinen Backen rauf und runter und öffnete sie.

„Wie feucht du schon bist. Ich wusste, es würde dir gefallen!"

Dann öffnete er eine Schublade seines Schreibtisches und holte eine kleine lederne Peitsche hervor. Ich schloss die Augen. Passierte das hier tatsächlich? Der erste Schlag überzeugte mich – ich träumte nicht. Die Enden der Peitsche glitten über meinen Po und dazwischen, was ich als besonders erregend empfand.

„Spreiz deine Beine!"

Abwechselnd schlug er mich, mal sanfter, mal stärker, dann streichelte er mich wieder mit dem ledernen Teil. Es war göttlich. Meine Erregung stieg sprunghaft an. Ich wollte mehr. Genau das hatte ich mir von diesem Mann die ganze Zeit über erhofft. Ich wollte von ihm auf sexuelle Weise beherrscht und bestraft werden. Das würde mir Befriedigung verschaffen.

Mit jedem Schlag wuchs auch seine Erregung. Ich hörte ihn stoßweise keuchen. Mittlerweile waren seine Worte als durch und durch schmutzig zu bezeichnen und passten perfekt zu unserem Spiel. Mit der einen Hand spreizte er meine Backen und mit der anderen Hand strafte er mich weiter. Seine Schläge taten weh, aber die Lust, die sie mir verschafften, war größer. Ich dehnte mich wollüstig unter ihnen. Als ich die Enden der Peitsche an meinem Kitzler spürte, schrie ich auf.

„Willst du bestraft werden, brauchst du das?"

Ich warf den Kopf zurück. „Ja, ja ich brauche es …"

Zwischen meinen Beinen brannte es wie Feuer und in meinem Kopf überschlugen sich die Gedanken. Mein Körper reagierte heftig auf diese neue Art der Stimulation.

Ich hörte, wie seine Hose zu Boden fiel und er sich in mich hineinschob, während weiterhin die Schläge auf meinen Hintern niederprasselten. Unser Akt war gewaltig, einmalig. Er stieß im selben Rhythmus zu, wie er mich schlug. Ganz neue sexuelle Empfindungen ergriffen von mir Besitz. Ich stöhnte und keuchte vor Lust und feinem Schmerz. Noch nie hatte ich annähernd so eine Erregung erlebt.

Seine Stöße passten zu seinen Schlägen. Sie waren hart und unerbittlich. Es gab kein Entkommen. Er nahm mich nicht sanft oder liebevoll, aber das hätte auch nicht gepasst und mich sogar sehr enttäuscht. Ich brauchte die harte Behandlung ganz offensichtlich, denn sie verschaffte mir ungeahnte Freuden. So kam ich auf dem Schreibtisch meines Chefs unter seinen nicht nachlassenden Hieben und unbarmherzigen Stößen zum Orgsamus. Ich schrie auf, als er sich nicht weniger ekstatisch in mir ergoss. Heiß durchströmte mich sein Liebessaft. Es war göttlich …

Genauso unbarmherzig, wie er mich genommen hatte, zog er sich aus mir heraus und verwandelte sich binnen Sekunden wieder in den unnahbaren Chef, von dem ich besser Abstand hielt. Bis ich mich angezogen hatte, saß er längst wieder über der Akte.

„Sie können gehen, ich benötige Sie heute nicht mehr!“

Zögernd ging ich zur Tür.

„Sie lernen schnell, das gefällt mir. Morgen korrigieren wir gemeinsam die Akte.“

Ich drehte mich nochmal zu ihm um und wartete, ob er noch etwas hinzuzufügen hatte.

„Ich hoffe, Sie haben nicht zu viele Fehler eingebaut. Denn dann könnte es ein langer Abend werden …"

Wie betäubt setzte ich mich an meinen Schreibtisch. Mein Unterleib brannte. Meine Hände zitterten immer noch. Mir war klar, dass ich von meinem Chef noch viel lernen müsste, aber ich war zu allem bereit …

In deinem Bann

Alea McCorr

Eines Tages bekam ich einen Brief mit einer Einladung zu einem neuen Klassentreffen. Nein, diesmal würde ich nicht hingehen. Eine erneute Zurückweisung von ihm konnte ich nicht ertragen. Die Vorstellung in seiner Gegenwart so zu tun, als interessiert er mich nicht, ist grausam. Ich legte die Einladung an die Seite und vergaß sie.

Als ich Anne bei einem Stadtbummel traf, wurde ich leider wieder an sie erinnert. Wir verabredeten uns bei ihr am nächsten Abend.

„Komm rein", sagte sie und ich ging ins Wohnzimmer. Ich setzte mich und sah mich ein wenig um. Anne setzte sich zu mir, schenkte mir Kaffee ein und bot mir Plätzchen an.

„Wie geht es dir? Hast du auch eine Einladung zum Klassentreffen bekommen? Dreißig Jahre ist es jetzt her, als wir gemeinsam die Schulbank drückten", plauderte Anne los.

„Mir geht es gut. Danke. Eine Einladung habe ich auch bekommen. Aber ich kann nicht hingehen. Tut mir leid", sagte ich ein wenig bedrückt und nahm einen Schluck Kaffee.

„Wieso kannst du nicht hingehen?“, fragte sie erstaunt. Ich druckste ein wenig herum und bat sie um ihre Verschwiegenheit. Dann erzählte ich ihr von Stefan und sie bekam große Augen. Sie setzte sich zu mir und meinte: „Jetzt kann ich dich schon etwas verstehen. Doch willst du wegen ihm die Anderen nicht wiedersehen?“

„Ich möchte sie schon gern wiedersehen, aber ich weiß nicht, ob ich der Situation mit ihm gewachsen bin“, sagte ich verzweifelt.

„Du bist nicht allein. Ich bin auch noch da und helfe dir. Das schaffst du schon“, sagte Anne und überredete mich doch noch, mitzugehen.

Wir gingen zusammen für den bewussten Abend shoppen und kauften sexy Klamotten und so langsam freute ich mich auf das Klassentreffen.

Der Samstagabend rückte immer näher und ich wurde immer nervöser. Nachmittags stand ich im Bad und machte mich hübsch. Mittlerweile hatte ich dunkelrote Haare und trug keine Brille mehr, sondern Kontaktlinsen. Ich legte dezentes Make up auf und trug mein neues Parfüm auf. Als ich mein Spiegelbild betrachtete waren meine Zweifel wieder da. Ich nahm genug Geld mit, damit ich jederzeit mit einem Taxi nach Hause fahren konnte.

Anne holte mich ab und bemerkte anerkennend: „Mannomann, du siehst richtig sexy aus. Du brauchst dich wirklich nicht zu verstecken.“

Wir parkten vor einem Lokal, das „Zum Grünen Baum“ hieß. Der Parkplatz war von Bäumen umringt und ein kleiner Weg führte zum Eingang. Ich fühlte mich plötzlich gar nicht mehr so wohl in meiner Haut, aber ein Zurück gab es jetzt nicht mehr. Mit klopfendem Herzen betrat ich den Saal, wo schon einige meiner ehemaligen Schulfreunde an der Theke standen.

Durch Anne geriet ich schnell in ein Gespräch, meine Nervosität verflog und ich war froh mitgefahren zu sein. Da viele mit ihren Partnern hier waren, fühlte ich mich teilweise überflüssig. Deshalb holte ich mir ein Glas Sekt und ging gemütlich durch den Saal, der sehr schön hergerichtet war. Ein DJ mit einer großen Anlage sorgte für Musik. Überall standen große Grünpflanzen und gaben dem Ganzen etwas Exotisches.

Nachdem ich mein leeres Sektglas wegbrachte, ging ich zum Buffet und stellte mich in die Reihe. Ich überlegte mir, was ich nehmen sollte, als ich Stefan mit seiner Partnerin sah. Beinahe hätte ich meinen Teller fallengelassen. Ich starrte hinüber und ging langsam in der Reihe weiter. Ich füllte mir ziemlich wahllos etwas meinen Teller und war bemüht, nicht in Stefans Richtung zu schauen. Schnell huschte ich durch den Saal und setzte mich weit nach hinten an einen Tisch. Von dort aus konnte ich Stefan beobachten, ohne aufzufallen.

Das Essen auf meinem Teller rührte ich kaum an. Wenn ich ihn so beobachtete, musste ich feststellen, dass er immer noch aufregend gut aussah. In mir kribbelte es, ich war furchtbar nervös und fühlte mich wieder wie ein Teenager. Auf was hatte ich mich da nur eingelassen. Vielleicht wäre ich doch besser zu Hause geblieben.

Ich bemühte mich, ihm nicht über den Weg zu laufen. Doch dann traf ich ihn ohne Vorwarnung an der Theke. Ich bestellte mir ein Glas Sekt und begrüßte ihn mit einem Lächeln. Er grüßte mit ernster Miene zurück und betrachtete mich von oben bis unten. Noch bevor ich etwas zu ihm sagen konnte, drehte er sich um und zeigte mir die kalte Schulter. Ich nahm mein Glas und ging rasch zur anderen Seite des Saales. Es war alles wie früher. Wieso bildete ich mir ein, dass sich das jemals ändern könnte.

Ich brauchte frische Luft. Mein Selbstbewusstsein und meine Sicherheit schmolzen nur so dahin. Nach so vielen Jahren brachte er mich immer noch durcheinander. Ich überlegte mir, jetzt schon nach Hause zu fahren. Doch weglaufen wollte ich auch nicht. Jetzt war ich schon mal hier und wollte es auch genießen.

Als ich wieder in den Saal gehen wollte, kam er mir entgegen. Ich holte tief Luft und ging stur an ihm vorbei. Was du kannst, kann ich auch, dachte ich. Langsam fand ich meine Sicherheit wieder. Gelegentlich tauschte ich mich mit Anne aus und ich war froh, dass sie da war und von meinem Geheimnis wusste.

Es folgte das erste Tanzspiel und ich passte nicht auf. So kam es, dass Stefan plötzlich vor mir stand und ich mit ihm tanzen musste. Von einem Tanz mit ihm hatte ich immer geträumt. Doch nach außen hin zeigte ich ihm weiterhin die kalte Schulter. Auch er ließ mich spüren, dass es ihm ganz und gar nicht gefiel. Die Musik war gerade zu Ende, da war er auch schon wieder weg.

Und ich flüchtete mit Herzklopfen nach draußen. Die frische Luft tat gut, denn meine Knie zitterten. Es war gar nicht so einfach, mich zusammenzureißen. Ich ging ein paar Schritte, da kam Anne hinter mir her.

„Ist alles in Ordnung mit dir?“, fragte sie mich.

„Ja, irgendwie schon.“

„Bis jetzt ist es doch gut gelaufen. Den Rest schaffst du auch noch. Weglaufen hilft jetzt nicht. Da musst du durch. Ich bin auch noch da“, machte sie mir Mut.

„Du hast recht. Aber es ist gar nicht so einfach, etwas zurückzuhalten, was einem auf der Seele brennt. Es ist schon so lange her und doch ist es noch genauso wie damals. Wie kann das sein? Ich fühle mich gerade wie mit vierzehn Jahren“, sagte ich und musste dann lachen.

„Na und? Dann genieße es doch einfach. Komm, lass uns wieder reingehen“, kicherte Anne und wir gingen Arm in Arm wieder hinein.

Es war ein schöner Abend, ich hatte viel Spaß mit den Anderen und wir lachten viel über alte Geschichten aus der Schulzeit.

Dann stolperte ich wieder über Stefan. Er saß allein an der Theke, als ich mir ein Glas Sekt holen wollte. Ich schaute ihn nur flüchtig an, als er mich ansprach:

„Habe ich dir etwas getan, oder warum bist du heute Abend so stur?“, fragte mich Stefan plötzlich, steckte sich eine Zigarette an und blies mir den Qualm ins Gesicht.

Die Frage überrumpelte mich förmlich. Ich zuckte leicht zusammen, fächerte den Qualm weg, nahm mein Glas entgegen und musterte ihn mit ernster Miene. Dann drehte ich mich um und ging owortlos mit selbstbewusster und sicherer Haltung weg. Jetzt hätte ich gern sein Gesicht gesehen.

Der DJ legte Musik aus unserer Schulzeit auf und ich ließ mich von dem Tanzfieber anstecken und bewegte mich ausgelassen auf der Tanzfläche. Als Stefan auf der Tanzfläche erschien, begann ein Tanzspiel und wieder stand er vor mir.

Etwas zögernd nahm ich seine Hand und ließ mich von ihm führen. Irgendwas irritierte mich an ihm. Er hielt mich ganz anders fest als vorhin. Ich versuchte, meine Sicherheit aufrechtzuhalten, die langsam zu bröckeln begann. Auf keinen Fall wollte ich, dass er merkte, was ich noch immer für ihn empfand. Doch ich hatte mich schon längst verraten.

Die Musik verstummte, er ließ mich los und ich suchte den Weg nach draußen. Jetzt musste ich wirklich hier weg. Auf irgendein Spielchen wollte ich nun gar nicht reinfallen. So holte ich mein Handy raus und rief mir ein Taxi. Man sagte mir, dass es wohl etwas dauern könnte, aber das war mir egal, ich wollte nur noch nach Hause fahren.

Langsam ging ich den schmalen Weg entlang, als ich jemanden hinter mir hörte.

„Warum willst du schon gehen?“, fragte er mich. Es war Stefan. Ich sagte nichts, ging weiter und er begleitete mich.

„Sag mal, habe ich dir etwas getan oder warum bist du so stur heute?“, wiederholte er seine Frage und schob seine Hände in die Hosentaschen.

Mir viel es schwer, ruhig zu atmen, und meine Knie zitterten leicht. Hoffentlich kommt bald das Taxi, betete ich.

„Du hast früher nicht mit mir geredet, weil du mich nicht leiden konntest. Warum sollte das heute anders sein“, sagte ich kühl und verschränkte meine Arme.

„Du hast es einem früher auch nicht leicht gemacht. Du warst so still und zurückgezogen. Hast alle deine schönen Seiten versteckt“, war seine Antwort, die mich doch sehr überraschte.

„Du interessierst dich doch nur für mich, weil ich mich so sehr verändert habe“, sagte ich fast trotzig. Ich wünschte mich jetzt weit weg, denn langsam wurde mir die Situation unangenehm.

„Bist du selber gefahren oder hat dich jemand mitgenommen?“, fragte Stefan mich und steuerte uns unmerklich zwischen die parkenden Wagen.

„Ich bin mit Anne gekommen.“

„Mein Wagen steht da vorne“, sagte Stefan, deutete auf den dunkelroten BMW, und wir blieben vor dem Wagen stehen.

Ich fühlte mich gar nicht wohl in meiner Haut und hielt Ausschau nach dem Taxi. Dann stand ich auf und meinte: „Es ist besser, ich gehe jetzt. Das Taxi kommt bestimmt jeden Moment.“

„Warum so eilig? Es ist Samstagabend. Das Taxi braucht noch eine Weile“, sagte er und hielt mich am Arm fest. Ich sah ihn erstaunt an und wollte weitergehen. Mein Kopf sagte NEIN und mein Körper JA!

Plötzlich zog er mich zurück, nahm mich in seine Arme und küsste mich. Ich war so überrascht, dass ich mich nicht bewegen konnte. Während ich meine Augen schloss, lief mir ein heftiges Kribbeln den Rücken runter. Konnte ich ihm trauen? Meine Zweifel waren größer und so versuchte ich mich zu befreien, weil ich auf keinen Fall das Taxi verpassen wollte.

Doch Stefan wollte mich gar nicht gehen lassen. Ich stand mit dem Rücken an der Motorhaube und verlor ein wenig mein Gleichgewicht. Er drückte mich nach hinten und hielt mich mit seinem Gewicht fest. Er küsste mich wild und leidenschaftlich und ich erwiderte zaghaft seinen Kuss, der mir durch Mark und Bein ging.

Dann begann er langsam meinen Hals zu küssen, als ich seine Hände spürte, die sich unter mein Oberteil schoben und meinen Oberkörper entblößten. Er begann meine Brüste mit seinen warmen Lippen zu liebkosen, so dass ich ein leises seufzendes Aufstöhnen nicht zurückhalten konnte. Meine Hände gruben sich in sein Haar und mein Oberkörper beugte sich ihm leicht entgegen. Was tat ich hier eigentlich?

Seine Hände wanderten über meine Hüften zu meinen Schenkeln. Als seine Hand unter meinen Rock fuhr, erinnerte ich mich daran, wo ich war.

„Stefan, bitte nicht, nicht so", hauchte ich und hielt seine Hand fest. Er war nicht allein und so wollte ich es auch nicht.

„Wir wissen beide, dass du es auch willst", stöhnte er und sah mich mit einem Begehren in den Augen an, dass mir ganz heiß wurde.

Ein Zittern ging durch mich hindurch, als er sich zwischen meine Schenkel drängte, mir den Rock hochschob und den Slip auszog. Ich wollte ihn und er mich!

Er öffnete seinen Reißverschluss, zog mich ein Stück zu sich runter und drang hart und schnell in mich ein. Ich konnte ein Aufstöhnen nicht zurückhalten und stützte meine Füße auf der Stoßstange ab. Er begann sich rhythmisch zu bewegen und die pure Lust überkam mich. Ich vergaß alles um mich herum und gab mich ihm hemmungslos hin.

Meine Hände krallten sich in seine Schultern, während ich auf den Wellen der Ekstase dahinschmolz. Ich stöhnte laut auf und hätte am liebsten geschrien vor Glück.

Stefan sah mich an und fragte noch etwas außer Atem: „Bist du immer so temperamentvoll?"

Ich schmunzelte nur, sagte nichts und strich ihm durch sein Haar.

Als sich unser Puls langsam beruhigte, richteten wir unsere Kleidung.

„Ich denke, dass ich doch noch eine Weile bleibe. Das Taxi ist sicher schon weg. Es ist besser, wenn wir getrennt reingehen“, sagte ich.

Ich zupfte noch ein wenig meine Haare zurecht und ging durch den Haupteingang wieder in den Saal. Stefan nahm den Nebeneingang. So merkte niemand, dass wir zusammen draußen waren.

Ich ging zur Theke und holte mir ein Glas Sekt. Es war schon eigenartig hier zu stehen, mit dem Wissen, gerade mit Stefan geschlafen zu haben. Hoffentlich merkte mir keiner etwas an.

„Und, amüsierst du dich gut?“, fragte Anne, die plötzlich neben mir aufgetaucht war.

„Ja, sehr gut sogar“, sagte ich.

„Ist alles in Ordnung?“, fragte Anne argwöhnisch.

„Ja“, sagte ich etwas verlegen.

„Du hast doch was“, drängte sie und schob den Teller ein Stück zur Seite.

„Nein, ich habe nichts“, sagte ich abwesend und schaute zu Stefan rüber, der an der Theke stand und sich so verhielt, als wäre nichts gewesen.

„Jetzt raus mit der Sprache“, drängte Anne.

„Nur, wenn du es für dich behalten kannst, denn so toll ist es auch nicht“, beschwor ich sie. Ich sah sie verlegen an und fuhr fort: „Ich habe mit Stefan geschlafen.“

Anne bekam große Augen und hätte beinahe ihr Glas fallengelassen. „Das ist jetzt nicht wahr“, sagte sie ungläubig.

„Doch, draußen auf dem Parkplatz.“

„Du weißt ja, dass er nicht allein hier ist!“, sagte sie nun vorwurfsvoll.

„Ja, das weiß ich. Er war so unnachgiebig, dass ich nicht widerstehen konnte. Ich weiß nicht, warum es passiert ist, nur dass es passiert ist“, sagte ich ein wenig verzweifelt.

Kurz darauf verabschiedete ich mich von Anne und machte mich auf den Weg nach draußen. Ich musste an Sträuchern und Bäumen vorbei, was im Dunklen gar nicht so einfach war. Als ich in der Nähe einer Laterne stand, holte ich mein Handy raus und rief mir ein Taxi. Da hörte ich ein Geräusch hinter mir und drehte mich erschrocken um. Doch ich sah nichts. Bestimmt ein Tier … Die Taxizentrale meldete sich und ich wollte gerade antworten, als mir jemand das Handy aus der Hand riss. Gleichzeitig wurde mir der Mund von hinten zugehalten. Ich geriet in Panik und versuchte mich zu wehren, als ich hart gegen einen Baum gedrückt wurde. „Du willst doch nicht gehen. Der Abend ist noch lang“, sagte eine Stimme die ich nur allzu gut kannte. Es war Stefan.

„Was willst du? Lass mich bitte gehen. Es ist bestimmt besser so“, flehte ich ihn an.

„Warum? Wer weiß, was der Abend noch mit sich bringt“, sagte er leise und begann mich zu küssen. Ich versuchte mich zu wehren, doch ich war viel zu schwach und meine Erregung wuchs. Noch während er mich küsste, zog er sich seine Jacke aus und warf sie zu

Boden. Seine Hände waren überall und immer noch versuchte ich, ihn aufzuhalten. Er begann mich langsam runterzuziehen, bis wir beide auf seiner Jacke lagen.

„Stefan, es geht nicht, ich …"

Sein Finger legte sich auf meine Lippen. Mir lief ein Schauer über den Rücken, der meinen Körper erzittern ließ. Er lag neben mir und stützte sich auf einem Arm ab. Seine andere Hand schob mein Top hoch. Langsam beugte er sich über mich und verwöhnte mit einer zärtlichen warmen Zunge meine Knospen.

Ich stöhnte auf und grub meine Hände in sein Haar. Seine Lippen wanderten zu meinem Bauchnabel und seine Hand schob sich unter meinen Rock. Langsam streifte er meinen Slip runter und begann meinen feuchten Schoß zu erkunden. Er war heiß und nass und so bereit, dass alles andere eine Lüge gewesen wäre. Mein Körper bebte vor Erregung und gierig zog ich sein Hemd hoch. Er lag auf mir und küsste mich. Die Berührung unserer Körper war elektrisierend. Gleichzeitig drang er langsam in mich ein. Mir wurde heiß und meine Hände krallten sich in seinen Hintern, passten sich seinem Rhythmus an. Ich drängte mich ihm entgegen, wollte mehr …

„Dreh dich um", sagte er plötzlich heiser.

Als ich vor ihm hockte, schob er meinen Rock noch ein Stückchen höher und drang mit einem Ruck erneut in mich ein. Ich musste laut aufstöhnen, weil ich es liebte, wie er mich nahm.

„Komm, zeig's mir! Ich halte es nicht mehr lange aus. Lass mich nicht mehr warten!"

„Und wie ich es dir zeigen werde", keuchte er und wurde immer härter.

Ein Vulkan explodierte in mir. Schweißausbrüche und Hitzewellen wechselten sich ab. Sterne tanzten vor meinen Augen. Gleichzeitig hörte und spürte ich, wie auch er ans Ziel gelangte.

Völlig außer Atem legten wir uns hin. Ich war hin - und hergerissen, wollte bei ihm bleiben und wusste doch, dass hier nicht der richtige Ort dafür war.

„Ich muss los", murmelte ich, löste mich von ihm und ordnete behelfsmäßig meine Kleidung. Du bist nicht allein hier. Es ist besser, wenn ich gehe …", sagte ich leise.

„Bist du sicher, dass du gleich nach Hause fährst?", fragte er mit einem merkwürdigen Unterton.

„Oh ja. Nochmal hältst du mich nicht davon ab", lachte ich.

„Abwarten", lachte er und wir standen auf.

Ich wartete, bis Stefan wieder den Saal betreten hatte, dann huschte ich unbemerkt zu den Damentoiletten, um mich etwas zu erfrischen und endlich ungestört das Taxi zu bestellen. Beim Telefonieren blickte ich im Spiegel auf mein gerötetes Gesicht und fischte mir grinsend ein Blatt aus den Haaren, dass sich bei unserem Quicky dort hineingeschmuggelt haben musste.

Als ich, von allen unbemerkt, wieder ins Freie trat, wartete der Wagen bereits auf mich. Das ging aber schnell, dachte ich noch, zögerte aber nicht lange. Noch einmal wollte ich mich nicht aufhalten lassen und nannte dem Fahrer mein Ziel.

Nach ein paar Minuten sagte ich dem Fahrer: „Das ist aber der falsche Weg. Ich wohne ganz woanders. Was soll das?“

Er erwiderte kein Wort.

„Hallo, bitte fahren Sie mich in den Zinnweg. Das liegt entgegengesetzt“, fuhr ich ihn etwas schroff an.

„Das geht leider nicht“, war seine Antwort.

„Wieso nicht?“

„Die Fahrt soll woanders hingehen und ist auch schon bezahlt.“ Es herrschte einen Moment lang Schweigen.

Saß ich etwa doch im falschen Taxi? Aber wieso war es dann schon bezahlt? „Wer …?“, wollte ich fragen, doch da unterbrach er mich schon: „Keine Sorge, wir sind schon da“, sagte der Fahrer und hielt vor einer weißen Villa. Dann reichte er mir einen Schlüssel mit den Worten: „Den soll ich Ihnen geben.“

„Was soll ich damit? Wenn ich jetzt aussteige, warten Sie hier. Denn ich bleibe nicht. Und Sie bringen mich gleich nach Hause. Also nicht wegfahren“, sagte ich und stieg aus.

Ich sah auf die Villa und fragte mich, wer hier wohnen mochte. Langsam ging ich die Auffahrt hinauf und stand nun vor der Treppe, die zur Eingangstür führte. Als ich auf das Türschild sah, fehlten mir die Worte.

Ich wusste nicht, ob ich lachen oder wütend sein sollte. Was bildet dieser Stefan sich eigentlich ein. Auf dem Weg zum Briefkasten sah ich einen zweiten Wagen unten an der Straße stehen. Schnell warf ich den Schlüssel in den Briefkasten und lief die Auffahrt runter. Das konnte nur Stefan sein, denn das Taxi fuhr weg und sein Wagen fuhr zum Haus hoch. So eine Dreistigkeit.

Er fuhr so dicht neben mir, dass ich stehenbleiben musste und er ausstieg.

„Was soll das Ganze eigentlich?“, fuhr ich ihn an und ging um den Wagen herum. Er hielt mich am Arm fest.

„Komm mit rein“, bat er mich.

„Nein, ich kann nicht. Das hätte alles nicht passieren dürfen“, lehnte ich ab und wollte gehen, doch er ließ mich nicht los. Er zog mich an sich, nahm mein Gesicht in seine Hände und küsste mich. Langsam streichelte er meinen Rücken runter. Ich konnte nicht anders. Ich schlang meine Arme um ihn und erwiderte seinen leidenschaftlichen Kuss. Er zog mich langsam die Auffahrt hoch, bis wir vor der Haustür standen, die er aufschloss. Sanft schob er mich vor sich her und schloss die Tür hinter uns.

Er legte seinen Arm um mich und schob mich küssend die Treppe rauf. Oben im Flur angekommen, drehte ich mich um, so dass ich rückwärts ging und begann sein Hemd aufzuknöpfen. Dann öffnete er hinter mir eine Tür und ich ging rückwärts ins Zimmer.

Er zog meine Jacke aus und warf sie achtlos auf den Boden. Ich striff ihm das Hemd herunter, als er mich aufs Bett drückte und mich küsste. Als er auf mir lag und sich unsere Haut berührte, ließ ich ein wohliges Seufzen von mir. Seine Küsse wanderten tiefer, zu meinen Brüsten. Zärtlich liebkoste er sie und verwöhnte meine Knospen mit seiner flinken Zunge. Stromstöße gingen durch mich hindurch und mischten sich mit der Hitze, die ich in meinem Schoß fühlte. Seine Lippen wanderten über meinen Brustkorb abwärts bis zum Bauch, während seine Hände mich mehr und mehr entkleideten.

So entblößt vor ihm zu liegen, ließ mich erbeben. Ich hatte das Gefühl, seine Küsse, seine Zunge und seine Hände waren überall gleichzeitig. Er begann meinen Schoß sanft mit seiner Hand zu verwöhnen und es fing an in mir zu brennen. Als er meine Schenkel auseinanderschob und meine heiße und feuchte Enge mit seiner geschickten Zunge verwöhnte, hielt mich nichts mehr. Ich bäumte mich auf und krallte meine Hände ins Kissen. Plötzlich schob er einen Finger in meine feuchte Öffnung. Er zog ihn wieder raus und schob zwei Finger hinein, bis alle vier darin eintauchten. Mit dem Daumen berührte er spielerisch meine sensible Klitoris. Ich war derart erregt, dass mein Puls raste und das Herz mir bis zum Hals schlug. Ich verglühte innerlich und wünschte mir einerseits, dass er weitermachte, andererseits wollte ich auch endlich seinen Körper weiter erforschen.

Ich entwandt mich ihm, richtete mich auf und drückte ihn aufs Bett. Ich trug nur noch zwei Perlenketten, die ich abnahm und begann, seine Hände damit ans Bett zu fesseln. Erstaunt sah er mich an und ließ es geschehen. Ich sah einen Seidenschal auf dem Nachtschrank liegen, den ich ins Liebesspiel einbeziehen wollte. Langsam verband ich ihm seine Augen damit, was ihn leicht irritierte.

Ich liebkoste seinen Brustkorb mit meinen Lippen und meiner Zunge. Dann nahm ich seine steife Pracht in die Hand und streichelte ihn, während ich seine Spitze liebevoll mit meiner Zunge umspielte. Er zerrte an den Fesseln, doch die Ketten hielten und ich genoss es, dass er mich berühren wollte und nicht durfte. Immer intensiver wurden meine Zärtlichkeiten und immer öfter machte ich eine Pause. Sein Aufstöhnen zeigte mir, wie sehr es ihm gefiel. Heiser sagte er: „Dreh dich zu mir."

Ich kletterte über ihn, so dass er mein Intimstes verwöhnen konnte. Die erste Berührung ließ mich aufstöhnen: „Oh Gott, ist das schön. Du machst mich wahnsinnig." Mir schwanden die Sinne, als ich seine Zunge ganz in mir spürte. Ich begann mich vorsichtig auf- und abzubewegen, dann vor und zurück, verwöhnte dabei seinen Penis gekonnt mit meinen Lippen.

„Ich halte es nicht mehr aus. Du duftest so gut. Lass mich los, dann verwöhne ich dich bis ins Unendliche", stöhnte er.

Langsam löste ich mich von ihm, doch ich hatte noch nicht vor, ihn zu befreien. Ich genoss stöhnend seine Cunnilinguskünste, erhob mich dann widerwillig und positionierte mich so, dass ich breitbeinig über ihm hockte.

„Was machst du?“, fragte Stefan verunsichert. „Wo bist …?“

In diesem Moment ließ ich mein Becken absinken und ließ seinen steil aufragenden Penis in mich eintauchen. Überrascht stöhnte er auf, um mir sofort sein Becken entgegenzustoßen. Nun japste ich erstaunt auf und fiel sofort in einen heißen Ritt.

„Du … willst … mich?“ Mein Atem ging stoßweise. Meine Hände wanderten zu seinem Kopf und die Finger umschlangen die Augenbinde. „Ich will … dich! Das … das wollte ich … schon … immer …“ In diesem Moment riss ich ihm den Seidenschal vom Kopf. Keinen Augenblick zu früh – als er mir bei meinem Geständnis in die Augen blickte, kam er keuchend zum Höhepunkt.

„Ich hoffe nur, dass du geil genug für mich bist“, sagte ich grinsend, als er sich ein wenig beruhigt hatte und löste seine Handfesseln.

Er küsste mich und wir legten uns wieder hin. Ich dirigierte ihn abwärts und er tauchte zwischen meine Schenkel und ließ mich abermals seine warmen Lippen und seine flinke und zugleich zärtliche Zunge spüren. Ich fühlte mich plötzlich wahnsinnig begehrenswert und obwohl er bereits seine Lust hatte entladen können, ihm überlegen. Ich bestimmte, was er tat, wann er es tat. Ich hörte mein heiseres Stöhnen, das immer lauter wurde, bis ich mich auflöste in einer Woge der Ekstase.

Kurz darauf spürte ich seine erneute Erektion, die sich an mich drängte. Wollüstig umklammerte ich seine Schultern und zog die Knie an, um ihn eindringen zu lassen. Dann stieß er ihn mit einem harten Ruck hinein und zog ihn langsam wieder raus. Ich schrie leise auf, während er dies mehrmals wiederholte. Er griff nach meinen Brüsten und massierte sanft meine steifen Knospen. Mein Stöhnen wurde immer leidenschaftlicher.

Wir drehten uns nun so, dass ich vor ihm kniete. Er begann langsam mit seiner Hand mein Intimstes zu streicheln und drang mit seinem pochenden Glied ein. Wieder und immer wieder, immer tiefer, immer härter. Ich stöhnte laut auf, während seine Hände mich wie Schraubstöcke festhielten. Heiße Wogen durchfluteten mich. Tausend Blitze zuckten in mir. Unser Stöhnen wurde immer lauter. Ich fühlte mich wie kurz vor einem Vulkanausbruch und stieß einen lautlosen Schrei aus. Plötzlich zog er seinen Penis raus, und dann, als ich es nicht mehr aushalten konnte, stieß er wieder zu, nahm mich rhythmisch und tief.

Noch einmal machte er eine Pause, während er mich auf den Rücken drehte. Ich sah seine schweißnasse Brust, seinen fordernden Blick und eine zitternde Erregung durchfuhr mich. Er kniete zwischen meinen Schenkeln und wartete darauf, dass mein Körper um mehr flehte. Er legte sich auf mich, schob seine starken

Arme unter meine Schultern und griff in mein Haar. Ich spürte seinen Pracht-Penis und flehte ihn verzweifelt an: „Bitte, Stefan, quäl mich nicht so. Ich kann es nicht mehr aushalten."

Er begann mich zärtlich zu küssen und drang gleichzeitig schnell und tief in mich ein. Ich bäumte mich unter ihm auf und mein Schrei erstickte in seinem Kuss. Seine Muskeln spannten sich an, als wollte er sich noch beherrschen. Er gab meine Lippen frei und wurde langsam schneller und härter. Seine Hände hielten meine Schulter, während ich meine Finger in seinen Rücken krallte. Weit entfernt, wie durch Nebel hörte und spürte ich ihn, wie er ebenfalls ans Ziel kam.

Erschöpft sank er auf mir zusammen. Langsam kam ich wieder zu mir und sein heftiges Atmen streifte mein Ohr. Ich streichelte sein Haar, seinen nassen Rücken und ein wohliges Schauern ließ mich erzittern. Ich hatte mein Ziel erreicht …

Lustvolle Rast

Lisa Cohen

„Raststätte Garbsen" – Ausfahrt.

Mela setzte den Blinker, ordnete sich ein und drosselte das Tempo. Sie brauchte dringend eine Pause und noch dringender einen Kaffee. Die Fahrt zog sich heute endlos lang dahin. Sie war jetzt schon müde, obwohl sie erst knapp die Hälfte der Strecke gefahren war. Aus mehreren Gründen: Sie war noch genervt von der hinter ihr liegenden, anstrengenden Arbeitswoche, es war der übliche Freitagnachmittag-Verkehr, an den sie sich wohl nie gewöhnen würde und sie fuhr dieses Mal mit gemischten Gefühlen ins Wochenende.

Seit knapp einem Jahr besuchte sie einmal im Monat ihren Freund, der leider viel zu weit von Berlin weg wohnte. Mela hatte Uwe auf einem Seminar für Arbeitsschutz in Süddeutschland kennengelernt und schon bald war aus den sporadischen Treffen mehr geworden. Aber beide hatten einen guten Job in ihrer Heimatstadt und fühlten sich dort, wo sie lebten auch sonst sehr wohl. Keiner von ihnen zog ernsthaft in Erwägung, seinen Lebensmittelpunkt wegen des Anderen zu wechseln. Schließlich wollte keiner so recht Familie und Freunde aufgeben. Und so blieb es bei den Wochenendtreffen, im Schnitt zwei Mal im Monat und irgendwie wurde nicht mehr daraus. An wem es lag, konnte sie gar nicht so genau sagen. Beide schienen einverstanden mit dieser Art von Beziehung zu sein, die so auch ganz schön war, aber eben nicht verbindlicher wurde. Und gerade das störte sie mittlerweile. Es war nur eine Art Wochenendbeziehung, die sie führte, mit keinerlei Option auf etwas anderes, zumindest war zur Zeit nichts absehbar. Sie war auch der Meinung, dies wäre der Grund dafür, dass sie eben nicht mehr so ungeduldig und voll Vorfreude zu ihm fuhr. Ihre Beziehung entwickelte sich nicht weiter. Der Umgangston zwischen ihnen hatte sich sogar etwas abgekühlt. Auch im Bett. Gerade Melas schleichende Unzufriedenheit schlug sich auf ihr erotisches Empfinden Uwe gegenüber nieder. Eine Art unerfüllte Erwartung stand zwischen ihnen, die gerade sie zunehmend lustloser machte …

Sie parkte das Auto zwischen den LKW, weil der normale Parkplatz völlig überfüllt war. Gereizt stieg sie aus. Hoffentlich bekam sie drinnen wenigstens noch einen Platz, um einigermaßen in Ruhe eine Tasse Kaffee trinken zu können. Ihre Laune besserte sich nicht, als sie sich an einen Tisch mit Monteuren setzen musste, weil sonst kein Stuhl mehr frei war. Deren neugierigen Blicke, die sicherlich auf ihrem hübschen Äußeren beruhten, brachten ihr heute gar nichts. Sie wollte nicht angestarrt werden, schon gar nicht anzüglich von irgendwelchen Idioten! Sie wollte einfach nur ihre Ruhe haben und ein wenig nachdenken – vielleicht. So gut, wie es eben in einem völlig überfüllten Rasthaus möglich war. Automatisch zog sie ihren kurzen Rock ein Stück herunter und setzte ihren unnahbarsten Blick auf.

Der Kaffee war gut, aber teuflisch heiß, so dass sie sich damit Zeit lassen musste. Ihre Gedanken schweiften ab zu ihrem Freund. Warum freute sie sich nicht genügend auf ihn? Es konnte doch nicht sein, dass sie annähernd 600 km fuhr, ohne fast wahnsinnig zu werden vor Sehnsucht nach ihm. Nachdenklich rührte sie in ihrer Tasse. Noch etwas machte ihr zu schaffen. Seit Tagen hatte sie Lust auf Sex. Aber nicht unbedingt mit Uwe. Diese Erkenntnis machte sie nicht gerade froh und ihre Stimmung auch nicht besser.

Sie sah sich im Restaurant um. Es schien noch voller geworden zu sein. Gerade als sie ihren Kopf wieder abwenden wollte, sah sie einen Mann durch die Tür kommen, der augenblicklich ihr Interesse weckte. Nicht zu groß, aber stattlich gebaut, in enger Jeans und legerem Baumwollhemd. Seinem Auftreten nach zu urteilen, war sie sich sicher, dass es sich wohl um einen LKW-Fahrer handeln musste. Sein helles Haar leuchtete von weitem und sie musste sich bemühen, ihn nicht zu auffällig anzustarren. Er verströmte eine erotische Aura um sich herum, die sie anzog.

Mela trank mit unruhig klopfendem Herzen einen Schluck vom Kaffee und sah nach einer kurzen Weile wieder hoch. Er hatte sich ihr schräg gegenüber gesetzt und schaute sie ebenfalls interessiert an. Mela schätzte, dass er Holländer war. Sie mochte gerade die holländischen Männer wegen ihrer lockeren, aufgeschlossenen und meistens freundlichen Art. Sie schienen so unkompliziert – auch in der Liebe. Sogar die Sprache gefiel ihr. Sie seufzte ein wenig und sah in wohldosierten Blicken immer mal wieder zu ihm hin. Sein Lächeln setzte sie schnell in helle Aufregung. Er interessierte sich für sie. Wie spannend!

Die Männer an ihrem Tisch mussten weiter und zu Melas heller Freude nutzte der Typ, auf den sie ein Auge geworfen hatte, den nächsten freigewordenen Stuhl an ihrem Tisch, um sich ihr gegenüber zu setzen.

„Ich bin Jan!" Er reichte ihr die Hand und drückte sie kräftig. Sein Deutsch war perfekt, aber mit diesem eindeutigen, niederländischen Akzent durchzogen, den sie so mochte und den sie wirklich sexy fand. Er schien auch noch nett zu sein.

Aus einem Kaffee wurden zwei und beim dritten sahen sie sich schon sehr tief in die Augen. Aus ihrem harmlosen Geplauder war längst ein handfester Flirt geworden. Jan war sehr charmant und sagte genau die passenden Worte. Und dann fragte er sie: „Hast du schon mal so einen richtig großen LKW von innen gesehen und auch schon mal in einem Führerhaus gesessen?"

Mela sah flüchtig auf die Uhr. Sie hatte schon einiges an Zeit verloren. Er bemerkte ihren Blick. „Du wirst erwartet?"

Sie nickte zögernd. Jan hob bedauernd die Schultern. „Schade!"

Sie konnte sagen, sie hätte in einem Stau gestanden. Das war die beste Ausrede, weil meistens wahr, überlegte sie rasch. Und bei dem Gedanken an diese Notlüge hatte sie nicht einmal ein schlechtes Gewissen.

„Und du?“ Sie sah ihn forschend an.

Er lachte und sagte freimütig: „Bei mir wird es öfter mal später!“

Mela ging hinter ihm her, bis sie vor seinem LKW standen. Er war wirklich riesig. Jan half ihr ins Führerhaus. „König der Landstraße“ – nun wusste sie, warum die meisten Fahrer dieser Trucks sich so fühlten. Es roch innen gut – nach herbem Männerduft. Nach Jan. Beide hatten keine Zeit zu verlieren. Es dämmerte bereits und sie hatten jeder für sich jemanden irgendwo zu Hause, der auf sie wartete. Sein Griff war hart und unnachgiebig, genauso wie sie es am liebsten hatte. Er packte sie und zog sie an sich. Seine Brustmuskulatur war ausgeprägt. Ein Mann, der beschützen konnte und sich trotzdem nahm, was er wollte. Ihre Lippen prallten aufeinander. Mela schmeckte den metallischen Geschmack von Blut auf der Zunge, was sie noch erregter machte. Sie ließ sich zurücksinken, als er ihren Rock nach oben schob. Ein wenig schuldbewusst dachte sie, dass sie ihr heißes Dessous eigentlich für Uwe angezogen hatte und nun …

Doch ihre Gedanken verflogen, als sie zärtlich suchende Finger in ihrem Slip spürte. Jan brauchte nicht lange, um sie auf Touren zu bringen. Seine Fummeleien waren äußerst effektiv. Mela fühlte, wie die süßeste aller Feuchtigkeiten in ihr hochstieg und sie willenlos machte. Erregt stöhnte sie auf und ihr Atem wurde immer schneller.

„Das gefällt dir, du kleines Luder – wusste ich doch … Als ich dich heute gesehen habe, habe ich gleich gespürt, dass du ein kleines, geiles Luder bist."

Sie nickte und versuchte, nach ihm zu greifen. Sie hatte die allergrößte Lust auf seinen Pracht-Penis bekommen. Irgendwie gelang es ihr, seinen Reißverschluss zu fassen. Jan kam ihr zuvor, indem er ihn mit einem Ruck öffnete und sich die Hose ein Stück herunterzog. Mela warf einen Blick auf die riesige Beule in seinem Slip und bekam Appetit darauf, dieses so stattliche Stück zu schmecken.

Sie schob ihren scharfen Holländer ein wenig von sich, um sich an seinem Teil zu laben. Doch Jan wollte seinerseits nicht auf ihre schon so wunderbar heiß gelaufene Mitte verzichten. Sie rangen lachend ein wenig in dem engen Führerhaus miteinander. Sie einigten sich schließlich mit Gesten und Blicken darauf, dass beide sich dem Anderen tabulos hingeben wollten.

Jan streckte sich aus und zog Mela verkehrt herum auf sich. Sie brauchte ein wenig, um die bestmögliche Position gefunden zu haben und ließ sich dann zwischen empfangenem und gebendem Genuss treiben.

Sie packte sein stattliches Glied mit beiden Händen und schob es sich tief in den Mund. Jan seufzte laut und revanchierte sich mit züngelnder Verführung zwischen ihren Beinen. Seine Lippen sogen mal sanft, mal härter an ihren Schamlippen, während seine Zungenspitze ihre Lust-Perle erkundete. Zwei kräftige Hände hatten ihre Pobacken gepackt und pressten sie im Rhythmus seiner heißen Küsse zusammen. Mela spürte, wie die Lust aus ihr herausfloss und direkt in seinen gierigen Mund hinein. Ihr Intimstes zog sich vor aufsteigender Lust immer heftiger zusammen, und sie musste sich bemühen, nicht vor ungeduldiger Gier laut aufzuschreien. Als sie einen Finger zwischen ihren Pobacken spürte, der sich auf den Weg zu ihrer Hinterpforte machte, öffnete sie ihre Schenkel noch ein bisschen mehr, um ihm zu signalisieren, dass sie damit einverstanden war. Jans Glied verdickte sich unterdessen zwischen ihren Lippen immer mehr und unter ihren Fingern rollten zwei herrlich pralle Hoden vor geilem Vergnügen hin und her.

In dem Moment, als sie Jans Finger in ihrem Anus spürte, kam sie zum ersten Orgasmus. Schnell und heftig stieß sie sich ihm entgegen, um ihn auf dem Gipfel ihrer Lust noch intensiver zu spüren. Sie keuchte und wand sich über ihm. Gleichzeitig schob sie eine ihrer Hände zwischen seine Pobacken, um auch sich dort Einlass zu gewähren.

Ungeduldig wartete sie ab, wie er reagieren würde. Als er sich für einen Moment unter ihr entspannte, glitt sie ohne zu zögern mit ihrem Mittelfinger sanft in ihn hinein.

„Ooohh – du scharfes Luder. Ooohh, das tut gut – mach weiter!“, sagte er atemlos in völliger Ekstase.

Je heftiger sie ihren Finger in ihm bewegte, umso dicker wurde sein Prachtstück in ihrem Mund. Es zuckte und vibrierte vor Lust und würde jeden Moment explodieren.

Mela wusste gar nicht, auf welchen ihrer Sinne sie sich am meisten konzentrieren sollte. Alles verschaffte ihr Lust. Sie wollte verwöhnen und weiter verwöhnt werden. Lust verschaffen und empfangen. Der Finger in ihrem Anus bohrte sich wie ein Gewinde in sie hinein und führte sie sicher in die nächste Ekstase.

Jan stöhnte und wand sich gleichzeitig unter ihrer Verführung und stemmte sein Glied noch ein bisschen tiefer in sie hinein.

„Jetzt, ja, jetzt!" Sie sah ihm an, dass er kommen würde …

Mela schmeckte bittersüße Männlichkeit auf ihrer Zunge, als er sich ergoss und presste ein letztes Mal ihren Hintern zusammen, um selbst noch einmal in den Genuss süßer, analer Befriedigung zu kommen. Beide schoben sich fest aufeinander, um die Lust des Anderen mit dem eigenen Körper aufzufangen, bis sie langsam verebbte.

Mela spürte, wie Jan versuchte, sie auf sich zu drehen. Sie half ihm dabei, bis sie sich in die Augen sehen konnten. Sein Penis regte sich erneut zwischen ihren Beinen. Ihre Schenkel öffneten sich für ihn. Sie wollte nicht darüber nachdenken, ob sie wirklich mit ihm schlafen wollte, sie wollte es einfach geschehen lassen. Für einen kurzen Moment tauchte Uwe vor ihrem Gesicht auf, verschwand aber zum Glück gleich wieder. Sie durfte jetzt nicht an ihn denken. Mela versuchte, sich wieder zu entspannen. Die Feuchtigkeit in ihrem Schoß machte es Jan leicht. Er wollte gerade in sie hineinstoßen, als ihr Handy klingelte. Sie schreckte hoch. Jan fuhr zusammen. Automatisch griff sie in ihre Jackentasche. Sie wusste, bevor sie seinen Namen auf dem Display sah, wer da gerade an sie dachte. Schnell ließ sie das Telefon wieder verschwinden. Sie konnte nicht rangehen. Nicht jetzt. Natürlich nicht. Endlich sprang die Mailbox an.

Mela und Jan sahen sich an. Die Stimmung war vorbei, die Luft raus. Doch es war okay. Jan lächelte sie an und gab ihr einen zärtlichen Kuss.

„Ist vielleicht besser so, meine Schöne. Sonst kommen wir beide gar nicht mehr nach Hause …"

Vielleicht gab es doch etwas wie Schicksal oder höhere Gewalt! Es sollte einfach so sein, dass der Anruf von Uwe in einem Moment kam, als ich mich dem anderen Mann total hingegeben hätte. Oder sollte alles so kommen, damit sich zwischen Uwe und mir ein neues, erotisches Feuer entfachen konnte?

Als sie wieder auf der Autobahn war, musste auch sie lächeln. Sie bereute es nicht, dass sie zu Jan in seinen LKW gestiegen war. Aber es war gut, dass sie nicht mit ihm geschlafen hatte. Es hatte sie nämlich eine ganz merkwürdige Sehnsucht nach Uwe beschlichen. Endlich mal wieder. Sie war gerade so wunderbar von einem völlig Fremden befriedigt worden, was ihre Phantasien berauscht und ihre Lust auf den eigenen Mann geschürt hatte. Es war kaum zu verstehen, aber sie wollte es auch gar nicht ergründen. Sie freute sich einfach auf ihn und nahm dieses Mal den Hörer gleich beim ersten Klingeln ab.

Als sie seine Stimme hörte, spürte sie eine innere Erregung. Sie konnte es gar nicht abwarten, Uwe zu sehen, zu fühlen, zu schmecken und seine stattliche Männlichkeit in sich zu spüren …

Verkehrskontrolle

Linda Freese

Das Blaulicht sehe ich schon von Weitem, denn in der stockfinsteren Nacht leuchtet es grell und blendend. Ich komme gerade von einer Geburtstagsfeier einer Kollegin und es ist mittlerweile schon nach zwei Uhr nachts, aber morgen ist Samstag und ich kann ausschlafen. Die Party war ein voller Erfolg, und ich habe mich prächtig amüsiert und geflirtet auf Teufel komm raus. Leider war bei diesen vielen Flirts keiner dabei, der mich wirklich näher interessiert hätte.

Und jetzt das noch. Eine Polizeikontrolle. Gott sei Dank habe ich auf der Fete nichts getrunken und habe ein reines Gewissen. Vor mir werden alle Autos rangewinkt und als ich näher komme, sehe ich schon die Kelle. Ein junger Polizist winkt mich rechts ran, ich halte vorschriftsmäßig an und schalte den Motor aus. Ein weiterer Polizist kommt auf mich zu und ich betätige den elektrischen Fensterheber, um das Seitenfenster herunterzufahren. Als der Beamte vor mir steht, staune ich nicht schlecht. Der Polizist sieht verdammt gut aus und ich bin total perplex. So kann eine Kontrolle ja richtig Spaß machen, denke ich noch, als er sich zu mir herunterbeugt.

„Allgemeine Verkehrskontrolle!“, dröhnt seine dunkle, durchdringende Stimme an mein Ohr. Mit seinen eisblauen Augen, die er ein wenig zusammengekniffen hat, sieht er mich an und schmunzelt. Seine Kappe sitzt etwas schief auf seinem massiven Schädel, den er fast kahl rasiert hat. Nur ein paar kurze Stoppeln seines blonden Haares schauen unter dem Rand hervor. In seinem rechten Ohrläppchen blitzt ein kleiner Ohrring mit einem funkelnden Stein. Seine tiefe Stimme donnert erneut an mein Ohr: „Ihre Fahrzeugpapiere und die Fahrerlaubnis bitte!“

Diese Aufforderung lässt keinen Widerspruch zu, und ich krame im Handschuhfach meines Wagens nach den Fahrzeugpapieren. Während ich noch suche, fragt der junge Beamte: „Haben Sie heute Abend alkoholische Getränke zu sich genommen?“

Ich wühle mich durch Tempotaschentücher, Landkarten, Bonbons und Kaugummi und antworte ihm gereizt mit: „Nein, leider nicht.“

Endlich finde ich die nötigen Unterlagen und reiche sie ihm durchs Fenster. Mit einer Taschenlampe starrt er auf die Papiere und dann wieder mir ins Gesicht. So habe ich Zeit, ihn nochmal ausgiebig zu betrachten. Unter seiner dunkelgrünen Uniformjacke sehe ich einen ausgeprägten Bizeps und breite Schultern. Seine Hüften hingegen sind schmal und stämmige Beine stecken in massiven schwarzen Schuhen. Er gefällt mir und ich spüre zum ersten Mal das Verlangen nach diesem fremden Polizisten. Eine drängende Lust auf Sex stellt sich bei mir ein und ich fahre mir nervös mit der Hand durch meine langen braunen Haare, die ich heute offen über die Schulter trage. Mit einem scheuen Blick sehe ich in sein Gesicht und ein intensives Gefühl von Leidenschaft überrumpelt mich. Ich will ihn küssen, seinen kahlen Schädel streicheln, seinen durchtrainierten Körper berühren. Als er mich plötzlich anspricht, zucke ich zusammen und werde rot, in der blöden Annahme, er könne meine Gedanken lesen.

„Würden Sie bitte aussteigen!“, fordert er mich auf und ich blicke verdutzt in sein hübsches Gesicht. Heiß und kalt läuft es mir über den Rücken, als ich die Tür vorsichtig öffne und aussteige. Nun stehen wir uns direkt gegenüber und er ist gut zwei Köpfe größer als ich. Seine ganze Statur, seine Uniform, flößen mir einen Heidenrespekt ein und ich fühle mich plötzlich wie ein kleines Mädchen, das etwas angestellt hat. Verwirrt und mittlerweile ziemlich aufgegeilt sehe ich zu Boden und warte, dass er etwas sagt. Lange muss ich nicht warten, denn er bittet mich: „Kommen Sie bitte mit.“

Mit großen Schritten geht er voran zu dem Streifenwagen und öffnet die Beifahrertür des Kastenwagens.

„Sind Sie mit einem Alkoholtest einverstanden …“, wieder blickt er in den Fahrzeugschein und ergänzt dann, „„… Frau Auermann?“

„Wieso das denn?“, frage ich verblüfft, denn ich hatte ihm ja vorhin gesagt, dass ich nicht getrunken habe.

„Reine Routine“, meint der Beamte und sieht mich an, als könne er direkt in mein Hirn sehen, nein, in meine Seele. Dieser Blick löst erneut ein kribbelndes Verlangen in mir aus, das sich nun in meiner Mitte bemerkbar macht und mir die Röte ins Gesicht steigen lässt.

Zögernd und etwas zickig sage ich: „Ja, dann machen Sie schon, wenn's sein muss."

Der junge Polizist grinst und meint hämisch: „Ja, es muss sein oder möchten Sie lieber zur Blutkontrolle?"

„Nein, natürlich nicht", erwidere ich ziemlich ärgerlich über seine Bemerkung. Dieser Typ reizt mich und ich versuche meine Erregung zu verbergen, indem ich ihn anbluffe. Wenn ich nicht so nett zu ihm bin, bemerkt er vielleicht nicht, was in mir vorgeht. Wieder beugt er sich in das Fahrzeug und holt etwas aus einer großen Ledertasche. So gibt er mir Zeit, seinen knackigen Hintern, der sich unter der hellbraunen Hose deutlich abzeichnet, ausgiebig zu betrachten. Dann steht er wieder vor mir, hält mir einen weißen Gegenstand entgegen und setzt ein passendes Mundstück auf das Alkoholmessgerät.

„Sie müssen jetzt hier hineinpusten, bis es aufhört zu blinken oder ich stopp sage", erklärt er mir, während er auf das Mundstück deutet.

„Ja, ist gut", sage ich, denke aber, dass ich lieber woanders meinen Mund spielen lassen würde.

Er reicht mir das Gerät und ich sehe tief in seine Augen, unsere Gesichter sind sich so nahe, dass ich sein herbes After Shave riechen kann. Auch er bemüht sich um Fassung, das sehe ich deutlich. Fahrig und nervös bittet er mich, anzufangen zu pusten. Noch sehe ich ihn an, nehme aber das Gerät in die Hand.

Plötzlich und unerwartet greift der Polizist mir in den Nacken, biegt meinen Kopf nach hinten und beginnt mich zu küssen. Seine Lippen pressen sich auf die meinen und seine Zunge drückt meine vollen Lippen auseinander. Gierig und willig nehme ich ihn auf und erwidere seinen Kuss, trotz des Schreckens. Die Situation kribbelt und knistert. Voller Leidenschaft werfe ich meine Arme um seinen Nacken, wobei das Messgerät scheppernd zu Boden fällt und fahre mit meinen Fingerspitzen über seinen massigen Hals. Völlig ungeachtet dessen, was um uns herum passiert, küssen wir uns ausgiebig und voller Begierde. Ich presse mein Becken an seine Oberschenkel und spüre sein hartes Verlangen. Auch ich beginne zu vibrieren und spüre die Feuchtigkeit, die sich in meinem Schoß ausbreitet.

Eine tiefe Stimme unterbricht uns: „Armin, geh doch in den Wagen!“

Das war der Kollege des Polizisten, der mich geküsst hat und wir blicken beide stumm und perplex auf den jungen Mann, der jetzt direkt neben uns steht. Jetzt wusste ich zumindest seinen Vornamen. Wieder spricht der uniformierte Kollege mit Armin: „Ihr könnt das nicht hier auf der Straße tun, verschwinde im Wagen, ich passe auf.“

„Danke Stefan“, erwidert Armin und an mich gewandt sagt er: „Komm mit, Kleines.“

Zitternd und aufgeregt folge ich ihm nun in den Streifenwagen und raffe beim Einsteigen meinen Rock ein wenig, um nicht darüber zu fallen. Geräuschvoll schließt er die Schiebetür und zieht graue Vorhänge vor die Scheiben. Mit einem Griff packt er mich an den Haaren und haucht mir ins Gesicht: „Ich weiß, dass du mich willst und ich will dich, also lass uns nicht länger warten, ok?“

Da ich eh schon so erregt bin, kann und will ich jetzt nicht mehr zurück, also bestätige ich ihm: „Ja, ich will dich.“

Das ist für ihn Aufforderung genug und er presst mir wieder seine weichen Lippen auf meinen Mund, während seine Hand über meinen Rücken fährt und auf meinem Po hängen bleibt. Seine Zunge erforscht jeden Winkel meines Rachens und seine Hand knetet meinen Hintern. Eine fast schon wilde Lust ergreift mich und ich halte mich an seinen starken Oberarmen fest, suche Halt und finde ihn auch. Leidenschaftlich und hemmungslos gleitet seine Hand tiefer und findet den Saum meines Rockes, den er geschickt nach oben zieht. Mit einer Selbstverständlichkeit fahren seine Finger in meinen knappen Slip und suchen sich einen Weg in mein Intimstes. Meine ernorme Feuchtigkeit macht es ihm leicht und ich stöhne auf, als er zwei seiner Finger in meine Mitte schiebt. Jetzt gibt es auch für mich kein Halten mehr. Ich knöpfe mit zittrigen Fingern sein Jackett und sein Hemd auf, seine Kappe ist längst heruntergefallen. Unsere Lippen lösen sich voneinander und der junge Polizist schubst mich ein Stück von sich weg, nachdem er seine Finger wieder aus mir entfernt hat und ausgiebig an ihnen leckt.

„Zieh dich aus!“, erklingen seine harten Worte, bei denen es mir wieder kalt den Rücken runterläuft. Seine dominante Art macht mich fast wahnsinnig, und ich fühle deutlich meine Unterwerfung, die auf eine ganz natürliche Art vonstatten geht, ohne mein Zutun.

Willig entblöße ich mich vor ihm und sehe ihm zu, wie er seine Kleidungsstücke auf den vorderen Sitz wirft. Seine Männlichkeit steht weit von ihm ab und ich verspüre ein unsagbares Verlangen, ihn in mir zu spüren, sowohl in meinem Schlund, als auch in meinem Lustzentrum. Er ist genauso wie ich im Schambereich glatt rasiert und das weckt meine Begierde, ihn oral zu verwöhnen. Aus einem Impuls heraus knie ich vor ihm nieder und greife nach seinem Penis. Armin äußert sein Vergnügen und sagt heiser: „Du weißt genau, was ich will, das gefällt mir.“

Mit einer besitzergreifenden Geste greift er mir wieder in meine lange Mähne und dirigiert meinen Kopf in Richtung seines Gliedes. Voller Verlangen öffne ich meinen feuchten Mund und umschließe seine Eichel mit meinen warmen Lippen. Er schmeckt himmlisch und ich sauge an seiner Spitze, während meine Hände seine Hoden massieren. Mit meiner feuchten Zunge fahre ich an seinem Schaft auf und nieder und nehme ihn dann ganz in mir auf. Seine Hand drückt meinen Kopf weiter nach vorne und ich spüre ihn tief in meinem Rachen und sauge an ihm. Der Beamte vor mir stöhnt und wirft seinen Kopf in den Nacken, so weit, dass sein Adamsapfel gewölbt hervortritt. Seine Augen sind genießend geschlossen und ich wende mich wieder seinem Penis zu. Mit allen Raffinessen lasse ich meine Zunge und meine Lippen mit ihm spielen, ihn verwöhnen und ihn um den Verstand bringen. Als sich erste kleine Perlen der Lust auf seiner Eichel bilden, schlecke ich sie auf und genieße den erregenden Geschmack. Noch einmal steigere ich mein Tempo und verwöhne ihn gekonnt mit meiner Zunge.

Die Nässe in meinem Schoß zeigt mir deutlich mein eigenes Verlangen und ich fühle das prickelnde, berauschende Gefühl der Begierde in meinem Unterleib. Wieder stöhnt Armin sehr lautstark und zieht sich dann vorsichtig zurück, entfernt sich einen Schritt von mir und raunzt: „Komm her, stell dich an die Bank, ich will dich von hinten nehmen."

Erneut reagiere ich willenlos, ja eher schon bereitwillig und erhebe mich. In dem kleinen Kastenwagen ist es mittlerweile stickig und warm, aber das stört uns nicht wirklich in diesem Moment der Begierde. Galant stütze ich mich auf die Sitzbank und präsentiere ihm meine Kehrseite und meine feucht glänzende Scham. Meine Schultern stoßen an die Rückenlehne und ich lehne meinen Kopf ebenfalls dagegen. Mit einem Blick über meine Schulter sehe ich, wie Armin sich hinter mir postiert und mich betrachtet. Meine langen Haare bilden einen Schleier aus Seide, der über meine Schultern fällt und ich werfe dem Polizisten einen lasziven Blick zu, lecke mir über meine Lippen und werfe den Kopf in den Nacken.

Seine Hände fahren sanft über meine Backen und streicheln meine warme, weiche Haut. Dann spüre ich seine Finger, die langsam, aber dennoch fordernd durch meine Schamlippen gleiten. Sie berühren voller Gier meine Liebesperle und die Erregung breitet sich bis in meine feinsten Nervenzellen aus. Meine Nippel sind so hart, dass sie fast schon schmerzen und meine Weiblichkeit zieht sich voller Vorfreude zusammen.

Endlich spüre ich sein Glied an meinem Eingang und mit sanftem Druck gleitet er in mich hinein. Seine Stöße sind zaghaft, fast ängstlich und ich presse ihm mein Becken drängend entgegen. Meine Beine spreize ich noch ein wenig mehr, damit er genug Platz hat, doch seine Bewegungen bleiben immer noch langsam und schon fast quälend.

Ich will mehr, will mehr Härte, mehr Leidenschaft und fordere ihn heraus: „Fester Armin, bitte, tiefer, mach schon!"

Stöhnend beuge ich mich ihm entgegen und passe mich seinem Rhythmus an, der jetzt etwas schneller wird. Meine rechte Hand verschwindet zwischen meinen Schenkeln und reizt die Klitoris noch zusätzlich. Die Pranken des Polizisten packen etwas fester zu und umklammern meine Hüfte, reißen jetzt förmlich daran und dirigieren mich. Endlich werden die Stöße wilder, leidenschaftlicher und sein Penis dringt tiefer in mich ein. Ja, so ist es gut und ich keuche und stöhne in meiner Lust, während ich mit meinen Fingern virtuos an meiner Liebesperle spiele.

Der Streifenwagen kommt jetzt richtig in Wallung und wippt mit uns im Takt, überall klappert und scheppert es. Die Sitzbank unter mir quietscht und das Leder riecht muffig, aber auch das tut unserer Stimmung keinen Abbruch. Wie wilde Tiere sind wir übereinander hergefallen und alles um uns herum war vergessen. Vom ersten Augenblick an wusste ich, dass ich diesen Mann will, so sehr will. Dieser wilde Stier, der mich da gerade leidenschaftlich von hinten nimmt, reizt mich ungemein und ich fühle überdeutlich ein fast schon drängendes Verlangen, mich ihm zu fügen, mich ihm zu unterwerfen. Von ihm möchte ich dominiert werden, seine Wünsche erfüllen und ihm dienen. Ich will seine Lustsklavin sein, auch wenn es nur für diese eine Nacht ist.

Meine Hand wandert von meiner Klitoris weiter nach hinten, bis ich seine Hoden spüre. Begierig beginne ich sie zu kneten, während sie immer wieder gegen meine Schenkel klatschen. Armin stöhnt wieder lauthals und auch ich fühle, dass es nicht mehr lange dauert, bis ich die Erlösung finde.

Aus heiterem Himmel zieht sich der Polizist plötzlich von mir zurück und ich staune nicht schlecht, als er nach vorne zu seinen Klamotten greift und etwas Klirrendes hervorholt.

„Komm steh auf!", befiehlt er in einem strengen Ton und ich erhebe mich von der Sitzbank. Dann sehe ich auch, was er in der Hand hält. Es sind Handschellen und Armin lässt sie vor meinem Gesicht baumeln.

„Hände nach vorne!", ertönt seine Anweisung und ich gehorche willenlos. Ruckzuck sind meine Hände gefesselt und das Metall schmiegt sich um meine Handgelenke. Dann öffnet Armin seine Hand, zeigt mir einen Karabinerhaken, schnappt meine gefesselten Hände und zieht meine Arme nach oben, wobei er mich wieder herumdreht, so dass ich mit dem Rücken zu ihm stehe. Bevor ich auch nur denken kann, bin ich an den Festhaltegriffen des Autos fixiert. Meine Hände greifen automatisch um den mit Leder bezogenen Griff und dann fühle ich auch schon seine fordernden Hände an meinen Hüften.

„Streck deinen Hintern raus!"

Wieder nur ein knapper Befehl, aber ich gehorche und recke ihm meinen Po entgegen. Die Beine spreize ich freiwillig, denn ich will endlich Erleichterung. Seine Finger finden wieder ihren Weg in meine Mitte und prompt stöhne ich leidenschaftlich. Dann zieht er die Finger wieder zurück und fährt damit sachte über meinen Anus, befeuchtet ihn und drückt sich dagegen. Mühelos gleitet sein Finger in meinen After und ich will mehr davon, bin begierig und gleichzeitig nicht einmal überrascht. Für mich ist es nicht das erste Mal und ich mag Analverkehr. Nun fühle ich statt des Fingers seine Eichel an meinem Hintereingang, die sich sanft aber bestimmt dagegen presst. Ich helfe ihm, indem ich loslasse und mich entspanne. So ist es leicht für ihn, in mich einzudringen und schon verschwindet er in meinem engen Gang. Zunächst dehnt er mich ein wenig und das macht er sehr vorsichtig, doch dann penetriert er mich wild und animalisch, so wie ich es mag. Die Handschellen schneiden in mein Fleisch am Handgelenk und der leichte Schmerz turnt mich noch mehr an. In meiner Lust werfe ich ständig meinen Kopf in den Nacken und wirbele meine Haare durch die Gegend. Armin greift fest um meine Taille und schiebt mich vor und zurück. Er füllt mich ganz aus und dringt tief in mein Innerstes ein.

Lange halte ich das nicht aus und mit gewaltigen Kontraktionen erlebe ich einen extrem starken Höhepunkt. Von meinen Lustschreien aufgestachelt, stößt Armin noch fester zu und windet sich in seiner eigenen Lust. Mit einem lauten Keuchen kommt auch er zu seinem Orgasmus und ergießt sich in mir.

Noch schwebe ich in einem Dämmerzustand des Glücks und fühle die Vibrationen in meinem Unterleib, die nur langsam verebben. Mein Oberkörper hängt an den Handschellen und nun fühle ich den Schmerz wieder, doch diesmal ist er für mich unangenehm. Ächzend stelle ich mich auf und nehme so das Gewicht von den Metallringen, die mich fixieren. Der Beamte hat sich aus mir zurückgezogen und keucht erschöpft, atmet noch ziemlich schnell und wendet sich von mir ab. Aus seiner hingeworfenen Hose holt er den Schlüssel für die Fesseln und erlöst mich aus dieser Lage. Erleichtert, aber auch ein wenig frustriert, dass jetzt alles vorbei ist, reibe ich mir die Handgelenke und bedanke mich. Der Polizist lächelt mich an und sagt mit selbstbewusster Stimme: „Kleines, für heute Nacht ist Schluss, aber ich habe deine Adresse. Sei dir gewiss, dass ich in den nächsten Tagen eine Kontrolle bei dir durchführen werde. Und das ist dann keine Alkoholkontrolle.“

Sein bestimmender Ton erregt mich schon wieder und ich grinse nur. Wir sind uns einig und ich freue mich schon jetzt auf die nächste „Verkehrskontrolle“.

Erotischer Einkaufsbummel

Lisa Cohen

Ich sah ihn, wie er da stand mit diesem wirklich hässlichen Jackett in der Hand und dachte spontan, wie schade, dass ein solch schöner Mann ein so furchtbares Kleidungsstück tragen will. Denn schön war er wirklich, das war zumindest meine Meinung. Auch die Verkäuferin schien es so zu empfinden. Sie umgurrte ihn wie eine läufige Hündin und lief emsig von einem Kleiderständer zum nächsten, um unzählige Klamotten anzuschleppen. So gut ihr Männergeschmack auch zu sein schien, so furchtbar war er bei der Herrenbekleidung. Und das als Modefachberatungskraft. Es war eine Zumutung. Auch ihre unterwürfige Art war kaum zu ertragen. Und das schien nicht nur mir so zu gehen. Ich beobachtete, wie er auf sie reagierte, erst noch bemüht höflich, aber nach und nach unverkennbar genervt.

Wahrscheinlich spürte er meinen Blick auf sich, der ihn so gut wie durchbohrte, denn er sah unvermittelt auf und mir direkt ins Gesicht. Er schien einen Moment lang irritiert, dann aber lächelte er. Und wie er lächelte. Meine Knie wurden weich und ich musste mich ernsthaft bemühen, nicht verlegen zu wirken. Doch erst als er sich wieder auf die Verkäuferin konzentrierte, gewann ich meine Selbstsicherheit zurück. Ich atmete tief durch. Wow, was für ein durch und durch attraktiver Mann.

Dann bemühte ich mich, ihn weniger eingehend zu betrachten, sondern nahm selbst hier und da ein Kleidungsstück in die Hand. Unsere Blicke trafen sich erneut. Er hatte den Blazer, den ihm die Verkäuferin empfohlen hatte in die Hand genommen und hielt ihn in meine Richtung hoch. Ich schüttelte energisch mit dem Kopf. Das gefiel der guten Frau natürlich nicht. Irritiert sah sie von ihm zu mir und zurück. Er hob bedauernd die Schultern und gab ihr den Blazer zurück. Sie versuchte es mit einem anderen Stück. Wieder zeigte er es mir und wieder schüttelte ich den Kopf. Dann beugte er sich zu der Verkäuferin herab und erzählte ihr etwas. Sie sah mich strafend an, nahm ihm die Jacke ab und verschwand mit missbilligender Miene. Mein Herz klopfte nervös, als er sich mir näherte.

„Hallo. Vielen Dank, Sie haben mich aus den Klauen dieser Klette befreit.“

Ich schluckte. „Dafür hasst sie mich jetzt. Hallo erstmal, ich bin die Sophie.“

Er lachte. „Damit kann ich leben. Ich bin Frank!“ Ihm schien mein außergewöhnlicher Name zu gefallen. Und nicht nur der. „Sie haben Geschmack.“ Sein Blick glitt anerkennend an mir herunter. „Sind Sie immer so gut angezogen?“

Geschmeichelt lächelte ich. „Ehrlich gesagt nur, wenn ich wie heute einen wichtigen Kunden habe. Ich arbeite in einer Bank", fügte ich erklärend hinzu. Frank nickte. „Aber ich kann auch wesentlich legerer aussehen ..."

Er sollte nicht denken, ich wäre nur eine Modepuppe und sonst nichts.

„Würden Sie mir einen Gefallen tun?"

Jeden, dachte ich und nickte abwartend.

„Also ich bin am Wochenende auf eine wirklich wichtige Party eingeladen ..." Er grinste spöttisch. Bei diesem Grinsen verliebte ich mich wohl in ihn. „Und da möchte ich mal so richtig gut aussehen."

Ich überlegte, ihm vorzuschlagen, nackt zu gehen, verkniff mir aber diese recht anzügliche Bemerkung.

„Und ich habe das Gefühl, Sie wissen, was mir stehen würde ..."

Ein geiler Slip ansonsten nichts, phantasierte ich weiter und wurde peinlicherweise rot dabei. Ich drehte mich umständlich weg, um den Pulli wegzulegen, den ich als Vorwand in die Hand genommen hatte und sah ihn an.

„Ja gern. Ist es eine eher schicke Angelegenheit oder etwas Lockeres?"

Er dachte kurz nach. „Eher locker, aber stilvoll."

Ich hatte sogar schon eine Idee, schleppte ihn hinter mir her und ließ mein Auge schweifen. Nach kurzer Prüfung des Männerbekleidungsbestandes des Ladens, zog ich ohne zu zögern, mehrere Teile von den Stangen herunter und drückte sie ihm in die Hand. Ohne sie genau anzuschauen, zog er eines nach dem anderen an.

Die Blazer standen ihm alle ausnehmend gut, musste ich nicht ohne Stolz feststellen.

„Ich wusste, dass Sie das Richtige auswählen würden.“

Wir entschieden uns für ein besonders schönes Teil und hängten die anderen Klamotten wieder weg. Frank sah mich unergründlich an.

„Ich brauche auch eine Hose.“

Ich freute mich darüber, dass meine Mission noch nicht beendet war. Wir wechselten die Abteilung. Auch bei den Hosen war ich mir schnell sicher, was ihm stehen würde. Als er mir die auserwählten Stücke abnahm, berührten wir uns zum ersten Mal und spürten beide den elektrischen Funken, der übersprang. Unsere Blicke wurden mit einem Mal sehr intensiv. Zwischen uns war eine erotische Spannung entstanden, die nur allzu spürbar war. Wir zögerten und wussten nicht genau weshalb. Ich hätte ihn gern geküsst. Später gestand er mir, dass er in diesem Moment das Gleiche empfunden hatte.

Er nahm die drei Hosen und sah mich unverwandt an. Zwischen meinen Beinen begann es zu kribbeln.

„Komm bitte, vielleicht brauche ich deine Hilfe ...“

Ich ging hinter ihm her und sah ihm auf den Hintern, der einiges versprach. Was er wohl darunter trug? Ob er es mir zeigen würde? Und nicht nur das? Und ich sponn weiter: Ob er einen schönen Penis hatte? Wieder spürte ich Schamesröte in mein Gesicht steigen. Ich war unglaublich. Noch nie hatte ich in solch kurzer Zeit über einen mir völlig unbekannten Mann in dieser sexuellen Form nachgedacht.

Dann stand ich vor seiner Umkleidekabine und hörte ihn hinter dem dichten Vorhang rascheln. Ich hatte das Gefühl, lange kein erotischeres Geräusch gehört zu haben. Ich stellte mir vor, wie er sich auszog, wie seine Hose über die kräftigen Schenkel strich, dabei sein Glied berührte, wie sich sein Slip spannte und wie er mich zu sich rief …

Mit entschuldigendem Lächeln stand er da. Eine der Hosen, die ich ausgesucht hatte, war offensichtlich zu eng. Er mühte sich redlich ab, den Reißverschluss zu schließen, was ihm aber nicht gelang.

„Du hast sie ausgesucht. Jetzt zieh du sie mir auch an.“ Ohne weiter nachzudenken, kniete ich mich vor ihn hin und packte die Seiten des Reißverschlusses mit beiden Händen. Vorsichtig versuchte ich sie so weit zusammenzupressen, dass man den Verschluss hochziehen konnte. Doch so sehr ich mich bemühte, es war nicht möglich. Frank zog die Luft ein, obwohl das nicht viel änderte. Denn einen Bauch hatte er nun wirklich nicht.

Erregt stellte ich fest, dass sich sein Slip unter meinen Bemühungen wölbte. Ich ließ den Reißverschluss augenblicklich los und zog die Hose ein Stück herunter. Dann griff ich nach dem Slip, um sie ebenfalls etwas herabzuziehen. Franks Penis schnellte befreit hervor. Es war ein wirklich schönes Exemplar, was ich da in Augenhöhe vor mir hatte und so gab es für mich nichts zu überlegen. Ich hatte Lust auf dieses satte Stück Männlichkeit und ich wollte es mit meiner Zunge und den Lippen verwöhnen nach allen Regeln der Kunst. Ich griff mit den Fingern nach seinem Glied, massierte es ein wenig, spielte an den rasierten Hoden und hörte den mir auf einmal so vertrauten Mann, dem die Herrlichkeit gehörte, zufrieden seufzen.

„Das ist gut!"

Ich strengte mich besonders an. Ich wollte es so geil wie möglich machen. Als sein Penis wunderbar steif war, nahm ich ihn in den Mund, ließ das Prachtstück dort hin- und hergleiten und steckte es dann zwischen meine Lippen. Meine Zunge umspielte die vibrierende Eichel, während meine Hände weiter sanft und stetig an den Hoden herumfummelten. Frank stöhnte auf, als ich mit den Lippen am Penisschaft entlangleckte und sowohl meine Geschwindigkeit dabei, als auch die Art der Liebkosung veränderte. Schnell fand ich heraus, was er am liebsten mochte, was ihn am geilsten machte. Sein Bauch war angespannt, sein ganzer Körper stand unter Strom, während ich ihn verwöhnte.

Nicht nur Frank schien kaum genug bekommen zu können von meiner Stimulation. Auch mich selbst machte es an, ihn nach allen Regeln der Kunst oral zu befriedigen. Ich genoss die geseufzte und gestöhnte Reaktion auf meine Bemühungen und strengte mich noch mehr an, als Frank mich mit leisen, schmutzigen Worten antrieb, nicht aufzuhören mit meinem Treiben.

Darüber brauchte er sich nun wirklich keine Gedanken machen.

Ich geriet richtig auf Touren. Um meine Umgebung machte ich mir längst keine Gedanken mehr. Ich würde erst aufhören, wenn dieses schöne Glied in meinem Mund explodiert war. Und das konnte nicht mehr lange dauern. Frank hatte sich in mein Haar gekrallt und bemühte sich, seine hemmungslosen Lustlaute zu unterdrücken.

„Gleich. Weiter!"

Und ich ließ meine Zunge weiterhin auf- und abgleiten, nahm immer wieder die Finger als Unterstützung zu Hilfe und spürte, wie es zwischen meinen Beinen vor Lust schon ganz feucht war.

„Ja, jetzt, jetzt …" Frank stöhnte in mein Haar. Seine Ejakulation war gigantisch. Das Glied zuckte in meinem Mund vor und zurück und explodierte heftig. Und ich, die nicht so verrückt nach dem Schlucken des männlichen Ergusses war, wurde bei diesem Mann gierig danach …

„Sophie …?" Und dann: „Sophie? Bist du noch da?"

Verwirrt sah ich mich um. Da rief wohl jemand meinen Namen. Aber erst als Frank den Vorhang zur Seite schob und mich irritiert ansah, begriff ich, wo ich mich zumindest in Gedanken in den letzten Minuten befunden hatte. Meine Phantasie war mit mir auf eine sexuelle Reise gegangen. Ich hatte auf obszöne Art und Weise von dem männlichsten Stück geträumt und konnte es selbst kaum glauben. Frank sah mich durchdringend an und sagte lächelnd: „Ein Abendessen für deine Gedanken …“

„Lieber nicht!“, schoss es aus mir heraus.

Sein Lachen war ansteckend und schob meine geilen Gedanken beiseite. Zu der Hose, die er angezogen hatte, nickte ich nur zustimmend. Ich musste mich erstmal innerlich wieder ein wenig sammeln.

Dann standen wir an der Kasse, Frank bezahlte zufrieden seine Klamotten und nahm mich ganz selbstverständlich an die Hand.

„Ich bin sehr zufrieden mit deiner Beratung und möchte dich wirklich gern zum Essen einladen.“

Natürlich nahm ich die Einladung an. Er führte mich in ein sehr teures Restaurant aus und wir ließen es uns richtig schmecken.

„Worüber hast du nachgedacht?“

So sehr ich mich auch zierte, er ließ nicht locker, bestellte noch eine Flasche Wein und hakte weiter nach. Dann endlich, als mich der Alkohol etwas lockerer gemacht hatte, gestand ich ihm meine Phantasien. Zumindest so in etwa. Alle delikaten Einzelheiten konnte ich ihm nun wirklich nicht sagen. Frank hörte mir amüsiert zu. Als ich geendet hatte und ihn nun vor Scham nicht mehr ansehen konnte, nahm er meine Hand.

„Du hast mir Appetit gemacht. Und das nicht auf was Essbares.“

Eine halbe Stunde später lagen wir in seiner Wohnung auf einem unwahrscheinlich großen Sofa, und ich hatte tatsächlich seinen Penis im Mund und verwöhnte ihn mit meinen Fellatio-Künsten.

Übrigens war es noch viel besser als in meiner sexuellen Phantasie. Ich war im Nachhinein so froh, ihn beim Shoppen beraten zu haben. Dieser Traummann war einfach eine Sünde wert …

Erregende Signale

Miriam Eister

Kühles Wasser perlte über meinen Körper. Der Schaum auf meinem Bauch rutschte tiefer und verfing sich in dem winzigen Haarstreifen, der nach der Rasur noch geblieben war. Die Dusche tat wahnsinnig gut. Nachdem mein Wecker mich aus einem angenehmen Traum geholt hatte, brauchte ich eine kühle Dusche, um wieder einen klaren Kopf zu bekommen. Mein Handy lag in greifbarer Nähe. Manche Leute mögen mich für verrückt halten, dass ich das Telefon mit ins Bad nehme, aber das basierte aus reinen Erfahrungswerten. Meistens gab es wichtige Anrufe oder SMS immer nur dann, wenn ich gerade im Bad war. Und es gab einen männlichen Grund, den ich im Falle eines Anrufes auf gar keinen Fall verpassen wollte.

Wie zur Bestätigung summte mein Telefon plötzlich los. Jemand hatte mir einen Text geschickt. Ich drehte den Hahn zu, trocknete mir nur die Hand ab und las. „Was machst du?“

Nur diese drei kleinen Worte ließen mich schmunzeln. Da war er wieder. Dieser verführerische, männliche Grund, das Handy immer in greifbarer Nähe zu haben. Meine Antwort fiel genauso knapp aus: „Duschen“.

Keine Minute später hatte ich die Anweisung: „In einer halben Stunde – weißt ja, wo du mich findest“, bekommen.

Ich stieg wieder unter die Dusche und nahm mir noch etwas Duschgel. Zwischen den Beinen pochte es. Ich hatte Lust. Und ich wusste auch, was kommen würde. Sanft seifte ich mich wieder ein, fuhr mir gründlich zwischen die Beine, in die Pofalte, knetete meinen Busen durch. Das kühle Wasser hatte die Warzen steif werden lassen. Ich war sexy – trotz meines etwas ausladenden Hinterteils. Oder gerade deswegen. Raus aus dem Bad, rein in den Rock. Da es warm war, konnte ich auf einen Slip natürlich verzichten. Ein schöner BH war leicht gefunden, einfache Slipper an und ab in Richtung „Wo du mich findest“. Ja ich wusste, wo unser Versteck ist, wenn wir Lust auf eine Nummer im Freien hatten. Und ich wusste, dass wir uns beide nicht mit langen Vorreden aufhalten würden. Das machte es immer umso animalischer.

Ich bog mit meinem Astra um die Kurve in Richtung eines Waldstückes. Manchmal waren ein paar Wanderer hier oder Radfahrer. Heute früh schien es aber noch ruhig zu sein. Noch ein paar Meter und dann links hinter dem Busch warten. Den Motor ausschalten und einfach im Wagen bleiben.

Ich sah sein Auto noch nicht. Also schob ich meinen Rock etwas hoch und legte mir einen Finger zwischen die Beine. Ich zog die Labien etwas auseinander und einladende Feuchtigkeit erwartete mich schon. Mein

Finger verschwand. Ich legte den Kopf in den Nacken und seufzte aus tiefster Brust.

Plötzlich ging die Tür hinten an meinem Auto auf. Blitzschnell saß er auf dem Rücksitz, zog meinen Arm in die Höhe, roch an meinem Finger und nahm in tief in den Mund. Ganz sinnlich kostete er mein Aroma. Diese Handlung hatte etwas so Erotisches an sich. Meine erste Erschrockenheit, dass ich vielleicht von jemand anderen entdeckt worden sein könnte, war verflogen.

„Komm nach hinten!“ Schnell stieg ich hinten ein und machte es mir neben ihm bequem. Während unsere Zungen bei einem intensiven Kuss miteinander beschäftigt waren, nestelte meine Hand an seiner Hose. Er war schon hart und reckte sich mir schon entgegen.

Ich änderte meine Position etwas und legte meine Lippen auf seine Männlichkeit. Das tiefe Stöhnen war mein Lohn. Ich wusste, dass er das liebte. Und ich auch. Zärtlich, aber doch kräftig rieb meine Hand an seinem Stab im gleichen Rhythmus, wie meine Lippen auf- und abgingen. Immer mal wieder wurde ich quälend langsam oder ließ ihn ganz los, um seine Erregung zu halten und damit es ihm nicht zu schnell kam. Die Zunge kitzelte um seine Eichel und erste kleine Tropfen machten meinen Genuss köstlich. Er war aber auch nicht ganz untätig. Während ich mich mit aller Gründlichkeit seinem besten Stück widmete, merkte ich einen Finger, der meine Nässe verteilte.

Irgendwann wurde es ihm zu eng auf dem Rücksitz und wir stiegen aus. Ich hob meinen Rock und bettete ihn zwischen den Lippen, hielt aber mein Becken so, dass er noch nicht eindringen konnte, sondern immer nur wieder an meiner Klitoris vorbeiglitt und immer feuchter wurde.

„Du Hexe, komm endlich her!“, sagte er.

Doch das hatte ich noch nicht vor. Aber er wollte es und mit einem einzigen festen Griff wurde ich umgedreht, mit dem Oberkörper über die Motorhaube gelegt und ungehindert konnte er sich voll in mir versenken. Ich stöhnte auf.

„Oh ja, bitte, schneller …“, brachte ich heiser hervor, aber diesmal war es an ihm, mich quälend langsam auf die Folter zu spannen. Viel bewegen konnte ich mich nicht. Vor mir war das Auto und hinten wurde ich festgehalten und war ausgeliefert. Plötzlich zog er sich aus mir zurück und drückte sich gegen meinen hinteren Eingang. Wir genossen immer mal wieder einen solchen Akt, aber hatten es nie bei einem Quicky getan.

Jetzt versuchte ich mich wirklich ihm zu entziehen. Aber er ließ es nicht zu. Sanft beugte er sich über mich, biss leicht in den Nacken und ich hörte ein „Vertrau mir!“ – und tat es. Nur die Eichel, nass von mir und seinen Tropfen, glitt Millimeter für Millimeter tiefer. Dann zog er sie wieder zurück, um erneut ein Stück mehr vorzudringen. Ich wimmerte leise. Der leichte Schmerz am Anfang ist meist da, aber der Lohn umso schöner. Doch viel weiter kamen wir nicht. Ganz in der Nähe waren Klingeln von Fahrrädern zu hören. Es hörte sich an, als wären Kinder auf dem Schulweg.

Wir lösten uns voneinander. Ein Kuss und er verschwand. Dafür erschien auf meinem Handy: „Heute Abend setzen wir das in aller Gründlichkeit fort!"

Warum war ein Arbeitstag nur immer so lang, die Kunden meist immer nur nervig und überhaupt. Irgendwie wollte der Tag in der Boutique nicht vergehen. Ich sehnte mich nach der Einlösung seines Versprechens am Abend. Dieser kurze Quicky hatte mich so scharf gemacht, dass ich mich am liebsten mit den Fingern schnell zur Erlösung gebracht hätte. Aber ich wollte auf ihn warten. Er hatte seinen Höhepunkt ja auch noch nicht genießen können.

Kurz nach Feierabend entdeckte ich ein schwarzes Negligé, das ich kurzentschlossen kaufte. Jetzt nix wie nach Hause, etwas zurechtmachen und ihn erwarten.

Schnell flitzte ich die Treppe hoch. Und wie schon heute Morgen machte ich ein erschrockenes Gesicht. Ich kam gar nicht dazu, die Tür aufzuschließen. Er war schon vor mir da! Durch den Spion hatte er mich entdeckt und die Tür aufgerissen. Nun stand er nackt und mit harter Erektion vor mir, zog mich rein und die Tür zu. Ich war sehr verwundert, er sollte doch erst in zwei Stunden Feierabend haben. Mir wurde die Handtasche abgenommen und die Tüte nach einem kurzen Blick auf das Negligé und dem Kommentar „Ein anderes Mal" auch. Noch im Flur fiel mein Top und der BH. Langsamen Schrittes zog er mich in die Wohnstube zur Couch. Dort entledigte er mich meines Rockes, setzte sich vor mich, stellte eines meiner Beine hoch und kostete nun an meiner Perle. Ich musste mich an seinen Schultern festhalten, denn meine Beine gaben nach.

Zwei Finger schoben sich in mich und fanden mich feucht und bereit vor. Nun war es an mir, seinen Arm hochzuziehen und seine Finger abzulecken. Das Glitzern in seinen Augen war eindeutig.

Er stand auf und rutschte wieder zwischen meinen Schamlippen an meinem sensiblen Punkt entlang. Ich legte leise wimmernd den Kopf an seine Schulter.

„Und nun werden wir dort weitermachen, wo wir heute Morgen unterbrochen wurden!"

Sein vor Lust rauer Ton ließ keine Widerrede zu und ich konnte nur zustimmend nicken. Er legte mich sachte über den Hocker, so dass mein Po sich ihm einladend entgegenstreckte. Er murmelte: „Aber diesmal langsamer", und ich fühlte ihn in meine nasse Mitte eindringen. Er wusste, wie er mich zu nehmen hatte. Mal mit langsamen Stößen, mal mit schnellen. Und immer wieder strich er mit seiner Eichel über meinen Hintereingang, um mich auf Bevorstehendes einzustimmen. Ich brauchte keine großartige Vorbereitung. Ich griff nach hinten und setzte sein bestes Stück dort an, wo ich ihn haben wollte.

„Bitte, füll mich hinten aus!"

Mein Wunsch wurde erfüllt. Immer wieder versenkte er sich bis zum letzten Zentimeter in mir und wurde eng umschlossen. Ich griff mit der Hand an meine Perle. Viel war nicht nötig. Sein Stöhnen wurde lauter, als er an meinen Zuckungen erkannte, dass mein Orgasmus nicht mehr fern war. Noch ein paar kleine Bewegungen mit dem Finger, das Gefühl dieser unglaublich erotischen Verbindung und des „Genommenwerdens" – und ich kam. Laut stöhnte ich meine Lust in den Hocker, hielt mich an ihm fest und genoss einfach nur die Explosion. Unbewusst spürte ich, wie warme Wellen meinen Hintereingang fluteten. Er kam auch, hielt sich dabei an mir fest und blieb mit einem letzten kräftigen Stoß auf mir liegen.

Ein paar Minuten später lagen wir immer noch schwer atmend nebeneinander auf dem Teppich. Er stützte sich ab und lächelte auf mich herab.

„Weißt du eigentlich, wie schwer es ist, mit einer solchen Erektion den ganzen Tag heil zu überstehen?" Ich kicherte.

„Als ob es mir besser gegangen wäre. Alle Stunde musste ich aufs Klo, um mir meinen nassen Slip versuchsweise mit etwas Klopapier trockenzureiben." Mein Lächeln wurde sanfter.

„Schön, dass du wieder da bist!"

Er legte sich wieder hin. „Ja, finde ich auch. Die nächste Geschäftsreise ist erst in zwei Monaten. Aber glaub ja nicht, dass mein Hunger auf dich mit dieser Nummer schon gestillt ist. Außerdem habe ich da vorhin in deiner Tüte etwas Schwarzes und sehr Verheißungsvolles gesehen …"

Party-Sex

Lisa Cohen

Ich hasse diese langweilen Cocktail-Partys. Weil dort meist nur langweilige Leute herumstehen und bei dem Versuch, schlau zu gucken und noch schlauer zu reden, genau das Gegenteil erreichen. Ich kann bei small talk sowieso nicht mithalten. Mir fällt nach höchstens drei Sätzen nichts mehr ein, was ich sagen könnte. Ich sage sowieso meistens nur das, was ich denke und genau das will auf dieser Art von Partys niemand hören.

Aber an diesem Sonnabend ließ ich mich überreden, doch mitzugehen. Ich hatte keine wirkliche Alternative gehabt. Um zu Hause zu bleiben ist so ein Samstagabend ja auch irgendwie zu schade. Also ging ich zusammen mit einer Bekannten dorthin, die, wie sich recht bald herausstellte, nur eine kurzzeitige Begleitung suchte, um sich nicht so verloren zu fühlen. Und kaum waren wir dort angekommen, sich den erstbesten, blasierten Typen schnappte und mich stehenließ. Ich nahm es ihr aber nur kurzzeitig übel und bestellte mir fleißig Cocktails, denn die waren wirklich super. Am sensationellsten war jedoch der süße Typ, der diese Cocktails mixte. Wahrscheinlich holte ich mir deshalb einen dieser aphrodisierenden Drinks nach dem nächsten.

Beim dritten Getränk schaute mir der Barkeeper, den die Gastgeber extra für ihre Party engagiert hatten, tief in die Augen.

„Sie trinken das Zeug ein bisschen schnell. Unterschätzen Sie es nicht. Da steckt mehr drin, als man schmeckt …"

Ich war ein bisschen gerührt über so viel Fürsorge und schaute ihm tief in die Augen zurück. „Danke, ich werde aufpassen."

Doch das war leicht gesagt. Das Zeug schmeckte einfach teuflisch gut. Ich selbst hätte es mir nie zusammenmixen können. Abgesehen davon, dass die Zutaten mir wohl auch zu teuer gewesen wären. Viel zu schnell vergaß ich die gutgemeinte Warnung wieder und versuchte es auf ein Neues. Ich hätte nichts dagegen gehabt, mich zu betrinken. Ganz im Gegenteil. Das würde die Party und ihre Gäste vielleicht in ein anderes, etwas besseres Licht rücken.

Entschlossen bestellte ich mir den nächsten Cocktail. Doch dieses Mal bekam ich nur ein Mineralwasser. Bevor ich protestieren konnte, lächelte er mich an.

„Ich heiße Mark. Und ich passe heute Abend ein bisschen auf dich auf. Dagegen kannst du nichts machen …"

Noch nie hatte mich ein Mann so charmant angemacht. Ich hoffte zumindest, dass es eine Anmache war. Denn der Barmensch gefiel mir von Cocktail zu

Cocktail besser – und das lag ganz bestimmt nicht am Alkohol. Ich nahm brav das Wasser und setzte mich in seine Nähe, um ihn so unauffällig wie möglich im Auge zu haben. Meine Bekannte war anscheinend mit dem Langeweiler verschwunden, an dessen Seite ich sie gesehen hatte. Sollte sie!

Nach meinem Wasser bekam ich einen Kaffee serviert. Fragend sah ich ihn an. Er beugte sich zu mir herab und flüsterte mir ins Ohr. Wie konnte ein Mann so gut riechen? Ich hatte schon lange nicht mehr so einen herb-männlichen Duft in der Nase gehabt. Er machte mich an und auch das, was ich da geflüstert hörte.

„Du solltest fit bleiben. Ich habe noch etwas vor mit dir – später!"

Nach dieser Offenbarung hätte ich gut einen Schnaps gebrauchen können. Aber der Typ sollte bloß nicht annehmen müssen, ich wäre am Ende noch Alkoholikerin … Und so trank ich brav das starke Gebräu und wartete innerlich völlig aufgewühlt ab, was er mit mir vorhatte.

„Na, wie bist du drauf? Amüsierst du dich auch?"

Ein Stoß in die Rippen riss mich unsanft aus meinen Phantasien. Es war zu reizend von Tina, dass sie sich doch noch kurz an mich erinnerte und die Party nicht schon verlassen hatte. Hinter ihr starrte mich der Langeweiler interessiert an.

„Nichts Nettes dabei für dich?" Sie war aber auch zu blöd manchmal und peinlich direkt. Sie dachte nicht nach, bevor sie sprach.

„Bin schon versorgt …“ Ein wenig herablassend sah ich sie an.

„Ach ja – wer ist es denn?“

Große Güte, sie tat ja wirklich so, als wenn es nicht vorstellbar schien, dass sich jemand für mich interessieren könnte. Ich drehte mich zur Bar und dankte dem Himmel, dass der schöne Mann dahinter gerade in diesem Moment sehr direkt zu mir herübersah. Tina lächelte scheinheilig.

„Na, das ist was Deftiges, warum nicht. Du stehst ja auf diese Art Typen.“

Damit drehte sie sich betont lässig zu ihrem Begleiter um und ich hatte trotzdem die Gewissheit, dass sie mich glühend beneidete. Nämlich um diesen ganz und gar nicht langweiligen Mann hinterm Tresen, der mich so interessiert angesehen hatte.

Ich trank einen Kaffee nach dem nächsten. Ich wollte fit sein, wenn es so weit war. Zwischendurch bekam ich dann doch noch mal einen kleinen Cocktail, liebevoll gemixt, extra für mich.

„Du hast wunderschöne Lippen. Darauf stehe ich total.“

Ich lief langsam heiß. Wir wussten beide, was ich mit diesen Lippen tun würde. Und so verging die Zeit auf dieser öden Party leider nicht wie im Flug. Ich harrte aus und war mir sicher, die Belohnung für diese Stunden würde umwerfend sein. Seine Blicke entschädigten mich dafür, dass wir nicht viel miteinander reden konnten.

Tina wollte dann irgendwann los, ohne den Langeweiler im Schlepp und reagierte etwas angestochen, dass ich nicht mit wollte. Ich ließ sie ziehen, denn ich wusste, ich war einem ganz besonderen Erlebnis ganz nah …

Endlich saßen wir in seinem Auto. Ich war froh, dass er auf mich aufgepasst hatte, so schade es auch um die wunderbaren Cocktails war. Ich fühlte mich frisch genug für das, was da kommen würde. Die Nacht war sternenklar und warm.

Wir fuhren zu einem besonders schönen Aussichtspunkt über der Stadt. Es war der Platz der Liebespärchen. Um uns herum wuselte es in den Autos verdächtig und geheimnisvoll. Mark parkte den Wagen an einer blickgeschützten Stelle, zog mich an sich und fing an, mich zu küssen. Schon dafür hatte sich das Warten gelohnt. Seine Lippen waren weich und fest und küssten meine zärtlich und fordernd. Der Griff unter sein Hemd bestätigte mir, was ich geahnt hatte. Er war perfekt durchtrainiert. Ich fühlte seine Bauchmuskeln und darauf den dichten Flaum. Ein Seufzer entfuhr mir.

Er führte meine Hand zielstrebig zu seinem Reißverschluss und drückte sie darauf. Ich beeilte mich, die enge Hose zu öffnen, griff nach seinem prachtvollen Penis und massierte ihn abwechslungsreich und ausdauernd.

„Daran denke ich schon seit Stunden!“, stöhnte Mark und lehnte sich zurück. Wie von Zauberhand schob sich sein Sitz zurück. Ich hatte nun genug Freiraum, um ihn zu verwöhnen. Als ich sein schönes Glied ganz freigelegt hatte, beugte ich mich darüber, um es zu schmecken. Auch seine Männlichkeit roch erregend gut. Mein Mund kostete davon und war überzeugt – ich wollte mehr davon.

All meine liebestechnischen Erfahrungen wandte ich an diesem schönen Exemplar an. Das Glied schob sich tief in meinen Mund und zitterte vor Wollust zwischen Zunge und Lippen. Ich zupfte und sog daran und genoss die schmutzig geflüsterten Worte, die mich anheizen sollten. Mein Blowjob gelang gut in dieser Nacht. Meine Finger spielten gefühlvoll an seinen rasierten Hoden. Ich liebte es, wenn kein Härchen zwischen Männerbeinen stört. Ich schaukelte sie in der Hand wie zwei kostbare Edelsteine und entlockte dem Mann, dem sie gehörten, die sinnlichsten Seufzer deswegen. Mal rollte ich sie von vorne nach hinten, dann widmete ich mich wieder mit aller Kraft und nicht gerade zimperlich seinem schönen Geschlecht, was unter meiner Zuwendung nur noch mehr zu wachsen schien. Meine Zunge umkreiste die feuchte Eichel, glitt am prallen Schaft rauf und runter und küsste es liebevoll.

Mit meiner linken Hand suchte ich mir den Weg zwischen die Pobacken und spreizte sie ein wenig. Als ich ihm unvermittelt einen Finger in den Anus schob, stöhnte der schöne Mann laut auf und wandt sich erregt unter meinen Zärtlichkeiten. Ich hatte ihn. Er war wie Wachs in meinen Händen, drehte sich mir so zu, dass ich mehr Freiraum zwischen seinen Backen hatte und noch einen zweiten Finger in seinen After schieben konnte. Darauf stand er also. Ich frohlockte ein wenig, weil ich es mir gedacht hatte. Ich hatte ihn so eingeschätzt, als dass er darauf abfahren würde …

„Mach weiter, das ist geil!“

Es war schon ein erhebendes Gefühl für mich, zu sehen, wie er in meinen Händen dahinschmolz. Ich variierte meine Fingerstimulationen von ganz ganz sanft und sehr sehr langsam bis hin zu ziemlich heftig und im rasenden Rhythmus. Ich konnte fühlen, wie sein Orgasmus in riesigen Schüben heranrollte und schließlich zum Ausbruch kam. Kurz bevor es so weit war, beugte ich mich zwischen seine Beine und schloss meinen Mund um seine zuckende Männlichkeit. Ich scheute mich zum ersten Mal nicht, das männliche Liebeselixier, das ich selbst erzeugt hatte, zu schlucken, und das machte meinen Barkeeper noch schärfer, wenn das überhaupt noch möglich war.

Als Dank dafür, schob er mir noch ganz im Rausch des Höhepunktes mein Kleid hoch und entledigte mich schneller meines Höschens, als ich das vermutlich hätte selber tun können.

„Mmhh, du bist schön feucht, das gefällt mir.“

Kein Wunder, bei der Aktion gerade, konnte ich noch denken, da schaltete sich mein Gehirn fast gänzlich ab und ich ließ mich von seinen Fingern dort verwöhnen, wo ich es brauchte. Er hatte es raus, mich ganz genauso in Stimmung zu bringen, wie ich es sonst nur selbst manchmal schaffe. Seine Berührungen passten einfach. Mal zärtlicher, mal fordernder. Als ich seine Hand durch meine Pospalte fahren spürte, seufzte ich zustimmend auf und rutschte im Autositz etwas tiefer, um meine Beine besser öffnen zu können. Er schob sich mit zwei Fingern Stück für Stück in meinen Anus hinein, während er mich vorne mit der Zunge liebkoste. Ich konnte bald nicht mehr unterscheiden, welche Stimulation mich mehr anturnte. Die von vorn oder die von hinten. Wahrscheinlich war es das Zusammenspiel von beidem, was mich binnen weniger Minuten zu hemmungsloser Lust auffahren ließ. Er streichelte mich bis zur totalen Ekstase und ich stöhnte dann: „Ich will dich!“

Mein schöner Barkeeper zog mich auf sich, ich klemmte meine Beine rechts und links an seinem Körper fest und schob mich auf sein hartes Glied. Wir seufzten beide im selben Moment auf und verkeilten uns, so gut es in dem engen Auto möglich war, ineinander. Seine kräftigen Hände packten mich an der Hüfte und stießen mich hoch und runter an seinem pulsierenden Geschlecht. Wir waren beide unglaublich erregt. Vom mehr als heißen Vorspiel aufgeheizt, brauchten wir nicht viele ineinander verschmelzende Bewegungen, um abzuheben. Wir pressten uns aneinander und küssten uns hungrig, während wir gemeinsam explodierten …

Als sich das Lenkrad zu unbequem in meinen Rücken bohrte, robbte ich mich von ihm herab. Wir sahen ganz romantisch die Sonne langsam aufgehen und waren mit dem Ausgang der Nacht mehr als zufrieden.

Er brachte mich nach Hause und lud mich ein, mir am nächsten Wochenende in der Bar, in der er arbeitete, für mich ganz persönlich die Cocktails zu mixen. Ich hatte also eine Woche Zeit, mich auf die geile Fortsetzung unseres Liebesabenteuers zu freuen …

Kurzes Zwischenspiel

Linda Freese

Mein Sohn war ein richtiger Draufgänger, ein wilder Bub, der ständig in Schwierigkeiten geriet. Seine aufbrausende, unbeherrschte Art verwickelte ihn oft in Konflikte, auch mit Autoritätspersonen. So kam es, dass mich eines Abends unser Pfarrer anrief und sich über das Verhalten meines Sohnes beschwerte. Wieder einmal hatte er im Kindergottesdienst Quatsch gemacht und die Zurechtweisungen des Pfarrers links liegen lassen. Der Kirchenbedienstete lud mich zu einem persönlichen Gespräch ein, um die Sache zu klären. Direkt am nächsten Tag, es war mein arbeitsfreier Nachmittag, hatte ich den Termin bei ihm.

Meine Kleidung wählte ich mit Bedacht und achtete auf Sittsamkeit. So entschied ich mich für ein schlichtes, dunkelblaues Kostüm und eine hellblaue Rüschenbluse, die ich bis zum Hals schloss. Flache marineblaue Pumps waren wohl angemessen für einen Besuch beim Priester. Nach einem letzten Blick in den Spiegel und nachdem ich meine langen braunen Haare hochgesteckt hatte, machte ich mich auf den Weg zum Pfarramt.

Nachdem ich geklingelt hatte, öffnete der Pfarrer mir die Tür und bat mich herein. Der ältere Mann, er war sicher Mitte fünfzig, hatte bereits graue Schläfen und schütteres Haar. Seine Zivilkleidung war bieder und altbacken und verlieh ihm ein seriöses Auftreten. Wir setzten uns in sein Büro, er hinter dem Schreibtisch, ich davor und er bot mir eine Tasse Tee an, die ich dankend annahm. Dann erzählte der ältere Mann über meinen Sohn und seine Missetaten. Irgendwie schweiften meine Gedanken immer wieder ab und ich betrachtete den Pfarrer ausgiebig. Er hatte etwas, das mich magisch anzog, mich reizte, mich förmlich herausforderte, mich aber auch von dem eigentlichen Gespräch ablenkte.

„Verstehen Sie, was ich meine, Frau Friedrich?“, fragte er mich plötzlich und mit hochrotem Gesicht sah ich ihn an und stutzte. Dem Gespräch war ich nicht mehr aufmerksam gefolgt und wusste nicht, was er von mir wollte. Ich fühlte mich ertappt und schämte mich. Um die Situation zu überspielen, spitzte ich meine Lippen und wisperte einfach nur: „Ja sicher Herr Pfarrer, ich weiß, was Sie meinen.“

Der ältere Mann runzelte die Stirn, sah mich fragend an und erzählte dann weiter, nachdem er einen Schluck Tee getrunken hatte. Auch ich nahm einen Schluck des heißen Getränks und versuchte erneut, ihm zuzuhören. Doch wieder schwanden meine Gedanken. Seine durchdringende Stimme nahm ich überdeutlich wahr, aber die Worte, die er sprach, versanken in einem absoluten Nichts. Seine Augen strahlten Weisheit und Güte aus und ich hing an ihnen fest und versank darin. Da fühlte ich zum ersten Mal eine Regung in meinem Schoß, ein fast unmerkliches Kribbeln in meinen Lenden. Galant schlug ich meine bestrumpften Beine übereinander und faltete meine Hände sittsam im Schoß. Nervös spielte ich mit meinem Ehering und nur ganz kurz dachte ich an meinen Mann, aber in diesem Augenblick war der Mann mir gegenüber viel interessanter. Er sprach und nickte ab und zu und ich hing wie gebannt an seinen Lippen. Plötzlich beugte er sich über den Schreibtisch und war mir sehr nahe.

„Frau Friedrich, hören Sie mir überhaupt zu?", fragte er mit verständnisvollem Blick. Durcheinander und noch immer gebannt antwortete ich: „Ja, Herr Pfarrer, entschuldigen Sie, ich hatte eine schwere Woche."

„Das tut mir leid für Sie. Kann ich irgendetwas für Sie tun?", fragte er besorgt und stand von seinem Drehstuhl auf. Mit langsamen Schritten kam er um den Schreibtisch herum und mir lief es heiß den Rücken rauf und runter. Direkt neben mir blieb er stehen, und ich fühlte seine Präsenz übermächtig. Hoch aufgerichtet stand er, mit in die Hüften gestemmten Händen, neben mir und fragte noch einmal: „Wenn ich Ihnen helfen kann, genügt nur ein Wort von Ihnen."

„Das ist sehr nett Herr Pfarrer, aber …", begann ich zu stottern, doch er unterbrach mich.

„Schscht, ich meine es ernst. Ich will Ihnen gerne helfen."

Nur ein Schritt von ihm und er stand hinter mir, ich fühlte ihn, konnte ihn aber nicht sehen. Als er seine Hände in meinen Nacken legte, zuckte ich zusammen und wieder fühlte ich dieses Kribbeln in meinem Unterleib. Er massierte meinen Nacken und verursachte damit eine Gänsehaut auf meinem Rücken. Die Situation war mir unangenehm, schließlich war er Pfarrer und ich verheiratet, doch es gefiel mir, was er tat. Mir gefiel, wie seine Hände von mir Besitz ergriffen, mich wie selbstverständlich massierten, mich berührten. Ja, ich wollte mehr davon, wollte mehr von ihm, von seinen magischen Händen, die mich langsam schmelzen ließen, mich auflösten, mich dirigierten. Entspannt und erregt zugleich, gab ich mich der lustvollen Massage völlig hin. Mein Kopf fiel nach vorne auf meine Brust und meine Muskeln entspannten sich zum ersten Mal in dieser Woche. Seine sonore Stimme unterbrach diesen zauberhaften Moment. Ich wollte von diesem Mann verwöhnt werden, auch wenn er Pfarrer war und es sich nicht gehörte!

„Wir müssen unbedingt etwas tun, Frau Friedrich. Das wissen Sie, nicht wahr.“

Was meinte er damit? Ich war überfordert, verwirrt, durcheinander. Noch immer kneteten seine großen Hände meinen Nacken und ich wusste nicht, was ich antworten sollte. Diese Entscheidung nahm er mir ab, denn er verblüffte mich wieder mit seinen Worten.

„Frau Friedrich, ich denke wir wissen beide, was wir wollen. Zu unserer Entspannung schlage ich vor, dass wir uns es einfach mal gut gehen lassen. Was halten Sie davon?“

Das klang verlockend und er hatte recht. Ein kleines Zwischenspiel würde niemand erfahren und er erregte mich zusehends. Meine Lust wollte befriedigt werden und ich vermutete, dass auch er seine Männlichkeit nicht mehr lange unter Kontrolle halten konnte. Der Gedanke an seinen Penis, der noch in dieser spießigen Baumwollhose steckte, weckte in mir eine unbändige Lust, ihn oral zu befriedigen.

„Sie haben recht, Herr Pfarrer, ein bisschen Entspannung kann nicht schaden.“

Seine Hand fuhr an meiner Schulter herab, meinen Arm hinunter und ergriff meine Hand.

„Kommen Sie!“, forderte er mich auf und zog mich leicht vom Stuhl hoch. Selbstsicher führte er mich zu dem kleinen Sofa, das in der hinteren Ecke des Büros stand. Dort ließ er meine Hand los, setzte sich auf die Couch und öffnete den Reißverschluss seiner Hose.

„Sie würden mir eine große Freude machen, wenn Sie sich ausziehen würden, Frau Friedrich.“

Wieder verblüffte er mich, aber ich fügte mich seinem Wunsch, dabei schlug ich ihm vor: „Bitte, Herr Pfarrer, nennen Sie mich doch einfach Julia.“

Meine Kostümjacke und der Rock lagen schon auf dem Boden, als ich ausgesprochen hatte. Ich war äußerst erregt und starrte auf seinen Hosenstall, den er betont langsam öffnete.

„Julia? Was für ein schöner Name.“

Grinsend stand ich vor ihm und entblößte mich nach und nach. Jetzt fehlte nur noch der Slip und nach einem kurzen Zögern landete auch der auf dem Boden bei den anderen Kleidungsstücken. Splitterfasernackt stand ich vor dem älteren Mann und blickte lustvoll auf seinen erigierten Penis, der nun aus seinem Gefängnis befreit war. Bevor der Geistliche etwas sagen konnte, kniete ich mich vor ihm hin und nahm seine Männlichkeit in meine Hand. Er war gut ausgestattet und voll erigiert. Zunächst massierte ich sein Glied mit Auf – und Abbewegungen und spürte, wie er sich langsam nach hinten lehnte und entspannte. Meine Mitte meldete sich mit unaufhörlichem Prickeln und eine enorme Feuchtigkeit benetzte meine Labien. Nun konnte mich nichts mehr halten und ich umschloss mit meinen vollen Lippen sein Glied. Ich saugte und leckte an ihm und verwöhnte ihn mit meiner Zungenspitze. Speichel floss an seinem Schaft herab und machte ihn noch gleitfähiger. Voller Sinnlichkeit genoss ich den Geschmack und den Geruch des Pfarrers und machte mir keine Gedanken über mögliche Konsequenzen. Immerhin hatte ich gerade den Penis des Kirchenbediensteten in meinem Mund und verheiratet war ich auch.

Erste Stöhngeräusche des älteren Mannes veranlassten mich, noch intensiver meine Zunge zu benutzen. Während ich den Pfarrer oral verwöhnte, verschwand eine meiner Hände zwischen meinen Schenkeln. Meine Klitoris war bereits geschwollen und reagierte sofort auf die erste Berührung. Langsam streichelte ich mich und steigerte so noch zusätzlich meine Lust. Auch ich konnte ein lustvolles Stöhnen nicht mehr unterdrücken und wippte mein Becken vor und zurück. Dies war wohl Anlass genug für den Geistlichen, sich von meinem Mund zu lösen. Jetzt wollte er mehr. Heiser krächzte er: „Komm steh auf! Ich will dich von hinten nehmen."

Erregt und voller Begierde folgte ich auch diesmal seiner Aufforderung. Nur widerwillig löste ich meine Hand von meinem Lustzentrum und stand auf. Die Pranken des Pfarrers drückten mich nach vorne auf das Sofa. Mit den Händen stützte ich mich ab und reckte ihm mein Becken entgegen. Er stand jetzt hinter mir und keuchte, da fühlte ich auch schon seine Finger an meinem Zentrum. Lustvoll und hoch erregt ächzte ich unter seiner Berührung und streckte ihm mein Hinterteil provokativ entgegen, als Aufforderung, mich endlich zu nehmen.

Doch noch wollte er mich nicht ganz, er spielte mit mir, erregte mich immer mehr mit seinen gekonnten Streicheleinheiten. Seine dicken Finger verschwanden in meinem Inneren und reizten meine empfindlichsten Punkte. Voller Verlangen bog ich meinen geschmeidigen Körper dem seinen entgegen und fühlte deutlich seine starke Erektion. Wie ein Virtuose spielten seine Finger eine Symphonie der Lust mit meinem Körper. Alle meine Nervenenden waren bis zum Bersten gespannt, alle Muskeln straff und angespannt, alle Glieder bereit, sich ihm entgegenzustrecken. Mein Kopf wirbelte hin und her und ich keuchte und stöhnte lustvoll und aufreizend. Irgendwann löste sich meine Haarspange und mein langes Haar fiel über meine Schultern und legte sich wie seidener Teppich über meine Haut. Als ich dachte, ich könnte es nicht mehr aushalten, flehte ich ihn an: „Bitte, oh bitte, ich will Sie spüren, Herr Pfarrer, tief in mir. Bitte!“

„Du willst es also mit einem Priester treiben, du Luder?“, war sein Kommentar auf mein Begehren.

Ja, ich wollte ihn, wollte ihn in mir spüren und dass er ein Pfarrer war, erhöhte noch meine Erregung. Noch nie hatte ich auch nur daran gedacht, mich von einem Geistlichen, der sich außerdem noch dem Zölibat verpflichtet hatte, penetrieren zu lassen. Doch in diesem Moment war mir alles egal und schließlich war er nicht nur Pfarrer, sondern auch Mann.

Wieder bettelte ich: „Ja, Herr Pfarrer, ich will genommen werden, von Ihnen, bitte.“

„Nun“, begann er krächzend, „dann will ich dir mal den Gefallen tun, kleine Julia.“

Endlich, dachte ich noch, als er seine Finger aus mir zurückzog. Seine Eichel presste sich gegen meinen feuchten Eingang und spielte ein wenig. Er glitt kurz hinein, dann direkt wieder heraus. Während er dies tat, fühlte ich einen seiner Finger an meinem Hintereingang. Langsam und vorsichtig dehnte er den dunklen Ring an meinem Anus und glitt letztendlich hinein. Aus dem einen Finger wurden zwei, dann drei, während er weiterhin mit seinem Penis meine Lust steigerte, indem er ihn ständig nur kurz in mich einführte und ihn dann wieder herauszog. Er machte mich verrückt mit diesem quälenden Spiel und ich stöhnte lauter und lustvoller, war voller Begierde und sehnte den Höhepunkt herbei. Als seine Finger wieder aus mir herausglitten, stieß er einmal heftig mit seiner Männlichkeit zu und ich schrie kurz auf.

Dann ertönte seine dunkle Stimme: „Ich will dich von hinten, Julia. Mach dich bereit!“ Er sprach es und kurz darauf fühlte ich ihn an meinem Anus. Mit Leichtigkeit dehnte er den Ring und presste sein Glied hinein. Zunächst nahm er mich langsam und vorsichtig, doch mit der Zeit wurde er immer heftiger und leidenschaftlicher. Sein Begehren war deutlich zu spüren und ich verlor mich in meiner und seiner Lust. Wir stöhnten gemeinsam und wiegten uns im gleichen Takt. Eine unsichtbare Melodie ließ unsere Körper im Gleichklang tanzen. Seine Hoden klatschten gegen meine Schenkel und mit jedem leidenschaftlichen Stoß fühlte ich die Welle der Erregung näher kommen. Das Kribbeln wurde zu einem heißen Regen in meinem Inneren und durchflutete jede noch so kleine Nervenzelle. Zu diesem Zeitpunkt konnte und wollte ich den Höhepunkt nicht mehr aufhalten. Wie eine Lawine überrollte mich die Lust und trug mich mit sich fort. Ich hörte einen lustvollen Schrei und merkte erst später, dass es mein eigener war.

Die Hände des Geistlichen umklammerten meine Hüfte und beugten mich ihm entgegen, dann wieder von ihm weg. Auch er keuchte nun heftig und japste. Plötzlich rief er laut: „Julia, Julia, ich komme.“ Mit einem fulminanten letzten Stoß entlud er sich in mir und krächzte: „Du kleines Luder.“

Erschöpft und müde zog er sich aus mir zurück und setzte sich wieder aufs Sofa. Auch ich war ermattet und hockte mich neben ihn. Mit angezogenen Beinen fühlte ich noch immer die Lustlawine und ihre Nachwehen in meinem Unterleib. Die Kontraktionen waren verebbt, aber ein leichtes Beben war noch deutlich fühlbar. Mit einer Selbstverständlichkeit lehnte ich meinen Kopf an seine Schulter und roch den eigenartigen Duft nach Sex an seiner Haut. Zwei schweißnasse Körper, die sich befriedigt ansahen und erschöpft nebeneinander ausruhten.

Eine Weile saßen wir schweigend auf der Couch und hingen unseren Gedanken nach. Ein kurzes Aufblitzen eines schlechten Gewissens regte sich in mir, war aber sofort wieder verschwunden, als der Pfarrer die Stille durchbrach und meinte: „Kleine Julia, du bist ein richtiges Aphrodisiakum für mich und weißt du was?“ Dabei sah er mich mit hochgezogener Braue an und grinste hämisch. Ich schüttelte nur den Kopf und legte die Stirn in Falten. Der ältere Mann zwinkerte mir zu und sagte: „Ich habe noch immer nicht genug von dir. Ich möchte dich noch schmecken und dich noch einmal lustvoll stöhnen hören.“

Überrascht und verwundert zugleich sah ich ihn schweigend an.

„Komm, leg dich mal aufs Sofa, Kleines!“, forderte er mich auf und rutschte selber auf den Fußboden. Wieder gehorchte ich willenlos und legte mich gemütlich hin. Schon waren seine großen Hände an meinen Oberschenkeln und mit leichtem Druck öffnete er meine Beine und blickte auf meine glatt rasierte Scham. Seine Finger teilten geschickt meine noch immer feuchten Schamlippen und dann beugte er sich herab, verschwand mit seinem Gesicht in meinem Schoß und fuhr mit seiner Zungenspitze zwischen meine Labien und verwöhnte meine Klitoris. Schon wieder bebte meine Mitte und ich hob und senkte mein Becken. Auch mit seiner Zunge war er äußerst geschickt und ich war schon bald wieder geil. Er umspielte meine empfindliche Haut und erregte mich bis in jede kleinste Faser.

Ich streichelte mit meinen Händen durch sein Haar und dann wieder zog ich an meinen Brustwarzen. Auch meine Knospen waren erigiert und ich zwirbelte sie zwischen meinen Fingern, während der Pfarrer sich um meinen Schoß kümmerte. Als er mich äußerst liebevoll und dennoch fordernd mit seiner Zunge verwöhnte, führte er mir wieder zwei seiner Finger ein. Er penetrierte mich und leckte mich göttlich. Da war es kein Wunder, dass ich schon bald wieder fühlte, wie der Orgasmus sich näherte.

„Ja, Herr Pfarrer, bitte weitermachen, nicht aufhören, oh ja, weiter so.“

Dies beflügelte ihn wohl noch einmal und er verzauberte mich mit seiner Zunge und seine betörenden Finger erreichten meinen magischen Lustpunkt. Auch diesmal gab es kein Halten mehr für mich. Ich schrie meine Lust heraus und wand mich leidenschaftlich unter seinen Händen. Als der Vulkan in mir ausbrach, stieg die Hitze in meinem Körper rapide an und riss alles mit sich. Mit weit geöffnetem Mund presste ich seltsame Laute heraus und versprühte förmlich meine Leidenschaft. Eine intensive Ekstase ergriff von mir Besitz und ich beugte meinen Körper weit durch, um ihn dann wieder schlaff zurückfallen zu lassen. Der Pfarrer grinste mich zufrieden an und begann, meinen Kopf zu streicheln. Auf meiner Stirn hatten sich Schweißperlen gebildet und liebevoll wischte er sie weg.

„So gefällt es mir, Julia", behauptete er und tätschelte meine Schulter. „Ich denke, wir werden so ein bisschen Entspannung noch öfter brauchen. Was meinst du?"

Das war praktisch die Einladung zu weiteren kleinen Abenteuern in der Kirche und wenn ich ehrlich bin, reizte mich dieser Gedanke ungemein. Noch immer fühlte ich die Lavaflüsse in meinem Unterleib, sie hinterließen heiße Wellen des Glücks und ich begann ernsthaft, über sein Angebot nachzudenken. Eine Affäre mit dem hiesigen Pfarrer? Wenn das nicht ein verlockendes Angebot war. Nur leicht zeigte sich wieder ein schlechtes Gewissen, aber nur ganz subtil im Hintergrund meines Denkens. Als Mann reizte mich der Pfarrer, das war unbestritten. Warum eigentlich nicht? Wenn er damit kein Problem hatte. Er hatte ja auch einen Ruf zu verlieren. Aber wieso machte ich mir solche Gedanken. Wir hatten beide unseren Spaß und ich war absolut nicht abgeneigt, dieses Abenteuer zu wiederholen. Er unterbrach meine Sorgen mit folgenden Worten: „Liebe Julia, du weißt, dass ich dich will und du willst mich. Überlege nicht lange, es wird ja niemand erfahren.“

Recht hatte er und ich sagte: „Ja, ich will auch noch eine Wiederholung, oder zwei oder drei.“

Wir verfielen in ein albernes, ausgelassenes Lachen, welches seltsam widerhallte und ein Echo erzeugte.

Plötzlich schreckte ich hoch und riss meine müden Augen weit auf. Verwirrt starrte ich in den leeren Raum und schüttelte meinen Kopf. Ich hatte von irgendeinem Pfarrer geträumt und mein Höschen war feucht. Eigentlich wollte ich mich vor dem Termin mit dem richtigen Priester nur ein wenig ausruhen und dann erschien auf einmal dieser imaginäre Geistliche, der meiner Phantasie entsprang. Wie sollte ich mich da noch auf das Gespräch mit dem wirklichen Pfarrer konzentrieren. Verwirrt wählte ich seine Nummer und sagte den Termin unter fadenscheinigen Gründen ab. Nun hatte ich Zeit zur Verfügung und sah bereits den erträumten Priester wieder deutlich vor mir. Seicht und wie in Watte gehüllt schwebte ich zurück in mein erfundenes Szenario in der Kirche und gab mich meinen Lüsten hin.

Chefsache

Anita Rose

Vor einigen Monaten fand ich ein altes kleines, einmal von mir sehr peinlich genau geführtes Tagebuch wieder, dem ich in ruhigen Stunden so einige kleine Geheimnisse anvertraut hatte.

Ich habe mich damit in eine Couchecke zurückgezogen und nicht nur darin geblättert, sondern so manche kleine Episoden noch einmal vor meinen geistigen Augen auferstehen lassen. Da fand ich auch eine ziemlich lange Eintragung über ein völlig überraschendes Ereignis, an das ich auch später noch sehr oft gedacht habe.

Ich war noch eine sehr jung verheiratete Frau und arbeitete schon einige Jahre in einem Büro. Man kannte sich recht gut untereinander, aber ohne, dass sich etwas Besonderes ereignet hätte, das ich für wesentlich hielt, um es meinem Büchlein überhaupt anzuvertrauen.

Doch eines Tages musste ich für eine Kollegin in das Vorzimmer unseres hohen Chefs einspringen und war, wie auch sonst alle meine anderen Kolleginnen, ziemlich befangen, um nicht irgendetwas falsch zu machen. Es ging dann aber alles zwei bis drei Wochen lang ganz gut, und ich fand sogar Spaß an der abwechslungsreichen Arbeit. Ich erzählte oft meinem Mann davon, und er war der Meinung, ich solle mich ruhig immer noch ein bisschen netter und adretter anziehen, als zuvor. Natürlich entging es mir nicht, dass es meinem älteren Chef auffiel und es kein Missfallen auslöste, zumal seine sonstige Chefsekretärin eine ganz besonders hübsche und attraktive Frau war, die nie flache Schuhe trug. Da sie ebenfalls verheiratet war und einen guten modischen, dezenten Geschmack bewies, hatte ich in ihr ein Vorbild.

Es fiel mir leicht, nun auch noch tagsüber hochhackige Schuhe zu tragen, da mein Mann das auch sehr gern bei mir sah. Alles war zwar etwas anders, aber irgendwie ganz im Rahmen des Normalen.

Eines Tages musste ich mit meinem Chef in unsere eigene, ziemlich umfangreiche Bibliothek und ihm einige Bücher suchen helfen. Wir hatten unsere Suche fast beendet, da entdeckten wir noch drei sehr dicke Bände, die er noch dringend benötigte, aber leider in einer der oberen Reihen des zimmerhohen Regals standen. Ich nahm also die vorhandene, an der Wand verschiebbar angebrachte Leiter und stieg empor. Nachdem ich nur einen Band wegen des erheblichen Gewichts heruntergebracht hatte, stieg ich noch ein zweites und drittes Mal hinauf. Als ich den letzten Band in Händen hielt, hörte ich, wie mein Chef plötzlich etwas rief, während meine Beine schlecht die nächste Sprosse fanden und ich zu stürzen drohte. Ich hielt mich fest und war etwas erschrocken. Aber der Chef stand unter mir und hielt die wackelnde Leiter fest. Langsam stieg ich dann hinab. Plötzlich fasste er nach meinen Beinen und schob meine Füße dirigierend auf das Sprossenbrett. Es ging etwas langsam. Da spürte ich, wie seine Hände meine Fesseln fester umgriffen, und er sagte etwas, was ich jedoch nicht verstand. Da strichen seine Hände schon höher, griffen nach meinen Waden und Knien. Unfähig, etwas zu tun oder zu reagieren, stieg ich weiter ganz langsam abwärts und er ließ mich los. Ich atmete auf.

Doch gleich im nächsten Augenblick waren seine Hände ganz weich und zärtlich noch höhergefahren und zwischen meinen Schenkeln angekommen, als ein starker Ruck spürbar wurde. Ich schielte nach unten. Mein Höschen hing an meinen Knöcheln, mein nicht sehr weiter Rock bauschte sich, und da spürte ich auch schon ein zartes Streicheln zwischen meinen Oberschenkeln und einen zarten, aber unbeschreiblich prickelnden Kuss an meinem Schoß.

Nach kurzem Suchen und Tasten schob sich eine Zunge heran und begann, in mich einzudringen. Unfähig, mich zu bewegen, verharrte ich. Alles war so überraschend, so plötzlich und so neu für mich, dass ich einfach weiter unfähig blieb und mich lediglich fester mit beiden Händen an die Leiter klammerte und damit rechnete, dass das wohl bald vorbei sein würde und ich danach so schnell wie möglich fortlaufen könnte. Was ich genau dachte, weiß ich heute natürlich längst nicht mehr. Aber es kam außerdem anders; denn er ließ mich vorerst gar nicht los, sondern erreichte, dass es mich plötzlich gegen meinen Willen selbst zu erregen begann. Ja, es erregte mich sogar sehr. Mehr, als ich es mir damals selbst zugestehen und eingestehen wollte.

Es war alles so herrlich still, so unsagbar zärtlich und liebevoll, wie sich hier ein Mann verhielt und mich allmählich immer mehr mit seiner überraschenden Art reizte und nunmehr sogar willig gemacht hatte. Ja, ich war willig geworden. Ich hatte das Buch, das ich bis dahin immer noch in Händen hielt, in ein Fach geschoben und mit meiner freien Hand den Kopf des fordernden Mannes fester gegen meinen Schoß gepresst. Ich begann, meine inzwischen weit geöffneten Schenkel mehr oder weniger rhythmisch gegen sein Gesicht zu pressen und ihn mit den Innenseiten meiner Schenkel das Gesicht zu streicheln. Ich versuchte mich zurückzuhalten, so gut ich es konnte. Aber es gelang mir nicht. Es geschah unweigerlich. Ich zuckte heftig zusammen und konnte das Weitere nicht verhindern, ich musste wohlig stöhnen und gab mich nun völlig seiner so geschickten Zunge hin.

Mein Orgasmus ging mir durch meinen ganzen Körper, wie schon lange nicht mehr bei meinem Mann, wenn er mich auf routinierte Weise glücklich machte. Dennoch war mein Zucken jetzt und hier wesentlich stärker, intensiver und ungewohnter, so dass ich einen Krampf in einem Bein bekam und bat, heruntergelassen zu werden. Ich ahnte, dass es nun unausweichlich für mich sein würde, dass er mich irgendwohin dirigieren und mit seinem sicher sehr heftig erregten Penis nehmen werde. Sicher, ich wünschte mir das keineswegs, aber bisher hatten alle Männer so reagiert, wenn sie nach dem Küssen und Petting mit mir in Erregung geraten waren. Doch dieses Mal war ich bereits voll befriedigt und wusste, dass ich mich wohl wehren würde. Denn jetzt würde ich das Gesicht meines Chefs sehen, was mir vorher völlig verborgen geblieben war, und ich bekam Angst vor den unmittelbar bevorstehenden Augenblicken.

Doch er half mir herunter, steckte mir eine Hand entgegen, küsste meine Hand, griff nach seinem Taschentuch und trocknete mich zwischen meinen Beinen ab, wobei er mich genau betrachtete und mir mein Höschen wieder hochzog, nicht ohne nochmals meinen Po wohlgefällig und mit einem Schmunzeln im Gesicht zu streicheln.

Dann griff er nach einer Brust, küsste diese und auch die andere, schob beide in meine Bluse zurück und verschloss die Knöpfe eigenhändig. Er geleitete mich vor einen Spiegel und trocknete sich selber sein Gesicht ab, trat dann hinter meinen Rücken und kämmte sich. Für einen Augenblick waren unsere Gesichter nebeneinander im Spiegel sichtbar. Er lächelte und sagte leise zu mir: „Na, sehen Sie selbst, wirken wir beide nicht sehr, sehr glücklich? Entschuldigen Sie, aber Sie sind einfach zu schön, und ich konnte nicht widerstehen, als ich Sie so auf der Leiter sah.“ Dann küsste er meinen Nacken, strich zart über meinen Körper und verließ den

Raum. Ich bemerkte nur noch flüchtig, dass er die verschlossene Tür leise entriegelte.

Minuten später stand ich mit den Büchern in seinem Zimmer, musste mich aber sofort setzen, weil mir meine Knie weich waren. Er lächelte und sagte auf meine diesbezügliche Entschuldigung: „Das ist doch selbstverständlich, dass ich es zu Ende bringe bei Ihnen, wenn ich so was beginne!"

Stundenlang schwebte ich zwischen Bangen und Hoffen hin und her, sann nach einem möglichst günstigen Ausweg für mich. Je mehr ich überlegte, ich fand keinen. Als er mir vorschlug, mich mit seinem Wagen nach Hause zu fahren, kam ich in noch größere Seelennöte. Alle meine Ausreden halfen nichts, ich musste mit einsteigen.

Nach einer Weile tastete immer wieder seine rechte Hand nach meinen Beinen und er ließ sie immer höher zwischen meine Schenkel gleiten. Jeden Moment würde er wohl in einen Waldweg einbiegen und mich zu seiner Geliebten machen, das von mir zu akzeptierende Recht verlangen, dass auch er sich auf natürliche Weise abreagieren darf. Doch er fuhr mich nach Hause. Er schob noch einmal seine Hand unter meinen Rock, manövrierte sie wahnsinnig geschickt durch ein Höschenbein, berührte mein Vlies unendlich zart und ließ einen Finger eindringen. Dann zog er seine Hand hervor und küsste eben diesen einen Finger und sagte nur: „Danke für alles, Sie sind wunderbar!"

Italienisch für Anfänger

Lisa Cohen

Ich liebe Pizza. In allen unterschiedlichen Ausführungen, heißt mit allen möglichen Arten von Belag. Es ist mir egal, was oben drauf ist. Wenn sie nur möglichst heiß und saftig ist. Deshalb bin ich auch Stammkunde in der kleinen Stehpizzeria bei mir um die Ecke.

Aber nicht nur weil die Pizza dort wirklich perfekt ist, gehe ich ständig dorthin, auch weil es eben so nah ist. Ich bin dort auch deshalb gern, weil man ständig nette Leute kennenlernt oder wiedertrifft. Seit sie dort diesen hübschen, neuen Koch haben, gehe ich natürlich noch lieber hin …

Als ich ihn das erste Mal mit einem Blech voll köstlich duftender Pizza hantieren sah, konzentrierte ich mich nicht wie sonst auf das Essen, sondern auf denjenigen, der es hergestellt hatte. Er schien ein waschechter Italiener zu sein. Und ich stehe nicht nur auf italienische Pizza, sondern auch auf italienische Männer. Nicht immer, aber oft. Sein Name zerging auf meiner Zunge: „Lorenzo". Er war noch ziemlich jung und auch nicht besonders groß, aber das störte mich nicht. Dieser Mann hatte eindeutig Feuer im Blut und Power in den Lenden. Die Frage war nur, wie ich möglichst unauffällig an ihn herankommen konnte. Ich hatte wenig Lust, dass seine Kollegen oder sogar der Chef etwas mitbekommen würden. Den Boss des Ladens hatte ich nämlich vor einiger Zeit auf der Einweihungsparty der Pizzeria verführt. Es war bei dem einen Mal geblieben. Wir wollten beide keine Fortsetzung und verstanden uns trotzdem oder vielleicht gerade deshalb gut. Wenn er da war, tranken wir einen Kaffee zusammen, quatschten ein bisschen über dies und das und dabei blieb es. Mir wäre es unangenehm gewesen, wenn er meine Absichten bezüglich seines Angestellten durchschaut hätte.

So näherte ich mich dem süßen Lorenzo also vorsichtig und Schritt für Schritt, so dass es eigentlich niemandem auffallen durfte. Ich ging nicht öfter als sonst in die Pizzeria, achtete aber darauf, dass ich immer sexy angezogen war. Lobte seine Pizza und warf ihm unauffällige Blicke zu, wenn niemand hinsah.

Ich brauchte geschlagene drei Wochen, bis ich das Gefühl hatte, ich könnte ihm ebenfalls auch nicht ganz gleichgültig sein. Seine Blicke wurden intensiver, wenn er mir die heiße Pizza servierte. Er fing an, die Böden neu variiert zu belegen und lächelte über meine ungewöhnlichen Zusammenstellungen. Wenn er mich zwischendurch mal ansah, hoffte ich, weiterhin cool bleiben zu können und nicht mit meiner Mimik zu verraten, wie heiß ich ihn fand. Es entging mir natürlich nicht, dass er auch anderen Frauen gefiel. Aber ich hatte das Gefühl, ganz gute Karten bei ihm zu haben.

Während ich also fieberhaft überlegte, wie ich ihn verführen könnte, kam mir der Zufall zu Hilfe.

Es war an diesem Abend schon spät, als ich mich ziemlich spontan dazu entschloss, noch ein Glas Rotwein in der Pizzeria zu trinken. Ich konnte einfach nicht einschlafen, weil ich immerzu an Lorenzos sinnlichen Mund, seine Hände und sein – so stellte ich es mir jedenfalls vor – ziemlich stattliches Geschlechtsteil dachte. Bevor ich mich also weiter schlaflos in den Kissen herumwälzen würde, wollte ich lieber noch ein wenig in seiner Nähe sitzen, an einem Wein nippen und so nebenbei ein bisschen den Grund meiner schlaflosen Nächte betrachten. Schließlich war er ja Schuld, dass ich nicht zur Ruhe kam …

Es war schon lange nach ein Uhr, als ich meinen Wein bestellte. Um zwei machten sie zu. Außer mir aßen noch ein paar Spätheimkehrer auf die Schnelle etwas. Der Besitzer setzte sich kurz zu mir, lud mich ein, noch ein Glas mit ihm zu trinken und verabschiedete sich dann früher als üblich.

„Lorenzo ist lange genug bei uns. Er schafft das auch alleine …"

Ich lächelte in mich hinein. Davon bin ich überzeugt, fügte ich in Gedanken hinzu.

So gegen viertel vor zwei holte Lorenzo die letzte Pizza aus dem Ofen. Ich wusste nicht genau, wie ich mich verhalten sollte. Als die anderen Kunden alle gegangen waren, leerte ich mein Glas, rutschte vom

Hocker und wollte bezahlen. Mein süßer Pizzabäcker sah mich fragend an.

„Trinken wir nicht noch was zusammen?“

Er musste mich nicht dazu überreden. Natürlich trank ich noch ein Glas mit ihm.

Bei einem blieb es jedoch nicht. Wir leerten gemeinsam noch eine ganze Flasche des köstlichen Hausweins. Ich wurde beschwipst und zunehmend erregt.

Lorenzo schloss die Tür ab und zog seine Schürze aus. Ich sah, wie sich unter dem engen, weißen Shirt seine Brustmuskulatur bewegte. Sein Körper würde mir gefallen. Wenn sich unsere Hände berührten, zuckten wir beide zusammen. Es floss eine ganze Menge Elektrizität zwischen uns. Nervös wartete ich, wer den ersten Schritt tun würde.

„Ich möchte dir etwas zeigen …“

Er nahm mich bei der Hand und zog mich mit nach hinten in die Küche. Mit einem geheimnisvollen Lächeln öffnete er einen der großen Kühlschränke und holte einen kleinen Topf heraus. Er zog aus einer Schublade zwei Löffel, öffnete den Topf und entnahm mit dem Löffel die weiße Creme und schob es mir in den Mund. Ich schwöre, ich habe noch nie eine köstlichere Mousse gegessen. Und das lag nicht nur an der Atmosphäre, in der ich sie aß.

Wir teilten uns die kühle Speise und bekamen Hunger auf mehr. Lorenzo nahm mir den Löffel aus der Hand und küsste mich. Er schmeckte süß und männlich zugleich. Seine Lippen fühlten sich fremd und vertraut an. Er öffnete mit seiner Zunge meine Lippen und eroberte mich komplett mit den ersten Küssen. Danach war ich willenlos. Er konnte mit mir machen, was er wollte …

Lorenzo wusste, wie man eine Frau verführt. Er hob mich sanft auf den Arbeitstisch, zog mir die Schuhe aus, die Hose herunter und pfiff leise durch die Zähne, als er sah, dass ich unter der braven Jeans schwarze Strapsstrümpfe und ein heißes Höschen trug. Sein leicht animalisches Lächeln warf mich um. Ich hatte seinen Jagdinstinkt geweckt und freute mich darüber, seine Beute zu sein.

Meine Bluse zog ich ungeduldig selber aus. Lorenzo öffnete meinen BH mit einem Ruck. Ich bedauerte es nicht, dass das schöne Stück seinen Händen so unsanft zum Opfer fiel. Ich genoss seine Heißblütigkeit und gab mich ihm hin.

Als er nackt vor mir stand, seufzte ich vor Freude auf. Lorenzo hatte einen schönen Körper. Er sah genauso aus, wie ich ihn mir in meinen schlaflosen Nächten vorgestellt hatte. Nein, besser. Viel besser. Sein Glied war genau nach meinem weiblichen Geschmack. Nicht zu groß und nicht zu klein. Meine Finger schlossen sich kurz darum. Ich wollte es einmal in den Händen halten, bevor es wegtauchen würde … Schön gerade geschwungen und von erregend harter Konsistenz trieb mir seine Männlichkeit einen Lustschauer durch den Unterleib bis oben in meine Brustwarzen. Und der ganze Mann roch auch noch so gut! Ich sog gierig seinen Duft ein, als er sich zwischen meine Schenkel schob. Er brauchte mich nicht zu stimulieren. Ich war angefüllt bis obenhin mit Lust auf diesen feurigen Italiener. Und dann nahm er mich auf dem Küchentisch der Pizzeria. Fackelte nicht lange, sondern legte sich meine Beine auf seine Schultern, öffnete sie und strich mit seinen Händen an meinen glatten Nylonstrümpfen rauf und runter, während sich sein Glied zielstrebig auf den Weg in mein Intimstes machte. Seine ersten Stöße waren noch etwas ungestüm, aber dann hatte er den richtigen Dreh raus und verwöhnte mich, dass ich bald in den hellsten Tönen seufzte und stöhnte. Ich bog meinen Oberkörper zurück und genoss seine heißen Lippen auf meinem Hals, den Brüsten und an meinen harten Nippeln.

Während er unten fast ein wenig unsanft zustieß, war sein Mund von einer Zärtlichkeit, die mich verblüffte. Dieser Kontrast zwischen animalischem Trieb und zärtlicher Begierde machte mich ziemlich an. Ich hätte ewig so weitermachen können …

Es war fast ein wenig schade, dass Lorenzo so schnell zu seinem ersten Erguss kam. Aber er war wohl in einem Alter, in dem ein Mann seine Lust noch nicht so steuern oder hinauszögern kann. Das Gute an seiner Jugend war auf der anderen Seite, dass er keine Pause nach dem Höhepunkt benötigte, um wieder volle Potenz aufzufahren. Bevor ich mir Gedanken machen konnte, ob er nun erstmal in seinen Bewegungen nachlassen würde, hatte er schon wieder neue Kraft getankt.

Unerfahren war er trotz seines Alters nicht. Während sein Penis in mir wieder anschwoll, wusste er genau, wie er mich zu berühren hatte, damit ich auf meinem Weg in die Ekstase keine Pause einlegen musste. Mit zwei Fingern stimulierte er meine Klitoris auf eine mir ganz unbekannte Art. Er zwirbelte meine Perle sanft zwischen seinen beiden Fingern und machte mich an meinem sensibelsten Punkt so heiß, wie es schon lange kein Mann mehr getan hatte.

Ich kam für meine Verhältnisse unglaublich schnell. Mein lustvolles Stöhnen erfüllte den ganzen Raum. Ich krallte mich in seinem dicht gewellten Haar fest und juchzte vor Vergnügen. Lorenzos Pracht-Penis hatte mittlerweile wieder volle Manneskraft erreicht, so dass ich von meinem ersten Höhepunkt gar nicht erst herunter kam, sondern irgendwo auf dem direkten Weg zum Nächsten hängen blieb. Es war die reinste Achterbahnfahrt, wobei die Talfahrt genauso prickelnd war, wie der erneute Anstieg zur nächsten Orgasmuswelle.

Mein Pizzabäcker verwöhnte mich mit aller Kraft und war selbst überraschend schnell ein zweites Mal so weit. Seine Ekstase durchflutete brodelnd heiß meinen Unterleib. Was für ein Akt!

Bevor ich wusste, wie mir geschah, zog er sich aus mir heraus, drehte mich auf dem Tisch um und legte mich flach auf den Bauch. Dann kletterte er hinter mir auf den zum Glück recht stabil wirkenden Tisch, zog meine Beine etwas an und schob seinen imposanten Penis von hinten tief in mich hinein. Ich schrie auf vor

Lust und umklammerte mit beiden Händen die Ecken des Tisches, weil mich sonst die Wuchte seiner Stöße über die Tischkante hinausgeschoben hätten. Dieser Mann war ein absoluter Super-Lover!

„Nicht ganz so fest …“, konnte ich irgendwie stöhnen, obwohl ich die Heftigkeit seiner Bewegungen genoss. Aber für einen Moment hatte ich doch die Befürchtung, ich wäre seiner immensen Kraft nicht gewachsen und würde unsanft auf dem Boden landen. Lorenzo murmelte eine Entschuldigung und bemühte sich, etwas kontrollierter ans Werk zu gehen, was immer noch unglaublich erregend genug war.

Wieder kam er vor mir zum Orgasmus, aber durch die Wildheit des Aktes spürte auch ich meinen Höhepunkt nahen. Ich weiß nicht mehr, wie lange wir uns so exzessiv miteinander vergnügten, aber als wir beide meinten, es wäre genug, wurde es draußen mittlerweile langsam hell.

Lorenzo war schweißbedeckt, wirkte etwas müde, aber keinesfalls völlig erschöpft und strahlte ob seiner Eroberung über das ganze Gesicht.

„Geile Nacht!“, seufzte er nach dem endgültig letzten Kuss. Holte uns eine Flasche Wasser, die wir dringend gebrauchen konnten. Zog sich an und hatte eine wunderbare Idee. „Möchtest du was essen?“

Erst jetzt merkte ich, wie hungrig ich war. Und mein geiler Pizzabäcker – was tat er für mich, frühmorgens? Er backte nur für uns eine selbst kreierte Pizza! Er klopfte beschwingt den Teig und belegte ihn mit den köstlichsten Zutaten, die der Laden zu bieten hatte. Heiß und kross servierte er sie uns. Und ich aß aus den verschiedensten Gründen, die beste Pizza meines Lebens!

Sinnliche Experimente

Jessy Lucas

Erik und Sara sind schon seit fünf Jahren ein Paar. Bis jetzt lief ihre Beziehung mal mehr, mal weniger gut. Sie liebten sich sehr, doch in letzter Zeit waren beide ziemlich unzufrieden.

Erik unterhielt sich mit seinem besten Freund über diese Problematik. Dieser riet ihm, vielleicht mal etwas Neues auszuprobieren, wie Sex unterwegs oder ein Swingerclub. Erik dachte darüber nach, und da für ihn kein Partnertausch in Frage kam, wollte er sich mal etwas für unterwegs überlegen.

Sara redete auch mit ihrer besten Freundin über das Zusammenleben mit Erik. Auch ihr wurde geraten, mal wieder Schwung in ihr Sexleben zu bringen.

Ein paar Tage später war Wochenende und da das Wetter gut war, beschlossen die beiden einfach mal rauszufahren. Ein bestimmtes Ziel hatten sie nicht, aber sie suchten sich die Nebenstrecken aus, um nicht im Wochenendverkehr steckenzubleiben.

Sara hatte die Worte ihrer Freundin noch im Ohr und überlegte, was man wohl Neues machen könnte. Sie schaute Erik von der Seite an und merkte, dass er immer noch sehr sexy war. Sie dachte an die vielen schönen Stunden, die sie gemeinsam im Bett verbracht hatten. Plötzlich kam ihr die Idee, dass es doch mal eine Abwechslung wäre, wenn er sie im Auto lieben würde. Sie ließ sich etwas tiefer in den Sitz gleiten, dabei rutschte ihr Rock höher, so dass Erik viel von ihren schönen Oberschenkeln sah. Erik sah aus den Augenwinkeln, was Sara da tat. Er fragte sich, was sie wohl vorhätte. In der nächsten Sekunde wusste er es. Sara griff zu ihm rüber und streichelte vorsichtig über seinen Schritt. Sie schaute ihn verschmitzt lächelnd an, leckte sich verführerisch über die Lippen. Erik grinste und legte seine Hand kurz auf Saras Oberschenkel. Er fuhr in einen kleinen Seitenweg mit einer schönen Lichtung.

Erik hielt an und fast im selben Moment sanken die beiden sich in die Arme und küssten sich. Sara kletterte auf Eriks Schoß. Sie presste ihren Unterleib an seinen und ihre Küsse wurden wilder. Erik umfasste ihren Po und massierte ihn. Sara stöhnte leise auf. Ihre Hände fingen an, seine Brust zu massieren und zog ihm das T-Shirt aus. Auch Saras Top lag kurz darauf neben ihnen.

Schnell wurde es ihnen im Auto zu eng und sie stiegen aus. Erik lehnte sich gegen das Auto und wartete gespannt auf das, was jetzt passieren würde. Sara machte sich daran, langsam jeden Zentimeter seines Oberkörpers zu erkunden. Sie umkreiste mit ihrer Zunge seine Brustwarzen, knabberte leicht an ihnen. Erik hatte die Augen geschlossen und stöhnte leise. Während Sara mit dem Mund seinen Oberkörper erkundete, befreiten ihre Hände Eriks bestes Stück. Sie nahm ihn in ihre Hände und streichelte ihn ganz zart. Langsam näherte sich auch ihr Mund dem Pracht-Penis. Erik umfasste Saras Kopf und sie küsste seine Spitze vorsichtig, ließ ihre Zunge langsam um sie kreisen, nahm sie vorsichtig in den Mund und saugte leicht daran.

Sie schaute zu ihm hoch und sah, wie sehr er das genoss. Langsam ließ sie ihn ganz in ihren Mund gleiten, ihre Hände spielten mit seinen Hoden. Sie fing an, ihren Kopf auf- und abzubewegen, ließ ihn rein- und rausgleiten. Mal langsam, mal schnell. Immer wieder stoppte sie die Bewegungen, um Erik zappeln zu lassen. Heftig erregt zog Erik Sara wieder zu sich hoch. Er küsste sie wild und voller Verlangen. Langsam bewegte er sich mit ihr zur Motorhaube, auf die sie sich bereitwillig legte.

Erik betrachtete sie kurz und bemerkte, wie heiß sie immer noch aussah. Er küsste sie wieder, arbeitete sich langsam zu ihren schönen Brüsten hinab. Er leckte über die Warzen, biss vorsichtig rein und saugte an ihnen. Dann machte er sich auf den Weg weiter nach unten. Seine Hände fuhren unter ihren Rock und zogen das Höschen aus. Er schob den Rock ganz hoch. Er streichelte über ihr Lustzentrum und spürte dabei, wie erregt Sara schon war. Aufreizend langsam verwöhnte er mit seiner Zunge ihren Lustknopf, während er mit einem Finger in sie eindrang. Sara spielte an ihren Brüsten und konnte es gar nicht erwarten, bis Erik sie nahm. Er aber wollte sie noch etwas zappeln lassen. Seine Bewegungen wurden hemmungsloser und sein Lecken fordernder. Sara wand sich unter ihm. Sie griff in seine Haare und presste sein Gesicht fester an sich ran. Erik hatte längst den zweiten Finger zu Hilfe genommen und versenkte ihn in ihrer Lust. Plötzlich konnte sich Sara nicht mehr beherrschen und genoss ihren starken Orgasmus.

Erik küsste nochmal ihren erregten Kitzler und richtete sich dann auf. Er zog sie ein kleines Stück weiter an sich ran und drang dann mit seiner ganzen Pracht in sie ein. Sara schlang ihre Beine um ihn herum und presste ihren Schoß ganz fest an ihn. Mit seinen Händen spielte Erik an Saras Brüsten. Seine Bewegungen steigerten sich langsam. Sara feuerte ihren Freund an, denn sie spürte, dass sich wieder ein Orgasmus ankündigte. Erik ließ sich nicht zweimal bitten und legte nochmal richtig los. Er nahm sie wild, hart und fordernd. Dann konnte auch er sich nicht mehr zurückhalten und beide kamen gemeinsam zum Höhepunkt.

Nachdem sie sich wieder angezogen hatten, überlegten sie, ob sie weiterfahren wollten oder hier einen Spaziergang durch den Wald machen wollten. Sie entschieden sich für den Spaziergang und marschierten los. Die zwei genossen das schöne Wetter und freuten sich an dem schönen Wald. Immer wieder blieben sie stehen, um sich zu küssen.

Sie waren wieder wie frisch verliebt und so fühlten sie sich auch. Zwischendurch machten sie auf einer

Bank Rast, um sich etwas zu erfrischen, genossen die Ruhe im Wald und kuschelten sich zusammen. Sie fingen an über sich und ihre Beziehung zu reden und fragten sich, wieso sie nicht schon früher miteinander gesprochen haben. Nach diesem Gespräch fühlten sich beide ziemlich erleichtert und sie setzten ihren Spaziergang fort.

Sie redeten über die Vergangenheit und wie sie sich ihre Zukunft vorstellen.

Sie waren schon eine ganze Weile gelaufen, da kamen sie wieder an eine wunderschöne Lichtung. Es war sehr romantisch mit einem kleinen Bach, der leise vor sich hinmurmelte. Erik und Sara setzten sich ans Ufer, hielten ihre Füße ins kühle Wasser. Sie küssten sich wieder leidenschaftlich.

Nachdem sie sich etwas ausgeruht hatten, liefen sie weiter. Nach einer Weile kamen sie an einen Hochsitz. Sie sahen sich an und ohne was zu sagen, wussten beide, was der andere wollte. In Windeseile kletterten sie die Leiter hoch und machten es sich dort bequem.

Sie bewunderten die schöne Aussicht. Sara schmiegte sich an Erik. Er umarmte sie und begann sie zärtlich zu streicheln. Sara schloss die Augen und genoss dieses Gefühl. Er ließ seine Hände unter Saras Top gleiten und streichelte ihre Brust. Ganz langsam zog er ihr das Top aus. Jeden Zentimeter, der zum Vorschein kam, bedeckte er mit kleinen Küssen. Sara hatte sich längst etwas zurückgelehnt und stützte sich mit ihren Händen ab und stöhnte wollüstig.

Erik ließ wirklich keinen Zentimeter Haut aus und verwöhnte ihre steifen Nippel mit seiner Zunge. Wie zufällig zog er Sara dabei aus. Sie war total heiß und stöhnte immer wieder.

Erik küsste sich jetzt weiter abwärts, dabei reizte er ihre Brustwarzen weiter mit seinen Fingern, umkreiste ihren Nabel mit seiner Zunge. Er küsste sich weiter abwärts, liebkoste jeden Zentimeter ihrer Scham, bis er an ihrem Lustknopf ankam. Zärtlich nahm er ihn zwischen seine Lippen, saugte leicht und knabberte ganz vorsichtig an ihm. Er leckte weiter runter bis zu ihrem Lusteingang und drang vorsichtig mit der Zunge ein. Mit einer Hand knetete er weiter ihre Brüste und mit der anderen massierte er ihren Kitzler.

Er ließ einen Finger in sie gleiten und Sara wand sich vor Lust. Ihr Stöhnen wurde lauter. Erik nahm einen zweiten Finger hinzu, um Sara mehr auszufüllen. Sie war sehr feucht vor Erregung, das ließ Erik nur noch intensiver werden. Seine Finger bewegten sich schneller, er spürte, dass Sara bald zum Orgasmus kommen würde. Er kam mit dem Kopf wieder hoch und saugte an ihren Brustwarzen. Er penetrierte sie mit einem dritten Finger, und seine Bewegungen wurden wilder und wilder. Sara konnte sich nicht mehr halten. Mit einem lauten Aufschrei kam sie. Erik ließ langsam seine Finger aus ihr herausgleiten und küsste sie lange und zärtlich.

Sara schmiegte sich an ihn. Ihre Hände fuhren unter sein T- Shirt und streichelten seine starke Brust. Sie knabberte an seinem Ohrläppchen. Erik schloss die Augen. Sara ließ kurz von ihm ab und zog ihm das Shirt aus. Sie küsste sich an seinem Hals entlang und verwöhnte den ganzen Oberkörper mit Küssen und leichten Knabbereien. Besonders intensiv kümmerte sie sich um seine Brustwarzen. Sie spielte so lange an ihnen, bis sie vor Erregung ganz hart waren. Langsam näherte sie sich seinem Schritt. Ihre Hände befreiten sein bestes Stück ziemlich zügig von der Hose und dem Slip. Zentimeter für Zentimeter küsste sie sich immer näher an seinen Penis ran. Erik stöhnte lustvoll auf.

Sie küsste seinen Penis und ließ ihre Zunge direkt unter der Spitze um ihn gleiten. Langsam nahm sie nur die Eichel in den Mund und saugte leicht an ihr. Erik fiel es schwer, sich zu beherrschen. Dann nahm Sara ihn ganz in den Mund. Ganz langsam ließ sie ihn reingleiten und ihre Hände massierten seine Hoden. Immer wieder glitt Eriks pralles Glied in Saras Mund rein und raus. Sara steigerte jedoch schnell das Tempo und Erik stöhnte immer lauter. Sara ließ ihn wieder fast rausgleiten und verwöhnte wieder nur die Spitze. Sie nahm ihre Brust in ihre Hand und rieb mit ihren harten Nippeln über seinen Penis. Dabei schaute sie ihm tief in die Augen. Sie ließ den Penis auch zwischen ihre Brüste gleiten und bewegte ihn dort hin und her. Erik spürte, dass er kurz vorm Orgasmus stand und feuerte Sara noch mal an. Wieder nahm sie ihn tief in den Mund und nach zwei-, drei Bewegungen ergoss sich Erik mit einem lauten Aufstöhnen in ihrem Mund.

Erik zog Sara hoch, sah ihr tief in die Augen und küsste sie wild und hemmungslos. Sie setzte sich auf seinen Schoß und rieb ihre Scham an ihm. Sie war so stark erregt, dass Erik die Feuchtigkeit spüren konnte. Langsam ließ sie ihn in sich reingleiten und blieb erstmal einen Augenblick lang ruhig sitzen, um dieses sehr schöne Gefühl zu genießen. Ganz vorsichtig fing sie an, sich zu bewegen, ließ ihn wieder fast herausgleiten, um ihn wieder tief in sich einzuführen.

Erik massierte mit einer Hand Saras Brüste und die andere Hand war zwischen sie geschlüpft, und er streichelte ihre Perle. Sara atmete tief durch und steigerte ihr Tempo ein wenig. Sie lehnte sich weiter zurück und bewegte sich nur noch mit ganz leichten Bewegungen. Sie ließ ihre Hüften langsam kreisen und massierte dabei Eriks Penis mit ihren Intimmuskeln. Ihr Stöhnen wurde lauter, das Tempo schneller. Sie beugte sich wieder nach vorne, so dass Erik ihre Warzen mit dem Mund verwöhnen konnte. Immer noch streichelte er ihre Klitoris und er merkte, wie Saras Erregung stieg. Sie presste ihren Schoß fest an Erik und bewegte sich nun noch schneller. Nach ein paar Stößen konnte sich Sara nicht mehr zurückhalten und kam mit einem lauten Aufstöhnen.

Erik hielt sie ganz fest in seinen Armen und küsste sie. Vorsichtig streichelte er über ihren Rücken. Erik war noch nicht gekommen, so dass sein steifer Penis immer noch in Sara steckte. Langsam legte er sie auf die Bank, ohne ihn aus Sara rausgleiten zu lassen. Er saß jetzt direkt vor ihr und genoss diesen Anblick. Seine Hände streichelten ihren Bauch und ihre Brüste. Er spürte, dass auch Sara noch sehr erregt war. Also fing er an, vorsichtig sein Becken vor- und zurückzuschieben. Sara hob ihren Po etwas an, um ihn noch intensiver zu spüren und Erik legte sich ihre Beine auf seine Schultern, um noch tiefer in sie gleiten zu können. Er umfasste ihren Po und massierte ihn. Sara spielte mit ihren Brüsten. Dieser Anblick ließ Erik nur noch erregter werden. Er steigerte sein Tempo und auch Saras Erregung nahm wieder zu. Sie warf den Kopf hin und her und ehe Erik sich versah, kam Sara schon wieder zum Höhepunkt. Erik aber hielt seine Erregung noch aufrecht und bewegte sich langsam und vorsichtig weiter.

Sara spannte ihre Intimmuskeln an, um noch enger zu werden. Erik stöhnte auf, aber er war noch nicht bereit, zu kommen. Er ließ sein Becken kreisen und berührte so jeden empfindlichen Punkt in Sara. Ihr Stöhnen wurde immer lauter, sie hörte gar nicht mehr auf. Erik wurde nochmal etwas schneller und schon war es wieder um Sara geschehen. Eine neue Welle erschütterte sie.

Erik verlangsamte seine Bewegungen, um Sara die Chance zu geben, sich zu erholen. Er zog sie wieder von der Bank hoch, so dass sie wieder auf seinem Schoß saß. Sie umarmten sich und küssten sich lang und leidenschaftlich.

Eriks Erregung hatte sich immer noch nicht gelegt. Er bat Sara, sich vor die Bank zu stellen und sich nach vorne zu beugen. Sara tat das nur zu gerne, denn sie liebte es, wenn Erik sie von hinten nahm. Erik stellte sich hinter sie und bewunderte ihre schöne Kehrseite. Er streichelte ihren Po und drang erst mal mit einem Finger in Sara ein. Sie stöhnte auf. Die andere Hand wanderte nach vorne und verwöhnte ihre Lustperle. Erik spürte ihre Nässe und drang mit zwei weiteren Fingern in ihre Mitte ein. Saras Unterleib zuckte wieder vor Erregung. Sie bettelte um Erlösung, doch Erik wollte sie richtig zappeln lassen. Er entzog ihr seine Finger und streichelte wieder über Saras Rücken und ihren Po und mit einer schnellen Bewegung drang er in sie ein. Sara war so erregt, dass sie gleich ihr Becken bewegte, doch Erik hielt sie fest und bewegte sich erstmal gar nicht. Er streichelte wieder den Rücken, ließ seine Hand nach vorne wandern, um ihre Brust zu massieren. Sara war schon wieder kurz vorm Höhepunkt, doch Erik ließ das nicht zu.

Jetzt erst fing er ganz langsam an, sein Becken kreisen zu lassen, doch jedes Mal, wenn er merkte, dass Sara schneller werden wollte, blieb er wieder ganz ruhig in ihr. Sara kapitulierte und überließ jetzt Erik komplett die Führung. Er lächelte, denn genau das wollte er. Er bewegte sich wieder langsam, ließ ihn mal fast ganz rausgleiten, um ihn dann wieder tief in sie einzuführen. Dann wieder ließ er nur seine Eichel in ihr und fing an, sie kreisen zu lassen. Sara hatte so etwas noch nicht erlebt und stöhnte laut auf. Im nächsten Augenblick drang er wieder tief in sie ein und stoppte die Bewegung. Er verharrte tief in ihr und spielte wieder mit ihrer Klitoris. Sara bäumte sich auf. Quälend langsam begann Erik, sich wieder zu bewegen, er merkte, dass auch seine Erregung so stark war, dass er bald kommen würde. Sara öffnete sich ihm total und beantwortete jeden Stoß mit einem Gegenstoß. Sie ließ sich richtig gehen und stöhnte immer lauter. Erik steigerte seine Bewegungen, ließ zwischendurch immer wieder das Becken kreisen. Auch er konnte sein Stöhnen nicht mehr zurückhalten. Er merkte, wie sich in Sara alles anspannte und wusste, dass sie bald kommen würde. Das erregte ihn noch mehr, so dass er noch schneller wurde. Mit langen Stößen wollte er es jetzt zu Ende bringen und sie kamen gemeinsam zum Orgasmus.

Erschöpft lagen sie beieinander und liebkosten sich zärtlich. Nach einer Weile zogen sie sich wieder an und kletterten von dem Hochsitz.

Es dämmerte bereits ein bisschen und sie gingen wieder zu ihrem Auto. Immer wieder blieben sie stehen und küssten sich. Sie waren total erschöpft, aber sehr glücklich, denn sie hatten das Gefühl, wieder neu verliebt zu sein.

Videothek-Quicky

Dave Vandenberg

Meine Freundin Mette und ich sind seit längerem schon begeisterte Porno-Anhänger. Bis ich sie kennenlernte, hatte ich mir ab und zu mal was im Internet angeguckt. So was auf die Schnelle zum Abreagieren. Etwas wahrscheinlich typisch Männliches. Das hatte mir jedenfalls gereicht.

Mette schüttelte den Kopf, als ich es ihr erzählte. „Zum Warmwerden vielleicht, aber wenn es richtig abgehen soll, reicht das doch wohl nicht."

Ich widersprach ihr nicht, sondern freute mich, dass ich endlich eine Frau hatte, die von sich aus auf Pornostreifen Lust hatte und die ich nicht erst noch dazu überreden musste. Meine vorherigen Freundinnen hatten sich mir zuliebe mal einen Porno angeschaut, waren aber dann doch letztendlich zu gehemmt gewesen, um dabei richtig abzugehen. Mein Problem war zudem, dass ich beim Anschauen dieser Filme mehr Lust auf die Frauen in dem Streifen bekam oder mir zumindest vorstellte, dass sie es wären, die mich verwöhnten, anstelle der realen Frau an meiner Seite. Irgendwie schwang das wohl zu deutlich rüber, so dass meine „Mitguckerin" meine wahren Phantasien, wenn auch nicht wissen, zumindest aber wohl spüren musste, was ihren Appetit auf die ganze Sache nicht gerade steigerte. Meistens sahen wir uns ein bis zwei Mal einen Porno zusammen an und dann beschränkte ich mich wieder allein auf die kleinen Video-Clips auf meinem PC.

Mit Mette wurde das anders. Ich spürte von vornherein, wie offen sie in Sachen Sex war und als wir zum ersten Mal miteinander im Bett landeten, genoss ich ihre hemmungslose Lust. Sie war durch und durch ungehemmt. Wir konnten über alles reden und probierten von Anfang an die unterschiedlichsten Dinge miteinander aus.

An einem so richtig verregneten Sonntag machte sie den Vorschlag, wir sollten uns doch mal einen heißen Pornostreifen ausleihen. Ich war sofort begeistert von der Idee und hatte bei ihr überhaupt keine Befürchtungen, dass ich auch nur ansatzweise eher Lust auf die Darstellerinnen, als auf meine Freundin haben könnte.

Wir fingen mit einem eher harmlosen Film an. Mette meinte, wir sollten uns langsam dem Thema annähern. Das mag ich so an ihr. Sie ist zwar ziemlich hemmungslos in Sachen Sex, aber sie fällt nicht gleich mit der Tür ins Haus, sondern tastet sich Stück für Stück an eine neue Sache heran, was das Ganze für mich besonders reizvoll macht. Unser erster gemeinsamer Porno war also eher etwas für die sanfte Stimulation. Es wurde zwar auch „gepoppt“, aber mehr harmlos. Trotzdem machte es an, ihn mit Mette zu schauen.

Mit der Zeit wurden die Streifen, die wir uns aussuchten, härter. Ich merkte schnell, dass ich vieles doch noch nicht gesehen hatte und verfolgte gierig die geilen Scharfmacher. Mette war genau die richtige Frau, um das Gesehene nach- oder besser gleich mitzumachen. Bei den Videos, in denen es um Anal-Verkehr ging, drehte sie richtig auf und ich, der bis jetzt noch nie so richtig in den Genuss dieser Liebestechnik gekommen war, lernte sie schnell wegen ihrer animalischen Geilheit lieben. Und nicht eine Sekunde hätte ich den Hintern, zwischen dem ich steckte, mit einem der Pornodarstellerinnen ausgetauscht. Diese triebhaften Frauen machten mich an, ohne Zweifel, aber das, was sie in mir anregten, wollte ich bei Mette austoben …

So vergnügten wir uns zwischendurch mit solchen Filmen und waren mit unserem Sexleben rundum zufrieden.

Es war wieder mal ein Sonntag und ein besonders verregneter. Wir lagen lange im Bett und wollten miteinander schlafen, kamen aber nicht so richtig in Stimmung, da wir am Abend vorher ziemlich lange unterwegs gewesen waren. Vielleicht hatten wir auch etwas zu viel getrunken und ich hatte Not, meine Männlichkeit zu beweisen. Mette lächelte nachsichtig, was mich aber trotzdem nervte. Denn ich hatte Lust auf sie und wollte sie verwöhnen. Aber in meiner Hose war irgendwie Flaute. Und so geschickt ich sie auch streichelte und verwöhnte, ich sah es ihrem Gesicht an: Sie wollte mehr.

Wir frühstückten ausgiebig und überlegten, was wir mit dem Tag noch so anfangen konnten.

„Wann macht eigentlich die Videothek auf?"

Ich sah auf die Uhr. „In einer halben Stunde."

Mette lächelte. „Um die Zeit ist es wahrscheinlich noch nicht sehr voll dort, oder?"

Ich wusste beim besten Willen nicht, worauf sie hinauswollte und sie klärte mich nicht auf.

„Hast du einen bestimmten Film im Kopf?"

Sie zuckte betont gleichgültig die Schultern. „Vielleicht ..."

Ich weiß nicht warum, aber ich dachte nicht daran, dass sie sich für einen Porno interessieren könnte. Denn schließlich schauten wir uns auch oft genug harmlose Filme an. Mette drängte loszugehen und ich ließ mich mitziehen.

Es war wirklich nichts los in der Videothek. Die Dame am Tresen sah noch ganz verschlafen aus und war offensichtlich überrascht, uns schon auf Videosuche gehen zu sehen.

Ich trottete etwas lahm hinter meiner Freundin her, weil ich ja nicht wusste, was sie ausleihen wollte. Mette tat zuerst sehr interessiert bei Fantasy und Comic-Streifen. Umso mehr irritierte es mich, als sie mich plötzlich packte und in den abgrenzenden Raum zog. Wir standen in der Pornoecke. Sie musste über meinen verblüfften Gesichtsausdruck lachen.

„Hattest du gedacht, du kommst heute drum rum?" Sie lächelte und schob ihre Zunge zwischen die vollen

Lippen. „Machst mich heiß mit deinem Gefummel und dann war es das …“ Es hörte sich härter an, als es gemeint war. Mette war mal wieder ehrlich. Sie war heiß gelaufen und würde alles tun, um sich mit mir zusammen abzureagieren …

Langsam strich sie an den Videos vorbei, blieb mal hier, mal dort stehen, nahm eine Hülle in die Hand und studierte aufmerksam das Cover.

„Die haben tatsächlich mal was Neues hereinbekommen“, frohlockte sie und zeigte mir ein paar Exemplare, die wir tatsächlich noch nicht gesehen hatten. „Hier sieh mal.“

Sie hielt mir eine Filmhülle hin. „Anale Ekstase.“ Mettes Wangen röteten sich und ihre Augen fingen an zu funkeln, als sie den Titel vorlas. Ihre Hand landete in meinem Schritt. Ich sah mich um.

„Was hast du vor?“, fragte ich leise, obwohl ich es längst ahnte.

Mette ging zum Eingang der Pornoabteilung zurück und sah in den großen Verkaufsraum. Sie kam zurück und wisperte mir zu: „Keiner da außer uns, und die ‘Tusse’ ist am Counter beschäftigt.“

Sie kniete sich vor mich und öffnete blitzschnell meine Hose, holte mein sich langsam regendes Glied heraus und fing damit an, es so zu kneten, wie ich es am liebsten hatte. Mir brach der Schweiß aus. Wo sollte das hinführen? Wollte Mette mich nur ein wenig heiß machen oder wollte sie mich hier wirklich verführen? Meine Lust auf sie stieg sprunghaft an. Mir war klar, was auch immer wir hier tun würden, es musste schnell gehen. Auch wenn meine Freundin die Ruhe weg zu haben schien.

Sorgfältig und ohne Hast verwöhnte sie mich mit den Händen und abwechselnd mit Zunge und Lippen, bis sie von der Konsistenz meines Gliedes überzeugt war.

Eine starke Erregung hatte mich gepackt. Ich zog sie hoch, vergaß, wo wir uns befanden, drehte sie um und schob sie gegen die Videos. Dann ging ich hinter ihr in die Hocke und staunte nicht schlecht, aber nur ganz kurz, denn natürlich hätte ich damit rechnen können. Unter ihrem Rock war meine Freundin nackt, was mich ziemlich anmachte.

Ich streichelte sie kurz. Sie war wunderbar feucht und absolut willig, meinen prallen Penis aufzunehmen. Vorsichtig öffnete ich mit den Fingern ihren Anus. So ganz ohne Vorspiel würde ich wohl nicht auskommen, auch wenn Mette noch so heiß war. Sie reckte sich und streckte mir aufmunternd ihren Po entgegen.

„Mach mich glücklich …“

Ich lauschte noch mal kurz, aber es blieb alles ruhig. So schob ich mich langsam und konzentriert in ihren engen Hintereingang, wo sie es am liebsten hatte. Mette war ausgesprochen geil auf die Eroberung von hinten. Während ich sie erst noch etwas hektisch, dann aber konzentriert und gleichmäßig stieß, fielen meine Blicke auf die vielen Cover vor uns, mit den obszönsten analen Angeboten, was uns beide noch schärfer machte. Die Atmosphäre um uns herum war bestens geeignet, um uns anzutörnen. Ich musste meiner Freundin schon bald den Finger in den Mund schieben, damit er ihr erregtes Stöhnen unterdrückte.

Auch ich musste mich sehr zusammenreißen, um meiner Lust nicht lautstarken Ausdruck zu verleihen. Mann war das eine Wahnsinnsnummer! Meine Müdigkeit war wie weggeblasen. Ich spürte den Alkohol der letzten Nacht kaum noch und mein Glied hatte seine alte Standfestigkeit wieder erlangt. Ich biss Mette sanft in den Hals, was sie immer noch ein bisschen wilder macht und sah an ihr vorbei, direkt auf einen Pornostreifen, in dem es die Paare in ausgeprägter Ekstase von hinten trieben.

Ich konnte meine Geilheit nicht mehr steuern und spürte, wie sich die Hitze in meinem Unterleib, meinen Schenkeln und am heftigsten in meinem Glied ausbreitete. Ich streichelte Mette vorn zwischen den Beinen, um sie zusätzlich zu stimulieren und knetete mit der anderen Hand ihre festen, kleinen Brüste.

„Gleich!“, keuchte sie. „Ich bin gleich so weit …“

Also konzentrierte ich mich darauf, meinen Höhepunkt noch ein ganz klein wenig herauszuzögern und stimulierte meine Freundin weiter so gefühlvoll, wie es mir in meiner Verfassung noch möglich war, in der Hoffnung, wir würden beide zusammen kommen können.

Endlich spürte ich, wie sich ihr Po zusammenpresste und meine Männlichkeit wie in einem Schraubstock packte. Es war unglaublich heiß in ihrem Anus und ich konnte nichts mehr tun, um meinen Orgasmus aufzuhalten. Ich explodierte zwischen ihren Backen und eine Gänsehaut überlief meinen ganzen Körper.

Mette nutzte meinen letzten Stoß, um ebenfalls ihren Höhepunkt einzuleiten. Sie biss mir unsanft in den Finger, was ich aber dank meiner eingesetzten Ekstase noch einigermaßen aushalten konnte. Ich schob mich noch einmal ganz tief in sie hinein und wartete dann mit klopfendem Herzen, flatternden Nerven und pochendem Glied ab, dass sie sich beruhigen würde. Mette atmete laut und stoßweise, drückte ihren Kopf gegen das Videoregal vor ihr, welches anfing zu schwanken und schlug sich mit der Hand auf den Schenkel. Schnell griff ich nach dem wackelnden Teil, um es vor dem Umfallen zu bewahren und hielt ihre Hand fest.

„Oohhh, war das geil!“

Wir brauchten ein paar Minuten, um uns wieder einigermaßen unter Kontrolle zu bekommen. Mettes Wangen glühten förmlich und ich war mir sicher, die Frau am Counter würde uns sofort ansehen, was wir getrieben hatten. Schließlich verließen wir den Seitenraum und schlenderten gemütlich an den Regalen der „harmlosen“ Videos vorbei, bis sich unser Herzschlag beruhigt hatte und meine Freundin nicht mehr so aussah, als hätte sie zu lange in der Sonne gelegen. Dann schnappten wir uns zwei romantische Liebeskomödien und mussten uns sehr zusammenreißen, um beim Ausleihen ganz locker zu bleiben.

Als wir draußen waren, konnten wir uns nicht länger beherrschen. Zu groß war die Anspannung gewesen. Wir lachten und alberten wie die Kleinkinder auf dem Weg nach Hause und waren sehr zufrieden mit uns. Den Rest des Tages verbrachten wir ganz relaxed im Bett. Wir genossen es sehr, einfach nur harmlose Filme zu schauen, zu lachen und Knabbereien zu naschen – ohne sich gegenseitig zu vernaschen …

Heißer Waschgang

Dave Vandenberg

Mürrisch stieß er die Tür zur Waschküche auf. Wäsche waschen war so ziemlich das Letzte, wonach ihm heute zu Mute war. Der Arbeitstag war hart und lang gewesen, Ärger mit dem Chef, seine Kollegin war sauer, weil er sie immer noch nicht auf einen Drink eingeladen hatte, und das Kantinenessen lag ihm auch noch im Magen.

Eigentlich war es schon zu spät, um noch eine Waschmaschine anzuwerfen. Aber er hatte schon wieder bis zum letzten Tag gewartet und hatte nun wirklich weder frische Unterwäsche noch die passenden Socken für seine Bürokluft.

Die Gemeinschaftswaschküche des riesigen Mietshauses, in dem er seit kurzem wohnte, lag wie nicht anders zu erwarten, dunkel und verlassen da. Als Frau wäre mir das hier aber zu unheimlich …, schoss es ihm durch den Kopf. Er hatte eigentlich gehofft, eine von den netten, hübschen Frauen, die er ab und zu mal in der Wohnanlage sah, hätte auch noch so spät Wäsche zu erledigen. Aber leider war er ganz allein.

Das war der Nachteil, wenn man so viel arbeitete. Man verpasste so einiges, was um einen herum passierte. Für die Liebe blieb selten Zeit. Seine Kolleginnen waren alle nicht so richtig nach seinem Geschmack. Zu bieder, zu brav. Er hatte zweimal eine Art Date gehabt, war ein Mal mit einer Kollegin im Bett gelandet und hätte sich deswegen tagelang ohrfeigen können. Nicht nur, dass es nicht gut gewesen war, wie er es sich eigentlich hätte denken können, nein, seit der Nacht schlich sie hinter ihm her und belagerte ihn ständig, sich doch mal wieder zu treffen. Wenn das so weiterginge, würde er ein ernstes Wort mit ihr sprechen müssen.

Zur Zeit war es einfach nur anstrengend, dachte er genervt und wollte gerade seine Wäsche in eine der Maschinen stopfen, als er bemerkte, dass noch etwas in der Trommel lag. Vorsichtig zog er das Teil heraus. Ein überaus reizendes Dessous lag da in seinen Händen. Ein dunkelroter Body mit Strapsverschlüssen an den Seiten und das Erregendste daran war: Dieser Body war im Schritt offen. Es gab gar keine Möglichkeit, ihn zwischen den Beinen zu schließen.

Seine Phantasien überschlugen sich. Er hatte noch keine Frau gehabt, die so etwas trug. Wie wohl die Trägerin dieser reizenden Wäsche aussehen mochte? Sie schien schlank zu sein und die Körbchengröße verriet ihm, sie hatte eine üppige Oberweite. Die Frau nahm vor seinen Augen Gestalt an. Sein Penis begann sich zu regen. Er bekam Lust auf diese Unbekannte, die ihm unglaublich verführerisch, sexy und ein bisschen vulgär erschien. Genauso, wie er immer hoffte, eine Frau ins Bett zu bekommen, die etwas verrucht war, die Sachen mit ihm machte, die man sonst nur in Filmen sah. Sicher hatte er in Sachen Sex schon einiges ausprobiert. Aber gerade in letzter Zeit bekam er immer mehr Lust auf etwas schmutzigeren Sex. Nicht immer diese „Blümchennummer“ oder diese „Möglichst-im-Bett-Geschichten“.

Er legte den Body sorgfältig zur Seite und stopfte seine Wäsche in die Trommel. Wählte ein Programm, schüttete Pulver in die Schublade und schaltete die Maschine ein. Dann nahm er den Body wieder in die Hand. Er konnte sich nicht entschließen, ihn liegenzulassen. Er roch daran, aber leider sog seine Nase nur frischen Wäscheduft ein. Er hatte gehofft, er würde nach der Besitzerin riechen. Er beschloss, das Dessous mitzunehmen und über einen Aushang am schwarzen Brett die Besitzerin ausfindig zu machen.

Am nächsten Morgen hängte er einen großen Zettel an das Mieterbrett im Eingang der Wohnanlage.

„Dessous in der Waschküche gefunden. Abzuholen bei M. Peters. 4. Etage, Flur links.“

Den ganzen Tag über war er angespannt. Hoffentlich hatte die Besitzerin den Verlust schon bemerkt und würde sich bald bei ihm melden. Hoffentlich war sie so, wie er sie sich ausmalte und hoffentlich wohnte sie alleine hier … Die Arbeit fiel ihm schwer. Er blieb abends zu Hause und wartete.

Erst am Abend des vierten Tages nach seinem Fund klingelte es an seiner Tür. Es war fast halb elf und er wollte gerade zu Bett gehen. Irritiert öffnete er die Tür und musste sich fast am Türrahmen festhalten. Vor ihm stand die wunderbar vulgärste Person, die er seit langem gesehen hatte. Spontan erinnerte sie ihn an eine seiner Lieblings-Pornodarstellerinnen.

„Hallo, ich bin Kate. Ich glaube, du hast da was von mir gefunden." Dann beschrieb sie das Wäschestück so detailliert, dass kein Zweifel darüber bestand: Ihr gehörte das scharfe Teil.

Er bat sie hastig herein. Diese Kate war heißer, als er sich erhofft hatte. Sie setzte sich gleich ganz lässig auf sein breites Sofa und strahlte ihn an.

„Magst du was trinken?"

Sie nickte. „Gern, ich gehe sowieso nie so früh ins Bett. So ein Gute-Nacht-Schlummerdrink kann ja nicht schaden!"

Schnell hatte er ein kühles Getränk zusammengemixt. Er holte das Wäschestück aus einer Schublade und gab es ihr. Sie schenkte ihm als Dank dafür ein reizendes Lächeln.

„Mein Lieblings-Dessous. Wie nett von dir, dass du es mitgenommen und nicht einfach dort liegengelassen hast. Es gibt bestimmt genug Typen hier in diesem riesigen Haus, die sich an so etwas aufgeilen …"

Er starrte sie an und spürte, wie ihm die Röte ins Gesicht schoss. Das Dessous hatte in den letzten Nächten auf dem Kissen neben ihm gelegen und er war nicht eingeschlafen, ohne sich mit dem Gedanken an die heiße Unbekannte selbst zu befriedigen.

Kate sah ihn plötzlich durchdringend an. „Oder bist du etwa auch einer von den Männern, die sich durch Frauen-Wäsche antörnen lassen?“ Ihm brach der Schweiß aus. „Hast du das denn nötig? Entschuldige, wenn ich dir zu nahe trete. Aber du machst eher den Eindruck auf mich, als wenn du kein Kostverächter bist.“

Ihre wirklich großen Brüste kamen ihm fast provozierend vor. Zwei Nippel drückten sich durch den engen T-Shirt-Stoff.

„Ich weiß nicht. Das Dessous ist schon vielversprechend.“ Sie hatte ihn durchschaut. Sollte sie doch von ihm denken, er wäre ein geiler Typ. Schaden konnte es bei ihr bestimmt nicht ... Und ihre Reaktion zeigte ihm, er hatte sich nicht getäuscht. Kate lehnte sich zurück und schob ihren Oberkörper provozierend vor. Sie nahm einen tiefen Schluck aus ihrem Glas und er beeilte sich, in der Küche etwas Neues zu mixen. Er musste durchatmen. Die Frau da auf seinem Sofa war genauso heiß, wie er sich eine Frau wünschte. Als er mit den neuen Drinks zurückkam, lächelte sie ihn verführerisch an.

„Ich möchte mich bei dir ganz speziell dafür bedanken, dass du mein teures Dessous vor irgendwelchen falschen Händen gerettet hast.“ Er wagte kaum zu atmen. „Was hältst du davon, wenn ich dir zeige, wie so ein Ding getragen aussieht? Wo geht es ins Bad?“

Er zeigte ihr völlig perplex mit dem Finger den Weg. Blitzschnell hatte sie sich umgezogen und stand wieder vor ihm in diesem atemberaubenden Dessous und sah zum Anbeißen aus. Sie drehte sich vor ihm hin und her und signalisierte ihm so eindeutig, dass sie mit ihm schlafen wollte. Ein schmaler Streifen dunklen Schamhaares lockte zwischen weißen Schenkeln. Der Body, der im Schritt geöffnet war, ließ ihm das Wasser im Mund zusammenlaufen. Sie kannten sich seit ungefähr einer halben Stunde, und sie wollte Sex mit ihm. So etwas war ihm noch nicht passiert.

„Willst du mich nicht anfassen?“

Kate nahm seine Hände und legte sie sich auf die Brüste. Die erste Berührung löste die Starre in ihm. Er kniete sich vor sie und streichelte behutsam die Innenseiten ihrer Schenkel. Kate ließ sich auf das Sofa fallen und stellte ihre Beine rechts und links auf die Sofakante. Ihre Beine waren nun extrem weit gespreizt, was er als unglaublich obszön empfand.

„Fass mich an, los ich will deine Finger und deine Zunge spüren.“

Sie warf ihren Kopf zurück und bäumte ihren Unterleib vor, streifte sich die Halter des Bodys herunter und holte ihre schweren Brüste aus den BH-Schalen. Die steil aufgerichteten Nippel erschienen ihm riesig. Er robbte sich zwischen ihre straffen Schenkel und küsste sie behutsam auf den schmalen Schamhaarstreifen. Vorsichtig fuhr seine Zunge über die Ränder ihrer Klitoris.

Blitzschnell schossen ihre Finger zwischen die Labien und öffneten die lüsterne Mitte für ihn.

„Los, mach's mir, ich brauch das." Er liebkoste die freigelegte Perle, die unter seinem Zungenspiel zusehends härter wurde. „Oh ja, komm du wilder Hengst, gib es mir."

Die Hitze stieg ihm durch den ganzen Körper. Hier war endlich eine Frau, die es etwas deftiger mochte, die Lust am „Dirty Talk" hatte, die ihm herrlich vulgär zeigte, was er mit ihr tun sollte. Davon hatte er geträumt.

Er schob seine Zunge so tief es ging in sie hinein und genoss ihr lautes Stöhnen. Sein Penis stieß hart gegen seinen Reißverschluss. Mit einer Hand befreite er ihn, mit der anderen knetete er abwechselnd diese weichen Brüste. Endlich hatte er sich aus der Hose befreit.

Kate schrie auf: „Ja, jetzt, ich komme ... oh ja, weiter, mach weiter. Hör nicht auf!"

Er nahm seine Finger zu Hilfe und hörte erst auf, sie zu massieren und zu küssen, als sie lautstark zu einem Orgasmus kam. Ihre lüsterne Feuchtigkeit rann ihm über die Hände. Der vor ihm liegende Unterleib zuckte ekstatisch.

„Nun mach schon. Lass mich dich ganz spüren ..."

Als er ungestüm in sie eintauchte, schrie Kate begeistert auf: „Oh ja, was für ein Teil. Ich wusste, du bist gut bestückt." Ihre Worte machten ihn ziemlich an und er fühlte sich in seiner Männlichkeit bestätigt. Er keuchte und stieß zu. Ihre Beine schob er sich auf die Schulter, um noch tiefer in sie eindringen zu können. Kate streckte ihren Unterleib weit vor, so dass er optimal in ihr agieren konnte. Sein Höhepunkt war unglaublich heftig. Es warf ihn fast zu Boden. Wie eine Explosion schoss es aus ihm heraus. Kate stöhnte begeistert und schloss ihre Schenkel um seinen Hals.

Sie machte ihn so scharf, dass seine Erektion nicht gleich verebbte. Sein Penis stand weiter seinen Mann. Er drehte Kate um, zog sie auf den Boden und drang von hinten in sie ein. Sie stöhnte jetzt fast unablässig und überschüttete ihn mit obszönen Worten, die an Hemmungslosigkeit und Heftigkeit noch zunahmen. So „schmutzig" trieben sie es die halbe Nacht miteinander.

All seine erotischen Wünsche, seine sexuellen Phantasien wurden von Kate erfüllt in diesen Stunden. Als sie endlich genug hatte und er definitiv nicht mehr konnte, löste sie sich aus seiner Umarmung.

„Ich werde gern morgens alleine wach!", erklärte sie ihm. „Aber wenn du dich bis zum Wochenende erholt hast, melde dich. Ich kenn da noch so ein paar ganz besonders spezielle Sachen …"

Er würde sich bis zum Wochenende erholt haben. Und wenn er eine ganze Schachtel Viagra nehmen würde. Diese Frau würde er auskosten. Diesen „Dirty-Talk-Sex" würde er sich ganz bestimmt nicht entgehen lassen …